❶ 1977년 6월 25일, 광주 가톨릭회관 강당에서 열린 소설가 한승원의 창작집 『앞산도 첩첩하고』 출판기념회에서 소설문학동인회의 기념패를 증정하고 있는 이명한 작가.

❷ 1984년 한국문인협회 전남지부장 시절 광주학생운동기념탑 앞에서. 앉은 이 왼쪽부터 이명한, 국효문 시인, 임옥애 동화작가. 선 이 왼쪽부터 강인한 시인, 김신운 소설가, 전원범 시인, 이삼교 소설가, 한옥근 희곡작가.

❸ 1986년 11월 7일, 전라남도 문화상 시상식 때.

❹ 1991년 부산의 김정한 작가를 방문한 광주의 문인들. 첫줄 왼쪽부터 이명한 허형만 김정한 송기숙 박혜강 고재종. 둘째줄 왼쪽부터 심상대 정해천 윤정현 김희수 곽재구 김유택 윤석진 장효문 조성국 김준태 이철송 등. -사진 김준태 제공.

❺ 1992년 5월 27일, 광주전남민족문학인협의회 주최로 열린 '광주항쟁 12주기 5월문학의 밤'에서 공연된 문인극 「저격수」(이명한 작).

① 1993년 2월, 광주전남소설문학회 출판기념회에서 이명한 회장과 소설문학회 회원들. -사진 심상대 제공.

② 1994년 11월 19일, 서울 광화문 세종문화회관 세종홀에서 열린 '민족문학작가회의 창립 20주년' 기념식에서 작가회의 임원들과 축하케이크 절단. 테이블 왼쪽부터 구중서 백낙청 이명한 송기숙 고은 김도현(문화부차관) 김병걸 임수생 신경림 등 문인들.

③ 2005년 7월 21일, '6·15공동선언 실천을 위한 민족작가대회'에 참석한 문인들과 평양 시내에서. 우측부터 이명한 송기숙 김희수 장혜명(북측) 염무웅.

④ 2005년 7월 22일, '6·15공동선언 실천을 위한 민족작가대회' 때 항일무장투쟁 유적지 백두산 밀영에서. 왼쪽부터 이명한 작가, 오영재 시인(북측), 황지우 시인 등과 함께.

⑤ 2007년 4월 21일, 광주전남작가회의 회원들과 전북 임실군 영화마을 소풍 길에서. -사진 김준태 제공.

❶ 2012년 7월 20일, 5·18기념문화관 대동홀에서 열린 시집 『새벽, 백두 정상에서』출판기념회 후 가족과 함께.

❷ 2018년 '4·3문학제' 참석차 제주 가는 선상에서 작가회의 후배 문인들과. 오른쪽부터 채희윤 이명한 김병윤 서종규 김경윤 박혜강.

❸ 2019년 2월 26일, '5·18망언 규탄성명서 발표 및 기자회견' 때 (구)전남도청 앞 광장에서 광주전남작가회의 전 현직 회장과 함께. 오른쪽부터 이명한 김준태 김희수 김완.

❹ 2022년 5월 14일, 나주학생독립운동기념관에서 열린 한일국제심포지엄 개회사를 하고 있는 이명한 관장. ─ 사진 〈광남일보〉.

❺ 2022년 10월, 일본 하토야마 유키오 전 총리 부부(중앙)의 나주 방문 시 나주역 앞에서. 박준채 독립운동가의 아들 박형근, 윤병태 나주시장 등과 함께. ─사진 〈강산뉴스〉.

이 명 한
중단편전집

3

기다리는
사람들

명한
단편전집

기다리는 사람들

전설 | 기다리는 사람들 | 저격수

음지와 양지 | 안개와 자동차

황톳빛 주억 | 아이누와 칼

전 | 누가사랑을 | 흰구름 | 밤의 줄타기

어둠과 빛

문학들

이명한 중단편전집을 펴내면서

광주의 어른이자, 원로작가인 이명한 선생께서 올해로 등단 '반세기'를 맞이하였다. 이명한 작가는 1975년 『월간문학』 4월호로 한국문단에 처음 얼굴을 선보였지만, 실은 1973년 광주에서 출간된 동인지 『소설문학』 제1집에 첫 소설을 발표했으니, 작가로서 어언 '50년' 세월을 살아오신 것이다.

식민지와 해방, 분단과 폭압의 한 시절을 거쳐 오는 동안 일국의 문인으로서 지조를 잃지 않고 반세기를 통과했다는 것은 존경할 만한 일이 아닐 수 없다. 이명한 작가는 해방정국의 틈바구니 속에서 일찍 아버지(이석성 작가)를 여의었지만, '영원한 문학청년'으로 자신의 삶을 일떠세웠고 작가적 사명을 실천하면서 우리 곁에 존재해온 분이다.

이에 우리는 이명한문학 반세기를 기념하고자 〈이명한 중단편전집 간행위원회〉를 구성, 올해 3월부터 작업을 진행해왔다. 여기저기 지면에 흩어져 있던 이명한 작가의 중단편소설 51편을 한데 모았고, '이명한 문학세계' 전반을 조망하는 해설(김영삼 평론가의 「시간의 지층을 넘어」)과 함께 '이석성- 이명한- 이철영' 작가로 이어지는 '문학적 3대'에 대한 탐사기(이승철 시인의 「이명한 작가의 삶과 그 문학적 생애」)를 새롭게 집필, 게재하였다.

『이명한 중단편전집』은 전 5권으로 구성돼 있다.

제1권은 1975년 『월간문학』 등단 무렵부터 1979년 10·26으로 '유신체제'가 붕괴될 때까지 발표한 작품들로 전통과 현대의 충돌, 애욕적 세대풍경과 몰가치한 현실, 새로운 세상에 대한 열망, 근대화 과정에서 소외된 하류인생들의 애환과 생존의지를 담아낸 것들이 주류를 이룬다.

제2권과 3권은 1980년 5·18민중항쟁과 1987년 6월 시민항쟁을 겪은 이명한 작가가 민주화운동에 투신하던 시기에 창작한 작품으로 비진정한 현실에 대한 통찰과 역사의식·사회인식이 투영된 문제작이다. 작가의 유년의 생체험과 더불어 일제 강점기의 피어린 역사, 8·15해방과 한국전쟁 시기의 이념적 갈등, 광주항쟁의 진실 찾기와 군사문화에 대한 폭로 등 역사가 만든 비극, 그 뒤안길에서 생존해야 하는 사람들의 뼈아픈 삶에 초점이 맞춰져 있다. 역사와 권력의 폭력에 대한 이명한 작가의 '저항의지'라고 할 수 있다.

제4, 5권은 '반복된 역사의 비극 방지'라는 작가의 철학과 고향으로의 회귀정신, 원초적 생명력을 담아낸 작품들이다. 1987

년 이후 이명한 작가는 '광주전남민족문학인협의회' 공동의장, '민족문학작가회의(현, 한국작가회의)' 자문위원, '광주민예총' 이사장, '6·15공동위원회' 남측공동대표 등으로 활동하면서 분단체제의 타파와 민족화해를 위한 실천운동에 주력했는바 그에 걸맞는 '문학정신'이 반영돼 있다. 그리고 제5권에 덧붙인 이명한 작가의 가계사적 이력과 문학적 생애에 대한 탐사는 '광주전남 문학사'의 소중한 일면을 보여준다.

　　이명한문학은 일관되게 '역사의식'과 '시대정신'을 추구해 왔다. 소설문학의 전통정서에 바탕을 두되, 그 기저에는 '사회의식'과 '역사 혼'이 흐른다. 우리시대의 '원로'로서 한국문학의 뿌리와 숲을 풍성하게 만든 이명한문학에 여러분의 큰 관심과 사랑을 기대한다.

2022. 12. 2.
이명한 중단편전집 간행위원회

차례

별이 되어 흘렀다

버스에서 내려 얼굴을 들자 연녹색 강의 흐름이 이마에 서늘했다. 파랗게 늘어진 버들가지 사이로 강 건너 운봉산의 허리가 짙푸른 색깔로 깔려 있었다. 나를 길가에 퍼버린 버스는 암소의 뒷구멍처럼 더러운 후미에서 시커먼 가스를 내뿜으며 멀어져갔다. 역겨운 냄새가 얼큰한 겨자의 자극으로 콧속을 찔러와서 머릿속을 후비자, 나는 이마에 손을 짚으며 길가에 내어놓은 평상에 엉덩이를 내렸다. 땀이 배어 나온 손바닥의 감촉이 눅눅해서 유쾌하진 않았지만 가스의 자극이 사라진 탓일까, 머리는 한결 개운해졌다.

눈앞에 비스듬히 솟아 올라간 산의 허리에는 예나 다름없이 상수리, 떡갈, 때죽, 단풍, 노간주나무가 빽빽하게 어우러지고, 그사이를 비집고 들어가 터를 잡은 아카시아의 희부연 꽃이 초롱처럼 매달려 강한 향내를 뿜어내고 있었다. 이 산의 중턱에는 어렸을 적에 아버지의 손에 이끌리어 성묘를 갔던 무덤들이 있었던 것 같은데, 무성한 나무들에 가려 어림잡을 수조차 없었다.

"빌어 묵을, 좆 같은 것, 따져야겠어."

나는 턱을 끌어당겨 힘을 주며 다짐을 했다. 내가 지금 지니고 있는 것은 주먹과 심술과 욕설뿐이었다. 좋은 일에나 궂은 일에나 욕이 앞을 섰다. 따지고 봤을 때 욕설이란 것은 남녀의 성기나 성행위에 관한 것이 대부분이어서 별다른 특별한 내용을 담고 있는 것은 아니었지만, 나는 그게 졸깃졸깃 감칠맛이 있어서 좋았다. 평범한 일상의 대화에서도 욕설이 들어가지 않으면 마치 증류수와도 같이 싱거워서 고소한 맛이 없었다.

그건 그렇고, 나는 오늘 숙부와 더불어 사생을 결단하는 담판을 해야만 했다. 어려서는 물정을 몰랐기에 그냥 버리고 나왔지만, 부모가 남기고 죽은 재산을 모조리 찾아야 하는 것이었다. 그것을 밑천으로 사업을 시작하여 돈을 모음으로써, 지긋지긋한 부랑아 생활을 청산하고 장가도 들어야 하는 것이었다. 날마다 어두컴컴한 뒷골목과 공터 같은 곳을 골라서 찾아다니며 주먹과 칼을 휘둘렀던 세월, 그것은 나의 생존을 위한 어쩔 수 없는 생활방식이었지만 세상은 나를 이해해주지 않았다. 가차 없이 끌어다가 닭장에 집어넣거나 오랫동안 소년원과 감옥에 처박아 썩여버렸었다. 그곳은 곧 나의 안방이요 직장이었다. 나는 이제 그런 생활에 진저리가 났다. 이번에 출감하면서 나는 다시는 그곳에 가지 않기로 다짐했었다.

"좆 같은 것, 씹할 것, 반대만 했단 봐라."

나는 이를 바드득 갈며 허공을 노려봤다. 그러나 서울의 골목을 누비고 다닐 때처럼 힘이 솟지 않았다. 덕만일 데리고 올 걸 잘못했다고 후회했다. 고향을 떠난 후로 십여 년이 흘렀으니 그동안에 숙부가 어디론가 이사를 해버리지 않았다는 보장도 없었다. 그렇게 되면 모든 일이 물거품으로 돌아가 버릴 것을 걱정하며 나는 강가로 발을 옮겼다. 돌을 쌓아 만든 계단을 몇 걸음 내려가자 그곳에 나루터가 있었다. 손님이 뜸한지 나룻배는 로프에 묶인 채 낮잠을 자고 있었다. 어렸을 적엔 학교를 오가며 매일 지났던 번화한 길이었는데 지금은 상류에 다리가 놓여서 그런지 한산하게 보였다.

만일 그 다리를 건넜더라면 탁 트인 대로를 걸어 당당하게 마을을 찾을 수도 있었으나 오늘은 어쩐지 그러고 싶지 않았다. 사람들의 통행이 적은 호젓한 길을 따라 살짝 다녀오고 싶었다. 그곳을 찾아가는 것은 다른 데 목적이 있는 게 아니고 오직 숙부를 만나 부모가 남긴 내 몫의 재산을 내놓도록 하는 데 있었기에 다른 사람들을 되도록 피하고 싶었다. 아무리 정이 많은 시골 사람들이라 할지라도 소년원과 감옥을 제집 드나들듯 했던 불량배를 반길 리가 없었다. 옛 친구일망정 환영하지 않을 게 뻔했다.

'오! 달수구나! 그동안에 잘 있었냐?' 하고 사정을 모르고 있었던 것처럼 시치미를 뗀 다음 '만나서 반갑다마는 어쩔 거냐? 내가 지금 일이 바쁘다마다. 며칠 동안 숙부 집에서 머물겠지? 그럼 이따 만나. 정말 반갑다. 이따 만나잉.' 하며 손을 흔든 다음 얼씨구나 하고 피해갈 게 분명했다. 겉치레로 번드르르하게 인사

말만 늘어놓고 내심으로는 경계하면서 슬슬 꽁무니를 뺄 것이 뻔했다. 그럴 때 나는 '고맙다. 나같이 쓰레기만도 못한 놈을 이렇게 반겨주니 정말 고맙다. 뭐니뭐니해도 옛 친구가 젤이로구나.' 이렇게 너스레를 떤 다음 헤어지면 되는 것이었다.

나는 물가로 내려가 배의 변죽에 발을 걸치고 주변을 돌아봤다. 언덕 위의 주막집에 앉아 있던 사내들 가운데 한 사람이 일어서서 뱃전을 향해 어슬렁어슬렁 걸어 내려왔다.

"건너시게요?"

사내는 매어놓은 로프를 풀며 물었다. 나는 그러겠노라고 대답했다. 사내는 한 사람만을 태우고 나루를 건너는 일이 과히 내키지 않은 듯했지만 기다려봤자 딴 손님이 나타날 것 같지 않은지, 훌쩍 몸을 날려 배 안으로 뛰어들어와 노를 잡았다.

어머니가 죽은 다음해의 봄에 숙부는 나루지기를 그만두었고, 그해 가을에 나는 마을을 떠났다. 십여 년의 세월이 흘러 있었다. 하필이면 숙부가 젓고 있는 배를 어머니 혼자 타고 오다가, 그것도 밤중에 빠져 죽었다는 일로 마을은 수런거렸다. 숙부는 어머니가 앞서 죽은 아버지를 따라간 열녀라고 추켜세웠지만, 마을 사람들은 아들을 놔두고 그럴 리가 없다고 수군거렸다. 나루터의 주막에서 어떤 사람이 술에 취해서 숙부더러 살인을 한 놈이라고 떠들어댔고 출상을 한 뒤까지 마을 아낙들은 어머니의 죽음에 대해서 어쩌고저쩌고 하면서 속닥거렸지만, 그 일은 숙부가 몇 차례 지서에 불려갔다 돌아오는 정도로 끝을 맺었다. 하기야 세 번째 불려가던 날 숙부는 이제까지 모아두었던 돈을 몽땅 챙겨 담아가지고 나룻배를 저어 집을 나가는 걸 나는 목격했지만, 으레 그렇고 그런 것이 관청과 백성 사이이거니 짐작했었다. 어린것이 어떻게 그런 것까지 알아? 할 사람이 있겠지만 나는 마을에서 나무를 도벌하거나 밀주를 빚다가 들킨 사람들이 남몰래 돈을 바치는 걸 본 적이 있었기 때문에 그런 세계를 훤히 알고 있었다.

"종만씨는 잘 계시지요?"

"종만씨라우? 그분이야 잘 계시제 못 계실랍디요?"

숙부의 일을 물었을 때 사공은 하늘에 눈을 두고 심드렁하게 대답했다. 옳거니! 떠나지 않고 있었구나. 혹시나 하고 염려했던 한 대목이 풀리자 한결 마음이 놓였다.

"살림도 여전하구요?"

"그분이야 이제 부자 아닌게라우. 특조법으로 지난번에 큰댁 앞으로 있는 토지까지 다 이전해뿌렸다고 합디다. 사람 팔자는 알 수 없는 일이지만요, 나같이 나루장이나 해묵든 사람한테 그런 재산이 궁글어 들어올 줄 누가 알았을 것이오. 사람들이 그런 디 큰집 조카만 불쌍하게 되었닥 합디다."

배가 강 복판에 이르자 제법 물살이 세어졌다. 강가에 우북하게 자라 있는 갈대밭을 바람이 밀어붙이자 잎들이 허리를 굽히며 술렁거렸다. 사공의 남루한 옷자락이 나풀거리며 배가 한바탕 기우뚱 흔들렸다. 나는 몸이 휘청거리는 바람에 한 발을 떼어 옮기며 간신히 균형을 잡았다. 사공은 이런 일쯤은 까닥도 하지 않고 부지런히 노를 저었다.

"조카란 놈은 살아 있다고 하던가요?"

"살아 있긴 헌갑데요. 그런데 들은 풍문으로는 사람이 개망나니여서 밤낮으로 감옥소 살이만 하고 있닥 허데요. 그러니까 감옥이 제 집이 되어뿌렀닥 하데요. 그런 사람이 어느 세월에 무슨 낯짝으로 고향을 찾아오겠어요. 그러다본께 그 집 재산은 영영 종만씨 것이 되어부렀닥 합디다."

빌어먹을 것! 내가 그것 못 찾을까 봐서…… 나는 내심 다짐을 하며 마을 쪽을 노려봤다. 배가 가벼운 충격을 받으며 언덕에 닿자 나는 고물 위에 올라서서 발을 박차고 뛰어내렸다. 지난날에 무던히도 많이 반복했던 동작이었지만 워낙 오랜만에 되풀이하는 일이 되어놔서 모래 위에 떨어진 나는 몇 발을 옮기며 휘청거렸다.

길은 옛날 같지 않았다. 다리가 놓이는 바람에 통행하는 사람이 줄어들어 훨씬 좁아져 있었고 잡초들이 먹어 들어와 발끝에 걸렸다. 갈대도 베어내지 않았는지 해묵은 갈댓잎이 진창으로 처져 있었다. 이곳은 홍수가 질 때마다 상류에서 밀려오는 토사들이 쌓이는 곳이어서 땅이 갑절이나 기름져 풀이나 작물들이 무성하게 자랐다. 이곳에서 자라는 갈대는 키를 넘었고 모래밭에서 재배하는 땅콩은 품질이 좋기로 유명했다. 집에서 재배하는 땅콩을 자랑삼아 호주머니에 담고 학교에 가면 아이들이 침을 삼키며 모여들었고, 그것을 한 알씩 나누어주는 만족감이 항상 나의 가슴을 뿌듯하게 했다. 나는 어른들한테 꾸중을 들으면서까지 그것을 호주머니에 가득 담고 학교에 가곤 했다.

밭에는 땅콩 넌출이 이랑마다 기운차게 뻗어가고 있었다. 갈

14

대숲을 벗어난 지역은 온통 포전 아니면 땅콩밭이었다. 지금은 이렇게 광활한 지역이 땅콩 넌출로 덮여 있지만 내가 어렸을 적만 하더라도 그것을 재배하는 집은 우리 집을 비롯해서 겨우 몇 집밖엔 없었다. 어떤 때 홍수가 지면 심어놓은 작물들이 말끔히 씻겨져 내려가기도 했으나 사람들은 그 자리에다 되풀이해서 종자를 넣었다. 토지가 있고 욕망이 있는 한, 사람들의 노력은 그치지 않고 반복해서 계속되었다.

성냥갑을 늘어놓은 것 같은 마을이 눈앞에 펼쳐졌다. 옛날에는 짚으로 이엉한 버섯 모양의 지붕이었으나 지금은 기와나 슬레이트로 덮여 있었다. 그때보다 달라진 인상이 아늑하지 않고 황량했다. 마을 앞 통로는 차량이 드나들 수 있을 정도로 한결 넓어지고 흙담을 쳐놓았던 울타리도 모두 블록으로 바뀌어 있었다. 낯설기만 해서 짐작으로 골목을 들어서자 숙부네 집이 나타났다. 옛날엔 우리 집이었지만 어머니가 죽은 후로 숙부의 가족들이 들어와 살고 있었다.

"숙부님! 접니다. 달숩니다."

나는 허리를 굽혀 인사를 했다.

"오냐? 달수구나. 살아 있었구나."

"예! 죽지 않고 살아 있었구만요."

"여보! 달수가 왔구만."

"달수가요?"

부엌에서 숙모가 얼굴을 내밀었다. 나는 다가가서 허리를 굽혔다. 집을 나가기 전에 나한테 모질게 굴기는 했었지만 그다지

밉진 않았다.

"잠깐 거기 앉아 있거라. 내 하던 일 끝내고……"

숙부는 다시 마구청 쪽으로 걸어가 일을 하기 시작했다. 숙모는 부엌으로 돌아갔다. 나는 한참 동안 무료하게 앉아 있었다. 뛰어가서 숙부를 도와드리고도 싶었지만 너무 오랜 세월 동안 놓아버렸던 일이라 생소하게 느껴져 선뜻 나서지지 않았다.

"숙부님! 이제는 마음 잡고 사업을 하나 시작하려고 하구만요."

숙부가 일을 마치고 돌아왔을 때 나는 비로소 운을 떼었다.

"암, 마음을 잡아야지야. 그렇잖아도 지서에서 자꾸 네 신원조사를 오는 통에 내가 챙피해서 혼이 났다. 호적에도 붉은 줄이 쳐져뿌렀을 거라고 이장이 그러드라."

"죄송하구만요."

"사람이 살다 보면 어쩌다가 그리 되는 수도 있는 법인께 죄송할 것은 없다. 그런디 사업을 시작한다는 것 본께 그동안에 밑천을 좀 벌어놨는갑구나."

"웬걸요. 감옥에서 나온 놈이 무슨 돈이 있겠어요?"

"그러면 어떻게 사업을 한다고 그러냐?"

숙부는 의아스럽다는 눈초리로 나를 쳐다봤다.

"그러니까 자본 때문에 숙부님을 찾아왔어요."

"내가 무슨 돈 있다고 하던?"

"정 그러시다면 달리라도 어떻게 마련해주셨으면 좋겠어요."

우리 부모가 남긴 땅을 팔아서라도 내놓으시오, 하고 다그치고 싶었지만 기다려보기로 했다. 상속자가 나타났으니 당연히 그렇게 해주리라고 믿었다. 잠시 침묵이 흘렀다.

"하지만 그것은 쉬운 일이 아니다."

숙부는 당황한 목소리로 대답했다.

"이놈아! 어쨌다고 우리가 너한테 돈을 주어야 하냐?"

어느 사이에 밖으로 나와 마루의 기둥에다 손을 짚고 서서 우리의 대화를 듣고 있던 숙모가 참견을 하고 나섰다. 예전에도 숙부가 일을 잘못 저질러놓으면 앞에 나서서 해결을 하곤 했던 숙모였다.

"자네는 좀 잠자코 있소."

어렵게 된 처지에 나서주어서 잘됐다 싶었겠지만 숙부는 남자의 체면을 세우기 위해서 여자를 나무랐다. 그러나 숙부는 여자의 참견으로 힘을 얻어 아까보다 훨씬 당당해져 있었다.

"너는 지금 우리 전답이 니 아버지 재산으로 알고 있는지 모르겠다만 그것은 천만에 말씀이다. 등기를 보여줄거나. 그것이 뉘 앞으로 되어 있는가 하는 것을 보면 당장 알게 될 것이다."

숙부는 희죽희죽 웃으며 마루에서 일어서려다가 이쪽에서 반응이 없자 도로 주저앉았다. 일이 가라앉는 것을 보고 숙모는 다시 부엌으로 사라졌다.

국민학교 삼학년 때였을 것이다. 숫제 학교에 갈 수가 없었다. 꼴을 베어 소를 먹여야 하고 강변에 나가서 갈대를 쳐와야 했기 때문이었다.

"중학교를 안 갈 판인데 졸업장만 얻으면 됐지, 공부는 무슨 놈의 공부냐."

바쁜 철이 되면 아예 학교를 쉬면서 일을 도와야만 했다. 거기에다가 배고 고파서 견딜 수가 없었다. 다른 사람의 밥과 비교해서 그다지 적지도 않은 양이었지만 나는 굶주린 아귀처럼 헤매고 있었다. 알 수 없는 일이었다. 배가 고프지 않을 때도 입이 허기져서 어디 먹을 것이 없는가 하고 두리번거렸다. 밤이면 도둑고양이처럼 부엌으로 들어가 먹을 것을 더듬었다. 밥구리를 뒤져 손으로 움켜 먹기도 하고 그것이 없으면 김치라도 한 가닥 입에 넣고 나와야 직성이 풀렸다.

"이 도둑고양이 보소."

어느 날 나는 드디어 숙모에게 목덜미를 잡히고 말았다.

"이놈아! 내가 우리 자식들보다 밥을 적게 주디야, 국을 적게 주디야?"

드디어 나는 부엌 바닥에 내동댕이쳐진 채 어둠 속에서 부지깽이로 실컷 두들겨 맞았다. 살려달라고 아우성을 치자 숙부와 사촌들이 뛰어나왔지만 말리지 못했다. 이웃 아낙들이 몰려와서 뜯어말리는 통에 간신히 손아귀를 벗어날 수가 있었다. 숙모는 울음을 터뜨리며 험담을 시작했다. 그러니까 남의 자식은 아무리 거두어도 흉이 되게 마련이라고 한탄이었고, 제 뱃속에서 빠지지 않은 자식은 그쪽에서 먼저 허물을 드러낸다고 비난이었다.

다음날 아침, 학교에 간답시고 집을 나온 나는 방향을 바꾸어 정거장으로 달려갔다. 승무원의 눈을 피해 이리 몰리고 저리 쫓기면서 간신히 서울역에 이를 수가 있었다. 그때 열차 안에서 바라본 푸른 강물과 하늘의 비늘구름을 나는 지금도 잊지 못하고 있다.

"너 같은 놈한테 재산을 떼어주는 일은 악을 도와주는 일이다, 이놈아!"

숙부는 나의 항의를 듣고 나서 드디어 이렇게 단언을 했다.

"너를 믿을 사람이 이 세상 어디에 있어? 선의로 이끌어 사람을 만들 수 있었다면 어째서 판사들이 징역을 살렸겠냐? 너는 우리를 마다하고 집을 나간 놈이여. 우리가 쫓아낸 것이 아니여. 부모도 없는 놈을 거두어서 키워 주니께 은혜를 갚기는커녕 튀쳐나가서 도둑이 되고 불량배가 되다니…… 이제는 나도 남들 부끄러워서 이 마을에서 살지도 못하게 되었다. 전답 팔아서 뜰 수밖에 없어야. 그것이 다 뉘 탓이겠냐? 네 탓이다. 이 천하에 못된 놈."

숙부의 질책은 장황하면서도 가혹했다.

— 당신이야말로 불량배이고 도둑이요. 우리 엄마까지 죽인 살인자요.

하고 대들려다가 차마 입을 떼지 못하고 나는 멈칫거렸다. 서울의 거리를 활개치고 돌아다닐 때는 세상에 두려운 게 하나도 없었지만, 막상 시골 땅에 돌아와 보니 어쩐지 맥을 출 수가 없었다. 어렸을 때 한번 기를 꺾인 사람한테는 평생을 두고 죽어지내게 된다더니 그게 맞는 말인 것 같았다. 학교에 가고 올 때마다 나의 손을 잡고 끌어 올려주고 불끈 안아 내려주었던 나루장이인 숙부는 지금도 당해낼 수 없는 대상이었다. 하고많은 풍상을 겪으면서 잔뼈가 굵어진 이십 대의 청년인 나에게 있어서 숙부는 침범할 수 없는 권위적 대상인 거인이었고 나는 그에 비해 작고 초라한 어린아이였다.

모든 일은 글렀다 싶었다. 설령 이장이나 면장을 찾아가서 호소를 한댔자 나의 편이 되어줄 리가 없었다. 범죄를 저질러서 교도소를 들랑날랑하다가 돌아온 나를 보고 추악한 짐승 대하듯 바라보다가 승냥이라도 대하듯 슬슬 궁둥이를 뺄 것이 뻔한 일이었다. 만일 숙부가 흔연하게 돈을 밀어주기만 한다면 이런 기회에 깨끗이 손을 씻고 새 출발을 하려 했지만 세상은 나를 받아 들여주지 않았다. 너 같은 놈이 선량한 사람들 틈에 끼어 들어오다니, 어림도 없는 수작이야. 그대로 살다가 지치면 잠시 동안 교도소에라도 들어가서 쉬면 되지 않아? 너 같은 놈한테는 다른 길이 있을 수가 없어. 욕심부리지 말고 그렇게 살아가는 것이 바른길인 거야. 그리고 돈으로 말하더라도 주인이 따로 있는 것 아니라구. 돈벌이에는 정도가 따로 없어. 장사치가 남을 속여 돈을 버는 거나 도둑놈이 담을 넘는 거나 권력 가진 놈이 남의 것 긁어 들이는 거나 다를 게 뭐 있어? 원래는 말이야, 이 세상의 돈은 임자가 따로 없었어, 꾀 많고 힘센 놈이 어느 사이에 나타나 차지해버리는 통에 힘없고 미련한 놈은 다 빼앗기고 나서 헐벗고 굶주리며 떨고 있는 거야. 주저할 것 없이 서울로 올라 가라구. 그곳에 가서 다시 한탕 크게 해서 한밑천 잡아! 그때부터 그걸 가지고 바르게 살면 되지 않아. 걱정하지 말고 어서 용기를 내, 임마! 주먹을 불끈 쥐고 화경같이 눈을 부릅떠봐! 세상에 무서울 것 하나도 없지 않아.

누군가가 머릿속에서 나를 설득하며 재촉하고 있었다. 그것은 어쩌면 남의 소리가 아니고 원초적인 나의 생명의 밑바탕에서 울려 나오는 울부짖음인지도 몰랐다. 나는 고개를 처박고 한참 동안 침묵을 지키고 있었다.

"마음 바르게 묵고 정직하게 살아라잉."

나의 침통이 불안했던지 숙부는 갑자기 태도를 바꾸어 달래기 시작했다.

"너는 내 형님한테 오직 하나밖에 없는 살붙이인데 어찌 소중하지 않겠냐? 당장 논이라도 팔아 주고 싶긴 하다마는 네가 정신을 차리도록까지는 절대 안 될 일이다. 너는 정신을 차렸다고 하지만 그건 네 소리고 아무도 믿어줄 사람이 없어. 그리고 또 내가 이렇게 말한게 네 아버지 재산이 나한테 있어서 그런 줄 알지 모르겠다만 그것은 절대 아니다잉. 너는 모르지만 네가 어렸을 때 논값은 이미 다 회계해버린 일이야. 그걸 모르고 쬐끔이라도 나를 섭섭하게 생각하면 못 쓴다잉. 그리고……"

나는 숙부의 설교와 변명을 듣다가 말고 벌떡 몸을 일으켜 그 집을 뛰어나왔다. 숙부 내외가 따라 나와 무어라 소릴 지르는 것 같았지만 뒤도 돌아보지 않고 마구 달려서 마을 앞으로 나왔다. 땅콩밭 갈대숲을 지나 강가에서 우뚝 발을 세웠다. 물은 다름없이 유유히 흐르고 있었다. 시원한 바람이 불어왔다. 이제까지 조이고 굳어졌던 가슴이 확 트이며 한결 정신이 상쾌해졌다. 나는 입을 벌리고 강바람을 한아름 들이마셨다. 덕만이 모습이 떠올랐다. 어쩌면 그놈이 지금쯤 정류소까지 와 있을지도 모른다.

"니네 집 구경 좀 하자."

떠나올 때 그는 말했었다.

"그리고 니네 동네 가시내도 많다지? 한 년 소개해주라."

"안돼"

"왜 안 되냐?"

"오늘은 내가 숙부한테 잘 보여야 돈을 얻어낼 수 있다. 근데 너 같은 놈하구 같이 가면 날 믿어주겠냐?"

"그럼 니네 동네 정류소까지만 따라가서 기다리고 있을 테니까 돈이나 몽땅 가지고 와라."

"그것도 안 돼. 너는 잠자코 여기 기다리고 있어."

그래놓고 떠나왔지만 워낙 고집이 센 놈이라, 한다고 하면 기어코 해내는 게 덕만이의 성질이었다. 그 지루한 소년원 생활을 통해서 언제나 곁에 있으면서 벗이 되고 힘이 되어주었던 놈이었다. 소년원을 탈출할 때도 함께 울을 넘었다. 도랑을 뛰어가다 빠졌을 때 위에서 손을 잡아주었고 병이 나서 닷새 동안을 토굴에서 지냈을 때도 끝까지 간호를 하며 음식을 날라다주기도 했었다. 어쩌다가 잘못되어 내가 교도소에 들어갔을 때도 나올 때까지 면회를 오고 몇 푼의 영치금까지 넣어주었던 녀석이었다. 진짜 천하에 둘도 없는 의리의 사나이, 어쩌면 그는 지금 정류소로 내려와 나를 기다리고 있을지도 몰랐다.

선착장을 향해서 내려가고 있는데 한 사내가 낚싯대를 메고 할래할래 걸어 올라왔다. 모르는 사람이거니 하고 스쳐버렸다가, 기억 속에 되살아나는 게 있어서 뒤를 돌아봤다. 마음이 맞닿은 것일까! 그도 역시 한 발을 언덕에 걸치며 이쪽을 돌아보고 있었다.

"너 달수 아니냐?"

상대가 먼저 나에게 물었다.

"석구구나."

용케도 나는 그의 이름을 기억해냈다.

"언제 왔었냐?"

"얼마 전에 왔다가 그냥 돌아가는 길이다."

"느그 숙부님은 만나봤냐?"

"만나보기는 했다."

"보나 마나 그 너구리 영감이 너한테 어떻게 했는지 알 만하다."

"그렇잖아도 소박맞고 가는 길이다."

"안됐구나. 그 일을 정말 어떻게 한다지?"

석구가 눈빛을 반짝이며 열을 냈다.

"어쩌긴 어째. 그냥 돌아가는 거지."

"안된다. 이놈아!"

석구가 길을 가로막았다. 건성으로 반가운 척 손이나 잡고 흔들다가 섭섭하긴 하지만 바쁘니까 갈리자며 슬그머니 꽁무니를 뺄 것으로 생각했는데 석구는 그렇지 않았다.

"네가 도망쳤단 말 듣고 우리 엄마가 얼마나 울었는지 아냐? 나도 덩달아 울었어."

석구의 얼굴이 갑자기 그늘지며 울가망한 표정으로 변했지만 나는 그의 감정이 어떤 것인지 확실하게 이해하긴 어려웠다.

"염려해줘서 고맙다."

나는 석구의 손을 잡으며 말했다.

"하지만 난 원래부터 불알만 차고 살아온 놈이니까 숙부라도 잘 먹고 잘살라지 뭐, 별수없어."

"그래도 네 숙부, 그 종만이란 사람 너무한다."

석구가 말하면서 강 건너로 신호를 보냈다. 그러나 저쪽에서는 보지 못했는지 반응이 없다.

"어이! 뱃사공!"

석구가 소리를 지르자 그때와 같이 회색의 작업복을 입은 사내가 주막에서 걸어 내려와 닻줄을 풀었다. 배가 강을 건너오는 동안 우리는 말이 없었다. 나의 일 때문에 침통해진 석구의 기분 때문에 덩달아서 내 마음도 점차 울적해져 갔다. 오후의 태양이 격렬하게 물 위에 부서져 날개를 달았다. 물은 수많은 새, 금빛의 새가 되어 파닥거렸다.

가벼운 마찰음을 내며 배가 선착장에 닿았다. 나는 몸을 날려 배 안으로 뛰어들었다. 사공이 웃음으로 맞이했다. 우리는 이제 초면이 아니고 구면이었다.

"땅콩밭 사러 오셨구만요?"

사공이 나에게 물었다.

"땅콩밭이라구요?"

"그것이 아니라면 딴 일로……?"

"그래요. 땅콩밭이 아니어요."

"그럼……?"

나는 대답하지 않고 그저 빙긋이 웃기만 했다. 그러는 사이 석구가 따라 올라왔다.

"낚시질은 잘되든가?"

이번엔 석구에게 질문을 던졌다.

"난 고기 잡으러 나오지 않았는데요. 울화통이 터져서 나왔어요. 정말 이놈의 세상, 참을 수가 있어야지요. 모두가 콱 부숴버리고 싶은 것뿐이란 말이어요. 그러지도 못할 바엔 차라리 물에나 풍당 빠져버리고 싶다니까요."

석구의 푸념은 거칠었다. 그러나 나는 어째서 그가 비분강개하고 있는지 이해하지 못했다. 나와 같이 앞이 콱 막혀버린 막바지 인생도 있는 세상에 왜 저러는 것일까!

"뭣 때문에 그래?"

이번엔 내가 물었다.

"무엇 때문이 아니여. 너의 일만 하더라도 그렇지 않나. 온통 모든 것을 싹 쓸어버리고 싶다니까. 내 앞에서 우쭐대고 뻐기는 놈들을 그저……"

석구의 흥분에 밀려 나의 입에서는 숱하게 열려 있는 욕설조차 나오지 않았다. 제방에는 갖가지 풀들이 종깃종깃 무성하게 자라 있었고 그 아래 선착장에는 몇 척의 낚싯배가 닻줄에 매어진 채 한가로이 낮잠을 자고 있었다. 내가 어렸을 적만 해도 생선이나 화물을 실은 배들이 빈번하게 내왕했던 해운은 이제 완전히 끊기고 고기잡이조차 맥을 추지 못하고 있는 것이었다.

"여기까지 나와주어서 고맙다. 그럼, 잘 있게."

길가로 나온 나는 석구에게 악수를 청했다.

"아녀, 아녀. 정류소까지 바래다 줄께."

석구는 들고 있던 낚싯대를 주막집 처마 밑에 맡겨놓고 나를 따라나섰다. 우리는 차를 타지 않고 걷기로 했다. 산의 허리를 돌자 신축된 시내의 건물들이 햇볕을 받아 흰빛으로 흩어져 있었다. 이곳에 공업단지가 들어서게 되어 산허리는 벌겋게 잘리어나가고 작업하는 중기들의 덜커덩거리는 소음이 고막을 찢었다. 삭막했다. 어렸을 때 햇빛을 피해 숨어들었던 숲이며 언덕들은 하나둘 자취를 감추고 그곳을 까칠한 시멘트 덩어리가 잠식해 들어가고 있었다.

"야! 돌아오는구나!"

매표구에 가서 승차권을 사려 하는데 어디에 숨어 있었는지 덕만이가 불쑥 불거져 어깨를 때렸다.

"짜식, 기어이 여기까지 왔네그려."

"네 숙부한테 붙들려 돌아오지 못할 줄 알았는데…… 만일 밤까지 나타나지 않으면 수소문해가지구 기어이 찾아갈 판이었어야."

"그건 그렇고 친구 하나 소개할께. 이름은 석구라고 하는데, 아주 좋은 친구야. 나하군 국민학교 동창이거든."

"야. 너는 국민학교 동창도 이런 데에 있구. 근사하다."

결국 우리는 세 사람이 어울려 술집으로 들어갔다. 하고한 세월, 우리는 술이 아니라면 조여오는 시간들을 견디어내지 못했을

지도 모를 일이다. 술은 우리의 신경을 무디게 하여 고통으로부터 풀어주었고 환상의 세계를 만들어 가슴을 부풀게 해주었다. 더러는 힘과 용기를 내게 하고 추위와 배고픔을 이기게도 해주었다. 술은 우리들의 유일한 구원자였다. 오늘 우리 세 사람이 짧은 시간에 친근해질 수 있었던 것도 술의 힘이었다.

"여! 석구 너, 촌놈치고는 정말 멋있다."

덕만이가 떠들어댔다.

"자! 우리들의 만남을 위해서 축배다."

덕만이가 외치며 소주잔을 높이 쳐들었다. 우리도 잔을 들어올려 그의 컵에 부딪쳤다. 짤가당 하고 세 개의 컵이 부딪치는 소리, 이어서 우리는 잔을 입으로 끌어당겨 벌컥벌컥 들이마셨다.

어둠이 깔리는 창밖으로 드문드문 가로등이 켜지고 지나는 차량들의 헤드라이트가 눈을 부시게 했다.

"달수야! 네 숙부놈 집으로 쳐들어가자."

덕만이가 제안을 했다.

"쳐들어가서 어떻게 하게?"

"연놈을 꽁꽁 묶어놓고 돈을 내놓든지 토지의 등기라도 내놓도록 해야지."

"등기 말인가?"

석구가 참견했다.

"그렇지. 등기만 있으면 토지를 차지할 수 있잖아."

"그렇지 않아. 등기라는 것은 종이쪽지에 불과해서 쓸모가 없대."

"그럼 어떻게 하지? 응, 좋은 수가 있어. 여편네를 묶어놓고 사내더러 돈을 마련해오게 하면 되는 거야."

"그런 짓 하다간 크게 걸려."

석구가 걱정을 했다.

"걸린다는 게 뭐야? 달수가 제 재산을 찾는 일인데 걸리긴 왜 걸려?"

덕만이는 그저 밀어붙이면 된다는 이야기다. 그러나 석구는 서툴게 일을 벌였다간 되지도 않는 일에 혼쭐만 나게 된다고 했다.

"괜히 석구란 놈이 끼어들어가지구 될 일도 안 되게 되었구만."

덕만이는 불만을 토했으나 결국 우리는 오늘 밤에 숙부의 집으로 밀고 들어가 담판을 하기로 했다. 그러다가 일이 뜻대로 되지 않으면 그때 가서 방법을 찾기로 했다. 들어갈 때는 나루를 건너지 않고 한길을 택했다. 이따금 택시가 한 대씩 지나갈 뿐 차가 뜸한 도로여서 우리는 팔짱을 끼고 옆으로 늘어서서 행진을 해갔다.

"정든 땅 언덕 위에 초가집 짓고……"

나의 입에서는 갑자기 생각지도 않았던 노래가 터져 나왔다. 정든 땅도 없고 고향조차 잃어버린 주제에 가당치도 않은 노래였다. 길을 가다가 악기점에서 들은 적이 있고 유원지 같은 데서 취한 남녀들이 부르는 걸 들어보았지만 스스로 불러보지도 않았던 노래였다. 그러나 나는 막히지 않고 그것을 완창했다. 부르면서

찡하니 울려오는 게 없잖아 있었다. 나에게도 고향이란 것이 있는 것 같은 기분이 들었다. 아버지와 더불어 땅콩밭에서 땅콩을 캐고 강으로 투망질을 갔던 일, 어머니와 같이 운동회날 달음박질을 하고 읍내 시장에서 옷을 샀던 일들이 새삼스레 떠올랐다. 이제까지 거칠고 메마르기만 했던 가슴에 촉촉하게 젖어오는 것이 있었다. 그것은 눈물인 것도 같고 그리움인 것도 같았다. 이제까지는 느껴보지 못했던 감정이었다.

마을은 나루터 쪽과는 달리 동쪽에서 들어가게 되어 있었다. 어둠 속에서 얼마 동안을 허덕거리다가 낮에 들어갔던 골목을 찾을 수 있었다.

"도둑놈들한테 이따윗 것이 뭐야!"

숙부네 집 대문에 이르러 덕만이는 교회 표지판을 거칠게 뜯어냈다. 그 표지판은 용케도 앞집 문 앞에 켜진 등불에 의해서 정면으로 비쳐 뚜렷하게 나타나 있었다.

"끝에 가선 내가 해결할 테니까 염려 말고 들어가!"

석구는 어둠 속에서 손짓만을 계속하고 있었다.

"숙부님! 숙부님!"

덕만이가 앞장서서 소릴 질렀다. 대답이 없었다.

"종만씨! 김종만씨!"

이제는 이름을 불렀다.

안에서는 아무런 반응이 없었다. 덕만이는 신을 신은 채 마루에 올라가 문을 열어젖혔다. 거울과 장롱의 스텐 장식이 반짝거리고 있을 따름, 사람의 그림자는 보이지 않았다. 아들딸은 먼 도시로 학교를 갔으니 집에 없겠지만 숙부 내외가 이런 밤중에 없을 리가 없었다.

"그냥 돌아가자!"

나는 덕만이를 마루에서 끌어 내렸다. 아랫목에 들어앉아서 돌아올 때까지 기다리자고 버티는 덕만이를 억지로 밀고 대문께로 나왔다. 숨어 있던 석구가 어슬렁어슬렁 기어 나왔다.

"우리 나루터로 가서 배 위에서 실컷 마시다가 놀다가 오자."

"그게 좋겠다. 그때까진 니 숙부놈도 돌아와 있겠지."

석구의 제의에 덕만이가 찬성했다. 우리는 떼지어 마을을 나왔다.

"그 사람들 어떻게 알고 우릴 피했지?"

덕만이가 물었다.

"아마 교회를 갔을지도 몰라. 아냐 아냐, 문패는 그렇게 붙여 놨지만 불당이란 말도 있어. 그러긴 한데 또 교회라는 말도 있고. 알 수가 없어."

우리는 땅콩밭과 갈대숲을 지나 강가로 나왔다. 사공이 버리고 들어간 배가 달빛 아래 고요히 잠들어 있었다. 석구가 그걸 풀어 물속으로 밀어 넣었다. 익숙한 솜씨로 배를 저었다.

"건너갈 것 없어. 여기 술 있으니까."

덕만이는 어느새 준비했는지 호주머니에서 소주 두 병과 오징어 한 마리를 끄집어냈다. 우리는 술병을 따고 오징어를 찢었다. 종이컵에 소주를 부어 한 잔씩 마시고 잔을 교환했다. 배는 흐름 속에 맡겨 하류로 흘러내려 갔다. 중천에 뜬 달빛이 은빛 비단으

30

로 물 위에서 출렁거렸다.

"에이 빌어묵을 것."

갑자기 석구가 일어서더니 노를 풀어 물속으로 던져버렸다. 배는 한바탕 기우뚱 움직이고 나서 하류를 향해 표류해갔다.

"달수야! 거깄냐?"

한 사내가 달려오며 소리를 질렀다.

"배를 좀 멈춰라. 달수야. 배를 멈춰!"

숙부였다. 우리는 대꾸하지 않고 술만 마셨다. 이 배는 내일 새벽쯤 큰 항구 도시가 있는 바다에 이를 것이라 했다. 우리들은 모르는 사이에 시나브로 잠이 들었다. 출렁이는 물소리를 귓전에 들으며 나는 꿈을 꾸었다. 남의 재산을 탐내거나 사람을 감옥에 처넣는 사람이 없는 자유롭고 행복한 나라를 꽃 비행기를 타고 날아가는 꿈이었다.

부서지는 달빛

    사람대접이 아니라 숫제 짐짝이었다. 공연히 이런 걸 타게 되었다고 새삼스레 후회했지만 이제 와선 돌이킬 수가 없었다. 무작정 버스에서 내린다고 하자! 정처 없이 산골을 헤매다가 아무 곳에서나 고꾸라지게 되겠지. 그러기로 작정을 한다면야 못할 바 없겠지만, 어디 짐승 아닌 사람으로서야 그럴 수가 있는가. 어차피 예정했던 종점까지는 가야 하는 것이다.

    몽롱한 의식 속에 갖가지 환영이 스쳐 갔다. 유태인 수용소, 오! 그것은 아우슈비츠였지. 피난 열차, 광기 넘치는 흥행장. 워낙 시달리는 상태여서 떠올랐던 그림자는 울화증에 밀려 사라졌다.

    승객들을 어지간히 집어삼킨 버스는 스스로의 체중을 가누지 못하고 좁은 도로를 헐떡거리며 달려갔다. 흡사 병든 짐승 같았다. 정원은 45명입니다, 하고 버젓이 표시해 놨지만 짐작컨대 족히 백 명은 될 것 같았다. 그러고 보니 자리를 잡지 못한 사람들이 넘쳐서, 중앙의 통로는 물론 좌석과 좌석의 앞뒤까지 진드기처럼 파고 들어가 남의 가슴에다 엉덩이를 맡기거나 가랑이 사이에 끼어들어 엉거주춤 서 있는 사람도 있었다. 차체가 흔들릴 때마다 발을 밟지 말라거니 터져 죽겠다는 등의 아우성에, 사람 살리라는 비명도 터져 나왔다.

추석이랍시고 대목장에서 차례를 모실 제수물을 사가지고 돌아가는 사람도 있었으나 대부분은 객지에서 제각기 이러저러한 직업을 가지고 일을 하다가 명절을 쇠러 가는 사람들이었다. 손꼽아 기다린 끝에 닥쳐온 가슴 설레는 귀향이긴 했어도 버스 안이 이렇게 북적대어 자리조차 잡을 수 없고 보면 차라리 고행길이었다. 그들의 얼굴은 노랗게 변색되어 일그러지고, 그 위에 기름 같은 땀방울이 송알송알 매달려 있었다. 숨을 몰아쉬며 신음하는 사람이 있는가 하면 낮에 먹은 국수 가락이나 국물들을 토해내는 사람도 있었다.

찬수는 흙탕물에 떠 있는 송사리처럼 천정을 우러르고 통로 위에 서 있었다. 이렇게 하고 있지 않으면 남과 서로 얼굴을 맞대고 콧김을 받아야 하거나 상대방의 머리카락 속에 얼굴을 처박고 시큼한 땀내를 맡고 있어야 하기 때문이었다.

오늘의 갑작스런 여행이란 그에게 있어서 예정에도 없었던 일이었다. 부모도 없고 전장田庄도 없는 그곳은 이제 돌아갈 명분이 없는 고장이었다. 금의환향이라는 말이 있듯이 지체 있는 지위에 오르거나 돈을 몽땅 벌었다면 몰라도, 오늘과 같이 비참하게 된 그에게는 정말 치욕의 길일 수밖에 없었다. 그런 곳을 가겠다고 그는 엉겁결에 뛰어나왔다. 향순이가 불러냈기 때문이었다. 방문을 열자 문간에서 그녀는 손짓을 했고 문간을 나가 한길 가에서 불렀다. 그녀가 배경으로 하고 서 있는 가로수가 그에게는 고향의 뒷동산으로 보였다. 환영이 사라졌을 때 찬수는 잠시동안 어리둥절 서 있었지만, 결국 그는 고향이 자기를 부르는 것으로 결론을 내렸다. 향순이가 마을을 대표해서 그러는 것이라고 생각했다.

높은 봉우리가 몇 차례를 굽이쳐서 완만하게 내려오다가 한 바퀴 휘어감은 곳에 그의 마을은 있었다. 감나무 아래서 댓잎이 사그락거리고 못자리를 할 무렵이면 새로 움터나온 가죽나무 잎이 비릿한 냄새를 골목에 풍기는 마을이었다. 명절이면 깨끗한 옷으로 갈아입은 아이들이 골목을 누비고, 아낙네들이 모여 신나게 널을 뛰었다. 봄에는 산에 올라가 나물을 캐고 여름에는 밭을 가꾸어 갖가지 곡식을 길러냈다. 가을철 단풍이 빨갛게 물든 산에는 온갖 열매들이 휘어지게 열려, 찬수는 그것을 따느라고 저문 줄을 모르고 오르내렸었다.

그곳을 버린 후, 얼마 동안은 거리를 걸을 때나 방안에 앉았을 때나 간에 문득 떠오르곤 해서 가슴 산란하게 했었지만, 요새 와서는 아예 칼로 잘라버린 것처럼 말끔히 잊고 살아가고 있었다.

엉겁결에 홀린 듯이, 몽유병과 같은 상태에서 터미널까지 나오긴 했어도 명절 때가 되어 승차권은 모두 팔리고 없었다. 매표구를 기웃거리며 사정을 했지만 한결같이 내일 것밖에는 없다는 것이었다. 도리 없구나 싶어 단념을 하고 사람의 물결에 떠밀리고 있는데 어떤 사내가 다가와 귓바퀴에 입김을 뿜으며 말을 붙였다.

"차표 사시겠어요?"

돌아보니 광대뼈가 퍼진 넓적한 얼굴의 사내가 유들유들 얼굴에 웃음을 띠고 서 있었다.

"아니요! ……예예, 좋아요, 사겠어요."

처음에는 도둑놈 같은 인상 때문에 거절했다가, 마음을 바꾸어 사겠다고 했다.

"광주지요?"

"맞아요. 그곳이에요."

사내는 용케도 행선지를 알아맞힌 다음 포켓에서 몇 장의 승차권을 꺼내어 살피더니 한 장을 찬수 앞에 내놓았다.

"만 원이요."

"만 원이나 받아요?"

액면가의 2배가 넘는 돈이었다.

"그렇다니까요. 그래도 내 것은 싼 편이요. 싫으면 관두어요."

사내는 건네주었던 차표를 다시 거두어가려 했다.

"아녜요. 그냥 주세요."

찬수는 만 원권을 꺼내어 사내에게 쥐어주었다. 이만하게 되어서 다행이지 그렇지 않았으면 영락없이 포기할 뻔한 일을 생각하면 잘된 것이었다.

그놈의 회사만 쓰러지지 않았어도 이런 날 요 꼴로 방황하지 않아도 되었을 것이다. 생산한 부품을 얼마든지 받겠다던 일본인 거래처에서 갑자기 거래를 중단하게 된 순간, 공장은 금이 가기 시작했었다. 산더미 같은 재고품을 쌓아놓고 조업이 중단되었다. 일이 다급해지자 전무가 건너가고 뜻대로 되지 않자 사장이 나서 바로잡아보려 했지만 노력은 모두 수포로 돌아갔다. 그쪽에서는 이미 가격을 낮추어 공급하겠다는 새로운 공장과 계약을 맺고 거래를 시작해 버린 후였다. 기득권을 주장해서 그보다도 낮은 값으로 공급하겠다고 나섰지만 때는 늦어 있었다. 일이 이렇게 되었어도 행여나 회사가 되살아날까 하는 기대감에서 반년 동안을 임금조차 제대로 받지 않고 기다렸으나 모든 일은 허사로 돌아갔다.

버스는 연막처럼 허연 먼지를 내뿜으며 좁은 시골길을 달리고 있었다. 노랗게 익은 벼가 남실거리는 들판을 지나, 소나무 숲이 울창한 산길로 접어들고 있었다. 사람들은 이제 힘이 빠져 버렸는지 신음소리조차 내지 않고 침묵을 지키고 있었다. 찬수는 마비되어버린 하체가 무너져내릴 것만 같아 다시 꼬나잡느라고 몸을 비틀어보고 발을 하나 빼어보기도 했지만 고통에서 해방될 길은 없었다. 쓰러지지 않고 버틸 수 있는 것은 도리어 이쪽을 짓이기고 있는 옆 사람들 덕택이었다.

차가 한 정류소에 멈추자 몇 사람이 빠져나가는 것 같았지만, 다시 올라온 사람이 있었는지 조금도 헐렁해지지 않았다. 마치 퍼내어도 다시 차오르는 샘물과 같았다. 이곳이 미곡리라는 곳일 텐데 안내원도 역시 지쳐버렸는지 침묵이었다. 머리털과 유니폼에 허연 먼지를 뒤집어쓴 그녀는 초점 없는 눈빛으로 허공을 바라보면서 마지막 내리는 손님한테 차표를 받으며,

"오라잇!"

하고 소리를 질렀다.

"아니어요. 여기 내려주어요."

늦게나마 내릴 곳이란 것을 알아차린 한 여자가 몸을 빼려고 한참 동안 몸부림을 치다가 겨우 승강구에 이르러 뛰어내렸다. 그녀 때문에 몇 바퀴 굴렀다가 멈춘 버스가 다시 둔중한 배기음을 내며 움직이기 시작했다.

"석탄 백탄 타는 데는 연기만 풀풀 나고요오……."

뒷좌석에서 어떤 사내의 발광하는 기성이 차내를 울렸다. 여느 때 같았으면 박장대소를 하거나 시끄럽다고 핀잔을 받을 만한 거칠고 괴상한 소리였지만, 이미 신경이 무디어져 버린 승객들은 반응이 없었다.

이때 찬수는 서너 사람 건너 앞쪽에서 땀을 뻘뻘 흘리고 있는 한 여자를 보고 눈을 퍼뜩 폈다. 옆 모습이 너무나 향순이를 닮아 있었다. 흘러 내려온 몇 가닥의 머리카락이 가리고 있는 볼과 코의 생김이 흡사했다. 피부의 색깔도 다르지 않았다. 그는 인파를 젖히며 여자에게 다가가려고 몸을 이리 비틀 저리 비틀 굼틀대며 안간힘을 썼다. 가까스로 왼발이 빠져나왔기에 왼무릎을 사람들 사이로 끼어넣고 밀어댔다.

"사람 죽겠는데, 왜 이래요?"

앞 사람이 오만상을 찌푸리며 눈을 흘겼다. 이런 꼴을 당하자

접근하고자 하는 그의 시도는 주춤할 수밖에 없었다. 그러긴 했어도 그는 그녀에게서 눈을 떼진 않았다.

이때, 와지끈, 하는 금속성이 터지더니 와크르르 유리 조각 쏟아지는 소리가 들렸다. 넘치는 승객들의 팽창력을 못 이겨 버스의 유리창이 밖으로 터져서 나가는 소리였다. 평상시 같았으면 차내에 있는 모든 승객들을 놀라게 할 만한 사건이었지만 워낙 지쳐서 신경마저 둔감해져 버린 사람들은 표정 하나 까딱하지 않고 묵묵히 자리를 지키고 있었다. 아가씨 역시 유리가 터지는 순간, 눈알만 살짝 그쪽으로 굴리는 반응을 보였을 뿐, 무거운 표정을 버리지 않고 있었다.

"어떤 놈이 유리 깼어?"

밖에서 표를 팔고 있던 검정 상의의 사내가 깨어진 유리 사이로 얼굴을 들이밀고 거친 소리로 물었다.

"……."

아무도 대답하는 사람이 없었다.

"어떤 놈이냔 말여? 너구나. 너 빨리 나와!"

차창 가까이 서 있는 한 청년을 가리키며 으름장을 놓았다. 그러나 청년은 모른 척 딴전을 부리며 서 있었다.

"안 내려오면 쫓아 올라간다."

위협은 계속되었다. 차 안의 청년은 그때야 눈을 위아래로 한 번 희번덕 움직이고 나서 어깨를 좌우로 움직였다. 나가고 싶어도 움직일 수 없다는 입장을 알리고 있었다.

"적반하장도 유만부동이지, 누구더러 깼다구 지랄이랑가."

청년의 옆에 자리를 잡고 앉은 한 중년 남자가 잠겨 들어가는 소리로 말했지만 매표원의 귀에까지는 미칠 것 같지가 않았다. 갑자기 앞쪽이 술렁거렸다.

"무슨 짓이여?"

"사람 죽이네."

드디어 매표원이 안으로 들어와 사람들을 밀치며 젊은이에게 접근하려 했다. 하지만 워낙 **빽빽**하게 들어찬 사람의 숲을 뚫진 못했다. 한참 동안 실랑이를 벌이던 매표원은 몸을 훌쩍 위로 솟구쳐 승객들의 머리 위에 몸을 걸치고 헤엄을 치기 시작했다.

"이 나쁜 자식 보소."

"상놈의 새끼를 그만……"

여기저기서 분노가 폭발했다. 출입문 쪽에 있던 한 젊은이가 매표원의 발을 잡아 끌어당겼다. 허우적거리던 매표원이 출입문 앞으로 끌려 내려오자 승객들은 합세해서 그를 밖으로 밀어내고 문을 닫아버렸다. 매표원은 밖에서 차체를 텅텅, 두들겨댔다.

"기사님! 빨리 떠납시다."

"매표원이 다친 모양이어요."

"제놈이 잘못한 것인께 상관없어요. 어서 떠나자니까요."

빗발 같은 재촉을 받으면서도 운전사는 난감한 표정으로 앉아만 있었다.

"정말 이러고 있을 테요?"

한 젊은이가 사람들 틈을 비집고 앞쪽으로 나오더니 운전사를 끌어내고 그 자리에 털썩 주저앉아 핸들을 빼앗아버렸다. 곧 부릉, 하고 시동이 걸리더니 버스는 사나운 클랙션 소리를 내며 달리기 시작했다. 매표원이 차 밖으로 밀려 떨어지는 것을 보고 몰려나왔던 마을의 젊은이들이 일제히 떠나는 차를 향해서 쑥떡을 먹이거나 아가리를 벌리고 욕을 퍼부었다. 침을 뱉는 사람도 있었다.

회사는 끝내 쓰러지고 말았다. 파산한 이 공장을 인수한 K사는 시설과 더불어 간부사원을 제외한 모든 근로자까지를 받아들이겠다고 약속했었다. 비록 망쳐먹긴 했지만 R사장이 직원들의 신분에 대해서 신경을 써 준 결과였다.

그러나 K사에서는 갑자기 변덕을 부렸다. 인수하기 전에 한 사람 한 사람 심사를 하겠다는 것이었다. 차례가 되어 접견실로 들어가자 심사원은 꽤 까다로운 질문을 던져 왔다. 종전의 임금 수준을 어떻게 보느냐, 앞으로의 처우를 어떻게 개선해야 한다고 생각하느냐? 하는 것도 거북한 질문이었는데, 그는 한술 더 떠서 현행 노동법을 어떻다고 보느냐는 따위의 질문을 던져왔다.

이런 종류의 질문이란 음흉한 사람들이 상대를 함정에 빠뜨리기 위해서 꾸민 계략인 수가 많기 때문에 무척 조심성 있게 대답을 하지 않을 수 없었다. 그렇다고 비위를 맞추기 위해서 마음에도 없는 대답을 할 수 없어서 비교적 정직하게 소신을 털어놓았다.

아나나 다를까, 심사 결과는 찬수를 포함한 다섯 사람의 탈락이었다. 그들은 모두 과거에 비교적 소신 있게 활동했던 사람들뿐이었다. 떼를 지어 몰려가서 사정도 하고 항의도 해봤지만 효과가 없었다. 회사 측에서 예정했던 감원 계획은 움직일 수가 없었다. 마지막으로 떠나기에 앞서, 그들은 단골로 다니던 주막에서 만났다.

"우리 헤어지더라도 연락은 끊지 말고 살자."

"그렇고말고. 새로 직장들이 생기면 이렇게 같이 고생했다는 표적으로 모임이라도 하나 만드는 것이 어때?"

"그러자. 오늘 밤의 약속 잊지 말고 꼭 다시 만나자."

새벽이 되도록 마시면서 그들은 이렇게 다짐했었다. 허망하고 불안하며 모두가 앞날을 알 수 없었지만 그들은 진심으로 약속했었다.

어느새 운전사는 제 자리를 되찾아 핸들을 잡고 있었다.

"그 사람들도 이런 날에는 찡자를 한번 놓고 싶어진다니까요."

운전사가 가속 기어를 넣으면서 화난 듯이 불쑥 내뱉았다.

"명절이 되었다고 뻔질나게 차려입고 도시에서 돌아오는 사람들을 보면 심통이 터질 만도 해요. 도대체 너희들은 뭐냐? 농촌 버리고 도시로 떠난 놈들만 양반이고 우리들은 그래 쌍놈이란 말이냐? 어디 촌놈 깡다구 맛을 한 번 봐라 이것이란게라우. 그러니께 그런 줄 알구 슬슬 비위 맞추어 주는 것이 제일이어라우. 그러고 말이어요. 아무리 저래 뵈두 저 사람들 건들었다간 우린 운전 못 해묵어요."

운전사는 핸들을 빼앗겼던 분풀이라도 하듯 계속해서 떠들어댔다.

돌부처처럼 서 있던 아가씨가 갑자기 몸을 호들갑스럽게 흔들며 뒤쪽을 아니꼽게 돌아봤다. 그녀의 뒤에는 상고머리의 젊은이가 아무 일도 없었던 것처럼 느긋한 자세로 서 있었다. 이런 연옥 같은 북새통에서 계집에게 흑심을 품고 집적거리다니, 참으로 어처구니없는 작자라는 모멸감이랄까, 아니면 적의 같은 것이 느껴져, 찬수는 그쪽을 노려봤다. 그녀가 뒤쪽을 돌아보는 순간, 향순이가 아닌 딴 여자란 것이 확인되긴 했지만, 무관심해지진 않았다. 사나이로서의 의협심이랄까, 보호본능 같은 것이 가슴에서 밀어 올라왔다. 한 번만 다시 집적거려 봐라. 결코 가만히 두지 않을 테다, 다짐하고 나서 찬수는 소매를 올려 이마에 흐르는 땀을 닦았다. 그러나 한 번 무색한 꼴을 당한 상고머리는 다시는 여자에게 관심을 주지 않고 천정만 바라보고 있었다.

한 해는 병충해 때문이었고, 다음 해는 태풍이 불었다. 벼의 수확이 반감되자 빚을 걸머지게 되었다. 벼농사만 바라보고 있다가는 부채의 수렁으로 빠져들어가 헤어나지 못할 게 뻔했다. 지도소의 권유도 있는 데다가 그것으로 성공한 이웃 마을 친구의 조언을 듣고 수박을 두 차례 재배했다. 그러나 재수 없는 놈은 뒤로 넘어져도 코를 깬다고 유월에 장마가 들어 열매는 수분受粉조차 하지 못하고 떨어져 나갔다. 이제는 더 버틸 수가 없었다. 하는 수 없이 논밭을 팔아 빚을 정리하니 겨우 몇백의 돈이 수중에 떨어졌다.

"너나 떠나거라. 우리는 굶어 죽드라도 여기에 남을란다."

부모들은 반대였지만 그들만을 남겨놓고 떠날 수가 없어서 기어이 모시고 올라왔다. 다행이 조그마한 정비공장에 일터를 얻어 그럭저럭 일년을 보냈는데 공교롭게도 사장이 바뀌는 통에 일자리를 물러 나왔다. 새로운 일자리를 찾아 나섰지만 쉽지 않았다. 대구로 내려가 보고 부산에서도 찾아보았다. 일주일을 허덕거리다가 가까스로 전자 제품의 부품공장에 자리를 얻어놓고 집에 돌아왔는데, 어찌 된 일인지 늙은 부모가 눈에 보이지 않았다. 거리를 샅샅이 훑어보고 나서 파출소에다 가출 신고를 했다. 그래도 소식이 없자 여러 곳의 양로원을 뒤지고 심지어는 경찰서의 행려병사자行旅病死者 명단까지 확인했지만 알 길이 없었다.

"에이, 불효막심한 놈! 안 떠난다는 부모들을 데리고 가서 어디다 버리고 돌아왔냐? 이놈을 당장 고발하거나 몰매를 때려야 해."

이런 지탄을 면할 길이 없었다. 사람이란 객지에서 성공을 거두게 되면 먼저 고향 땅에 가서 빛을 낼 일을 생각하는 법인데 이제는 설령 잘 풀린다 해도 금의환향은 틀린 일이었다. 아무리 얼굴에다 철판을 깔았기로 늙은 부모 끌어다가 저잣거리에 버린 주제에 어떻게 다시 고향 땅을 기어들어갈 수 있단 말인가! 이래서 그는 고향을 영영 버렸다. 그런 그에게 아닌 밤중에 홍두깨로 향순이가 나타나 손짓을 한 것이다. 이레 여드레 굶거나 환장이란 걸 하게 되면 사람의 눈에 헛것이 보인다는데, 부모 잃고 직장마저 버린 처지에서, 명절을 맞고 보니 머리가 좀 야릇해졌는지도 몰랐다.

버스가 와우리에 이르렀을 때, 해는 서산에 걸치고 동녘 하늘에는 열나흘 둥근 달이 날개를 치며 날아오르고 있었다. 이곳은 몇 가닥의 갈림길이 찢어져 나간 산중 나름의 생활 중심지여서 꽤 많은 손님이 내렸기 때문에 차 안은 한결 헐렁해져 있었다. 이제는 거의 모든 사람들이 자리를 잡았고 아가씨 역시 두 좌석 앞의 자리에 앉아 있었다. 상고머리는 보이지 않았다.

긴 산골짜기에서 달빛을 여과한 안개가 유령의 옷자락처럼 스며 나오고 숲에서는 갖가지의 새소리가 들렸다.

멈춘 지 한참인데 웬일인지 버스가 떠날 기미를 보이지 않았다. 운전석을 보니 비어 있었다. 안내양 역시 눈에 띄지 않았다. 이곳까지 오는 동안 워낙 시달려놔서 잠깐 숨이라도 돌리려고 밖으로 가겠거니 했는데 한참을 기다려도 기별이 없었다.

"어쨌다고 안 떠난단가."

"이러다가 명절도 못 쇠고 날 새것다."

여기저기서 불평이 터져 나왔다.

"빵구가 났구만요. 타이어를 끼도록까지 조금만 기다리십시오."

그때서야 안내양이 승강대에 몸을 걸치고 차내를 향해서 알리었다.

"똥차라 이런다니까."

"에이, 속상해."

투덜거리며 몇 사람이 밖으로 나갔다. 찬수도 따라 내렸다. 찌는 듯한 차내에서 시달렸던 몸이라 밖으로 나오니 한결 정신이 맑아졌다. 정류소를 겸한 잡화상의 마루에 허리를 내렸다. 운전

사는 정류소 사람의 도움을 얻어 바퀴를 갈아 끼우느라 안간힘을
쓰고 있었다.

"소주 한 잔 주시겠어요."

젊은 안주인은 한 되들이 소주병과 과자 한 봉지를 내놓았다.
이어서 무우김치 한 접시가 나왔다. 술 구미에 단 것을 싫어하는
성미라 과자는 젖혀두고 김치 한 가닥을 입에 넣자 간이 세어서
맛이 소태처럼 썼다. 삼키지 않고 혀 위에 올려놓고서 다시 한잔
을 걸쳤다. 여행자에게는 으레 따라다니는 뒤숭숭한 고독 같은
것이 한결 가신 기분이었다. 하기야 알콜의 힘을 빌어 불안이나
공허감 같은 것을 지우려는 버릇이 있는 사람은 술잔만 잡아도
기분이 확 풀리는 법인데, 찬수에게도 그런 면이 없잖아 있었다.

만일 가까이만 와 준다면 과자라도 한 봉지 사서 먹게 할 용의
가 있는데 아가씨는 차 옆에 붙어 서서 바퀴 끼우는 구경에만 열
중하고 있었다. 부지런히 손을 움직이고 있는 운전사에게 불을
비춰주고 있는 정류소 주인인 듯한 사내의 검은 몸뚱이가 유난히
크고 구부러져 보였다.

산 위에 한결 높이 솟아오른 달이 혼불처럼 붉었다. 어렸을 적
에 안산에서 밤늦도록 친구들과 놀다가 목격했던 혼불은 어두운
하늘을 향해서 불꽃처럼 솟았다가 호선弧線을 그으며 마을의 밑
뿌리에 떨어졌었다. 그것이 멀리까지 헤엄쳐 가면 죽을 날이 멀
고 가까우면 빨리 죽는다고 했으며 꼬리가 달린 것은 여자 것이
고 없으면 남자의 불이라고 했다. 그런 일이 있은 얼마 후에는 으
레 마을의 누군가가 세상을 버렸는데, 솟아오른 장소로 짐작해서

누구네 집 아무개일 거라는 걸을 점치기도 했었다.

"모두 오르세요!"

안내양이 차 앞에 서서 소리를 질렀다. 사람들은 우르르 버스 안으로 몰려 들어갔다. 그동안에 웬만큼 가까운 곳에 사는 사람들은 포기하고 떠나버렸는지 차 안은 헐렁했다. 이제 좌석을 잡지 못한 사람은 없었다.

부릉부릉…….

운전사는 엔진을 작동하느라고 손발을 부지런히 놀리고 있었다. 그러나 발동이 걸리지 않았다. 오 분, 십 분이 흘렀다.

"빌어먹을……"

운전사는 좌석을 떠나 밖으로 나가서 기관실의 문을 열어젖혔다.

"오살 놈의 것이 나갔구만."

기가 막히는지 팔짱을 끼고 서서 한숨을 내쉬었다.

"또 고장이란가?"

"사람 환장하겠구만잉."

자조적인 푸념이 여기저기서 들렸다.

"대단히 죄송하구만이라우. 본사에 연락해서 부속이 와야 고쳐서 떠나겠구만요. 어쩔께라우?"

운전사는 갑자기 비굴해져서 손님들에게 주름 투성이의 얼굴에 웃음을 띠며 사과를 했다.

"나는 그냥 걸어 갈라네."

"나도 그래야겠구만."

사람들은 짐을 챙겨 들고 차를 내렸다. 남은 사람은 거리가 먼 곳으로 가는 손님들 뿐이었다.

"음료수라도 한 컵 하실까요?"

찬수는 버스 밖에서 서성거리고 있는 아가씨에게 용기를 내어 말을 붙였다. 거절하면 무색해서 어쩌나 했는데 사양하지 않고 따라왔다. 그녀 역시 서울에서 부모를 찾아간다고 했다.

"서울에 계신다면 나하구 같네요. 어느 직장에 근무하나요?"

"호호, 그런 것을 뭘라고 물어보세요? 부끄럽다구요."

"직업에 귀천이 어딨어요. 나두 공장에서 근무했다구요."

꼬락서니로 봐서 남에게 말하기 거북한 입장인지도 모르는데 공연히 물었구나 싶어 단념하고 있는데,

"정 그렇게 생각하신다면 말하겠어요. 구로공단에서 일하고 있어요. 공순이라니까요."

제 직업을 일러주었으니까 당신이 하는 일은 뭐요? 하고 물어오면 어찌하나, 하고 걱정을 했는데 아가씨는 따라준 사이다의 컵을 들어 입으로 가져갔다. 찬수는 소주를 마셨다. 술은 언제나 사람에게 용기를 주었다. 눈을 들어 대담하게 아가씨의 얼굴을 응시했다. 향순이의 환영을 좇아 나서긴 했지만 이렇게 만난 것도 인연일 수밖에 없으니, 이 아가씨를 차라리 향순이라고 생각해 버릴까, 하고도 생각했다. 그랬다가 안 돼, 하고 찬수는 마음을 고쳤다. 비록 여러 해가 흘렀지만 향순이는 마음을 변하지 않고 기다리고 있을 것만 같은 생각이 들었다.

"돌아올 줄 알았다니까요."

반기면서 향순이는 뛰어나올 것이다. 비록 배신한 것은 이쪽이지만 일편단심 변함없는 마음으로 기다리고 있는 그녀를 덥석 껴안고,

　"기다려 주어서 고마워. 이제까진 내가 잘못된 거야. 다시는 헤어지지 말자구. 어떤 일이 있드라도 이제는 갈라서선 안 돼."

　이렇게 맹세를 하고 나서 새 출발을 다짐하면, 감나무와 밤나무는 잎을 반짝거리고, 대나무는 살랑거리며 춤을 출 것이며, 냇물은 재잘거리며 노래를 부를 것이다. 쓴 것이 가면 단 것이 오고, 초년 고생은 돈을 주고 사라지 않았는가!

　"무얼 생각하고 있어요?"

　아가씨가 유심히 찬수의 얼굴을 쳐다보며 물었다.

　"아니! 저…… 아무것도 아녜요. 아! 근데 아가씨는 혹시 향순이라는 처녀 알아요?"

　"소재 사는 향순이 말이어요?"

　"맞아요. 그 처녀여요."

　"나하고 한 반 짝궁이었는데, 국민학교 나온 후로 헤어졌기 때문에 소식을 몰라요."

　"그렇군요. 그 마을이 나의 고향이거든요. 그런데 아가씨의 옆모습이 꼭 향순일 닮았단 말이에요."

　"그래요? 다른 친구들도 그런 말들을 했었어요. 호호……."

　갑자기 아가씨는 소리를 내어 웃었다. 운전사가 버스 곁을 떠나 어슬렁어슬렁 가게 가까이 걸어왔다.

　"씨팔놈의 것 어떻게 두 시간을 기다리지? 명절날 저녁에 정

말 재수 없다.”

거칠게 마룻바닥에 엉덩이를 내리며 그는 주인은 불렀다.

“아줌마! 나도 쐬주 한 잔 주시오. 속이 타서 못 참겠구만.”

“아무리 짜증이 나신다고 운전대 잡는 분이 술이어요?”

주인은 찬수한테 그랬던 것과 같이 김치에 과자 부스러기를 곁들여 한 됫병 소주를 내놓았다. 운전사는 그걸 끌어당겨 주르르 따라 꿀꺽꿀꺽 마셨다. 옆의 사람을 의식하지 않는 태도였다. 밀리다시피 찬수가 자리에서 일어서자 아가씨도 뒤를 따랐다.

국수, 라면 따위를 끓여 파는 집이 있었다. ‘다정집’, 얼마나 다정하게 손님을 대하는 집이기에 이런 명칭을 붙였을까 싶어 문을 열고 들어섰다. 연탄불 위에 국물이 바글바글 끓고 살강 속에는 삶아 놓은 국수와 라면 봉지가 얹혀 있었다. 그것보다도 눈에 번쩍 띄는 것은 마루 위에 벌여 놓은 송편이었다. 모싯잎을 넣어 빚은 녹색의 떡과 하얀 반달 떡이 반씩 나누어져 대바구니에 담겨 있었다. 갑자기 구미가 동해서 한 개 덥석 집어먹고 싶었지만 그러지 못하고 눈요기만 했다.

“오늘 밤은 장사 치웠는데 늦손님이네요잉. 그래도 기왕 들어오셨응께 방으로 들어가시게라우.”

찬수는 아가씨의 얼굴을 봤다. 방으로 같이 들어가도 괜찮다는 것인지 웃고 있었다. 대뜸 신을 벗고 그는 방으로 들어갔다. 그녀도 말없이 따라 들어왔다.

“많이 잡수세요.”

주인은 국수 두 그릇과 송편 한 접시를 들이밀고 문을 닫았다.

50

여기까지 온 것은 향순이를 만나기 위함이었는데 일이 공교롭게 꼬여가는 것은 역시 이 아가씨가 향순일 닮았다는 이유 때문이었다. 그러나 향순이를 만나고 있다는 현실감은 조금도 느껴지지 않았다. 단지 취하고 싶었다.

"술 한 병 주세요."

보해소주 한 병이 들어왔다. 자작해서 훌쩍 마시고 또 한 잔을 따랐다.

"저도 한 잔 주세요."

아가씨가 소주를 청했다.

"괜찮겠어요?"

여자는 대꾸하지 않고 술을 받더니 대번에 비웠다.

"또 한 잔요."

"취하면 어쩔려고 그러지요?"

넉 잔째를 딸면서 걱정이 되었다.

"괜찮다 뿐이어요? 나 같이 막된 여자는요, 가릴 것이 없다구요."

혀 꼬부라진 소리로 아가씨는 지껄여댔다.

"아까 내가 공순이라고 했지요? 하지만 사실은 그게 아니어요. 막다른 데까지 간 여자니까요, 그리 아시라구요. 담배나 한 가치 주세요."

"아가씨! 이러시면 안 돼요."

"안되긴 무어가 안되어요? 우리 순진한 도련님! 담배가 없는 모양이군요. 그렇다면 나한테 있어요."

그녀가 핸드백을 열고 담배갑을 꺼냈다. 한 가치는 제 입에 물고 또 하나를 빼서 찬수의 입에 물려주었다.

"소문내지 마세요. 집에서는 아까 말한 것처럼 공장에 다닌 줄 알고 있으니까요. 다 뭣 때문에 그러겠어요. 동생 하나 가르칠라고 이러고 있다구요. 우리 집에서 귀한 외아들인데 대학도 안 가르쳐서 되겠어요? 그놈이 성공하면 누나의 고생한 것 알아주기나 할까?"

이제는 스스로 술을 따라서 그녀는 벌컥벌컥 마셔댔다.

"누구는 귀한 사람 되기 싫어서 창녀 되었겠어요? 첫째는 부모 복이고 둘째는 서방 복 타고나야 한다구요. 하기야 가시내 면도 못한 년이 서방이랄 것은 없지만."

그녀는 탕, 하고 술잔을 상 위에 놓고는 찬수의 무릎에 얼굴을 묻었다.

빵빵.

수리가 끝났는지 버스에서 클랙슨이 울렸다.

"갑시다. 아가씨! 차가 떠날라나 봐요."

"댁이나 어서 떠나세요. 나는 가지 않아요. 명절은 되었는데 나만 혼자 떨어져 있다는 것도 처량해서 떠나오긴 했지만 가지 않을래요."

"그래도 이곳까지 왔으니까 집엘 들어가야지 이런 곳에서 잘 순 없어요. 어서 일어나요!"

"이렇게 술에 취해 들어가면 아버지한테 맞아 죽는다구요. 내 걱정 말고 어서 떠나시라니까요."

그녀는 천 근이나 되게 처지면서 일어서려 하지 않았다. 차가 떠나는 판인데 실랑이만 하고 있을 수 없어서 문을 열고 밖으로 나왔다.

"순진한 도련님! 내 여기서 기다리고 있을 테니까, 나오면서 들르세요 꼭이요. 꼭 들러야 해요."

여자의 혀 꼬부러진 소리를 들으면서 찬수는 차를 향해서 급히 뛰어갔다.

버스는 점차 깊은 골짜기 속으로 들어가고 있었다. 동쪽 하늘에 솟아있던 달이 산에 가리어 얼굴을 감추고 긴 헤드라이트의 불빛이 흔들리면서 하얀 자갈 길과 풀밭을 비치고 있었다. 그동안에 승객들은 시나브로 사라져 이제는 대여섯 명밖에는 남지 않았다. 지친 끝이라 아무도 말이 없었다. 안내양도 자리에 앉은 채 꾸벅꾸벅 졸고 있었다. 오직 운전사 한 사람만이 말짱한 정신으로 앞쪽을 응시하며 핸들을 조종하고 있었다.

점점 술에서 깨어나면서 찬수는 새삼스럽게 스스로가 어째서 이렇게 버스 안에 앉아 있는가, 하는 일에 대해서 회의감을 느끼기 시작했다. 로빈슨 크루소나 십오 소년 표류기 같은 책을 읽고 미지의 세계로 여행을 떠나버린 철딱서니 없는 소년처럼 엉뚱한 짓을 하고 있는 것은 아닐까! 눈앞에 떠올랐던 향순이의 환영을 따라 이곳까지 오긴 했지만 실제로는 아무도 기다리는 사람이 없지 않은가! 더구나 그곳에선 아무도 환영해 줄 사람이 없는 것이다. 부모를 버리고 돌아온 놈이라고 침을 뱉을지도 모른다. 차라리 '다정집'에서 아가씨와 더불어 밤을 새우고 떠나버릴 걸 잘못했어.

하지만 향순이가 나를 부른 것은 분명히 어떤 뜻이 있을 거야. 그렇지 않고선 고향이란 걸 까마득하게 잊고 사는 사람에게 이런 회오리바람을 일으킬 수는 없는 일이야.

"다 왔습니다."

누군가가 어깨를 거칠게 흔들었다. 눈을 떠보니 안내양이 짜증난 얼굴로 그를 바라보고 있었다. 그만을 남겨놓고 커다란 보따리를 이고 든 마지막 손님이 끙끙거리며 승강대를 내려가는 것이 보였다. 딸려가듯 찬수도 몸을 일으켜 비틀비틀 걸어 나갔다.

경운기나 택시가 겨우 지나갈 만한 좁은 도로가 시냇물을 따라 달빛 속에 뻗어 있었다. 소재마을은 이 길을 한참 걸어가다 산모퉁이를 돌아야 했다. 노변의 우북한 풀밭에선 벌레소리가 요란했다. 겨울이 오기 전에 생식 작용을 끝내고 죽기 위해서 짝을 부르는 소리였다. 눈빛 같은 달빛이 시냇물 위에 찬란하게 부서지고 있었다. 찬수는 꿈속에서 어느 낯설고 먼 고장을 방황하고 있는 것처럼 신비롭고 황홀했다. 검은 고래 등 같은 바위가 나타났다. 그 바위는 몇 겹으로 굽이쳐 내려온 산줄기 한 가닥을 등에 업은 채 길가에 우뚝 멈춰 있었다. 이것을 살짝 안고 돌면 마을이었다. 이곳은 역사가 오랜 촌락이었지만 육이오를 거치는 동안 밤낮을 바꾸어가면서 양쪽에서 짓이기는 바람에 사람들은 사방으로 흩어졌고, 살아남은 사람들이 다시 돌아왔을 때는 잿더미 위에 풀만 무성하게 우거져 있었다. 폐허였다. 그들은 그곳에다 터를 닦고 집을 지었다. 묵었던 논밭을 일구어 다시 경작을 시작

54

했다. 영원히 떠날 수 없는 곳이기에 대대로 이어서 자손들이 살아가게 하기 위해 삶의 터전을 마련했다. 마을의 아래뜸, 양지바른 곳에 자리잡은 찬수네 집도 그런 정성에 의해서 재건된 집이었다. 집 뒤에 엎드려 있는 야트막한 언덕은 겨울철에 세찬 눈바람을 막아주었고 안산에 솟은 잡목들은 늦여름에 불어오는 태풍을 막아 논밭을 보호하고 뒤꼍에 서 있는 감나무와 밤나무의 가지가 찢어지지 않도록 해 주었다.

마을 안으로 들어가자 한 떼의 조무래기들이 떠들어대면서 내려왔다. 유심하게 살펴봤지만 아무도 낯익은 아이는 없었다. 등성이를 따라 길게 흩어져 있는 집들을 바른편에 두고 얼마쯤 내려가자 그가 살았던 옛집이 나타났다. 살짝 울가로 다가가서 집 안을 넘어다봤다. 낯선 한 색시가 부엌에서 불을 지피고 앉아 있었다. 아궁이의 불빛이 자주색 저고리와 남색 치마를 입은 여자의 얼굴을 빨갛게 물들이고 있었다. 앳된 모습으로 봐서 이 집에서 새로 맞이한 며느리인 것 같았다. 어려서 어머니와 더불어 송편을 빚었던 마루에는 촉수가 낮은 전등이 매달려 있는데, 그 주위를 날벌레들이 어지럽게 맴돌고 있었다. 감나무와 밤나무가 우거진 뒤란에는 검은 그림자가 깔려 어떤 무서운 짐승이 잠들어 있을 것만 같았다. 옛날에야 밤낮을 가리지 않고 뛰어다녔던 곳이지만 어쩐지 섬뜩하고 두려운 곳으로 의식되었다. 그러고 보니 이 집은 이제 그와는 아무 상관도 없는 낯설고 멀기만 한 존재였다.

쓸쓸한 마음으로 발을 옮겼다. 조그마한 밭 언덕 하나를 끼고 돌면 향순네 집이었다. 오늘 아침 무작정 뛰어나왔던 여로의 끝이 바로 그곳이었다. 향순이가 문 앞에 나와 그가 올 것을 미리 알고 기다리고 있을 것 같았다.

"밤마다 이렇게 서서 기다렸어라우. 어쩌면 이제사 올 수 있어요?"

하고 안겨 올 것만 같았다.

"미안해. 용서해줘. 향순일 뿌리치고 떠난 내가 잘못이었어."

찬수는 손을 내밀어 허공을 포옹하면서 이렇게 중얼거렸다. 그러다가 그는 우뚝 발을 세웠다. 그곳에 있어야 할 향순네 집이 보이지 않았다. 우거진 풀밭 속에 몇 그루의 나무 만이 잎을 반짝거리며 서 있을 뿐이었다. 한참 동안 넋을 잃고 서 있던 그는 무거운 발을 떼어서 어슬렁어슬렁 시냇가로 내려섰다. 서너 명의 아이들이 노래를 부르며 안산 쪽에서 건너왔다.

"얘들아! 향순네는 어떻게 되었다냐?"

"향순이네요? 이사 갔어요."

"언제?"

"작년에요."

"향순이랑 같이?"

차마 시집갔느냔 말은 묻지 못했다.

"향순이요? 시집갔어요."

"시집갔는데 죽었대요." 다른 아이가 덧붙였다.

"뭐라구?" 큰소리로 대들면서 되묻자, 아이들은 이런 호젓한 곳에서 만난 낯선 사람에게 두려움을 느꼈는지, 대답도 하지 않고 대뜸 달음질을 쳐서 언덕 위로 뛰어 올라갔다. 그들은 순식간에 밭모퉁이를 돌아 윗마을 쪽으로 사라져갔다.

"향순이를 돌려주어요!"

그는 아이들이 사라진 마을을 향해서 목청껏 외쳤다. 물속으로 첨벙첨벙 걸어가며 소리를 질렀다. "내 부모랑, 내 집도 돌려주어요!"

소리는 메아리가 되어 몇 개의 산허리를 감고 돌다가 되돌아왔다. 그는 깊은 소가 있는 상류 쪽을 향해서 비실비실 걸어 올라갔다. 물속에 깔린 돌 위에서 발이 미끄러지면서 물방울이 튀어올랐다. 그때 한 쌍의 노인이 눈앞에 나타났다.

"찬수야!" 아버지가 그를 불렀다.

"어떻게 해서 여기 오셨어요. 얼마나 찾았다구요."

가까이 다가가자 두 분은 뒷걸음을 치기 시작했다.

"아버지!"

마을에서 개 짖는 소리가 요란하게 들려왔다. 노인들은 희미한 자태로 저만치 물러나 있었다.

"어머니!"

부르면서 찬수는 그들이 서 있는 곳을 향해서 첨벙첨벙 뛰어갔다. 그가 달리고 있는 물길을 따라 은빛살로 꽂히고 있는 달빛이 포말을 일으키며 찬란하게 부서졌다.

연鳶

아직 새싹이 돋아나기에는 이른 계절이었으나 봄이 다가오는 소리를 들으며 기지개를 켜고 있는 대지의 숨소리가 들리는 듯했다. 건지산의 기슭의 일구어 놓은 개간지를 향해서 뚫린 길은 도로라기보다는 차라리 묵정밭이었다. 밭에서 생산되는 농산물을 실어 나르느라 드나들었던 트럭들이 파놓은 깊숙한 바퀴 자국에는 물이 질퍽하게 고여 있고 억척스러운 잡초들이 길 가운데까지 먹어 들어와 너풀너풀 춤을 추고 있었다.

그런 조춘의 아침나절, 그들은 도로를 벗어나 경사진 산길을 더듬어 올라갔다. 아름드리 소나무가 듬성듬성 서 있는 사이로 소로길은 잡초 속에 묻혀 있었다. 산의 중목에 부딪혔다가 되돌아오는 바람이 몸뚱이를 휘감고 지나갈 때마다 가슴 속이 항아리 속처럼 텅 비어 버리는 차가움을 느끼면서 찬우는 심한 현기증을 느꼈다.

"어쨌다고 우리 산소는 이런 데다 잡았어요? 너무 험하고 가파르지 않아요?"

"할아버지께서 명당 찾는다고 그랬지야."

할아버지는 생존 시에 명당을 잡는다고 무던히도 애를 썼었다. 몇 년 동안이고 지관地官을 모셔다가 그들과 더불어 산을 더듬고 돌아다녔다. 그가 소유하고 있던 산에는 쓸 만한 곳이 없었으므로 남의 땅에서 구하자니 어려움이 많았다. 이 산소는 그런 가운데서 무값을 주고 사들인 것이었다.

"하지만 너무했어요. 더구나 이런 북풍받이에다가……"

"그때 지관의 말로는 이곳 지세로 봐서 북방 현무玄武의 기운을 받아들여야 발복한다고 했다더라."

"형님은 그런 풍수설을 믿으세요? 참으로 명당이란 것이 있고 이곳이 그런 명지라고 한다면 우리 형제가 이렇게 살겠어요?"

"그런 소리 하지 말어라. 우리가 남만 못할 것이 무엇이냐? 비록 농사는 짓고 있지마는 나도 이렇게 밥이라도 먹고 있고 너는 대학교수에 박사까지 땄으니 그만하면 명당 자손이지."

"대학교수라구요?"

찬우는 역정을 느끼며 형의 말을 냉소적으로 받아넘겼다.

"차라리 그대로 고등학교에 눌러붙어 있었어야 했는데, 괜히 올라간 것이 후회스러울 정도라구요. 바늘방석도 그러진 않을 거여요."

"아무리 그렇기로 교수님은 교수님이지 뭣일 것이냐?"

"속 모르는 말씀 마세요."

"알았다. 너는 그렇게 생각할망정 세상 사람들은 그리 생각하지 않으니까 그만두자."

결국 이쪽에서 지나친 겸손으로써 허세를 부리는 꼴이 되어 찬우는 얼굴을 붉히며 입을 다물어 버렸다.

성묘가 끝나자마자 형은 무덤 위까지 뻗어 올라온 가시넝쿨이며 억새띠 따위의 잡초들을 뽑기 시작했다. 찬우는 형을 거들까 하다가 위쪽을 향해 슬슬 발을 옮기기 시작했다. 어렸을 때 그는 아버지를 따라 몇 번인가 그곳에 올라가 본 적이 있었다. 고개 위에서 내려다보면 조가비를 엎어 놓은 것 같은 마을이 있었고, 그 저쪽으로는 많은 산들이 아득하게 겹겹으로 싸여 있었다. 올라가는 소로길은 풀잎에 묻혀 분간조차 되지 않았다. 옛날에는 길손들의 발길이 빈번했던 곳이었다는데 지금은 폐로나 다름없이 묵어 들어가고 있었다. 사람들은 설령 돌아가는 불편이 있더라도 큰길을 선택했으며, 그 시절 억세게 몰려다녔던 나무꾼들도 요새는 볼 수 없이 되어 있었다.

길을 덮은 풀잎을 헤치며 한참 동안 올라가던 찬우는 우뚝 걸음을 멈추었다. 눈앞을 가로막는 나무 위에 하얀 연 하나가 걸려 있는 것을 보았기 때문이다. 방패연이었다. 연에서 뻗어내린 가느다란 실이 나무와 나무 사이에 한 가닥의 거미줄처럼 비스듬히 걸쳐 있었다. 필시 북풍을 타고 날아왔을 테니까, 고향의 마을에서 아이들이 띄워 보낸 것일 수도 있고 아니면 더욱 먼 곳, 가령 장성이나 전주, 서울 같은 데서 날아온 것일지도 몰랐다.

연은 두 길 높이쯤에 걸려 있었다. 찬우는 그것을 내릴 생각으

로 나무 밑으로 다가갔다. 그러나 나무는 너무나 민둥해서 발을
딛고 올라갈 만한 갱이 하나 없었다. 한참 동안 망설이던 그는 한
바탕 훌쩍 몸을 날려 머리 위에 걸쳐 있는 연실을 거머잡았다. 연
이 풀려 나오기를 기대하면서 그것을 살며시 잡아당겨 봤다. 낭
창하던 실이 팽팽해지면서 연이 꿈틀하고 움직이는가 했더니 실
이 중간에서 뚝 끊어지고 말았다. 충격을 받은 연이 출렁하고 춤
을 추고 나서 다시 잠잠해졌다. 머릿줄이 워낙 야물게 나뭇가지
에 얽혀 있어서 쉽게 풀려나올 것 같았다. 실이 팽팽해졌다가 끊
어지도록까지 느꼈던 긴장감 때문에 그의 이마에는 어느 사이 송
알송알 땀방울이 솟아나 있었다. 그는 이제 절망적인 심정으로
나무를 올려다보고 있었다.

"무엇 하고 있냐?"

어느 사이에 올라왔는지 형이 등 뒤에서 물었다.

"연을요, 연을 내리려고요."

"어디 쓸라고 그런 것을 다 내려. 아이들이 액풀이 한다고 날
려 보낸 것일 텐데."

"설만들 저기에 귀신이 붙어 있을라구요?"

"그렇기야 할라디야마는, 꺼림직한 것은 안 갖는 것이 좋지
야."

"형님도 원……."

찬우는 웃으면서 형을 흘기고 나서 다시 연을 바라봤다. 그때
한 가닥 바람이 쐐아 하고 불어오자 연은 위아래로 껑충거리며
움직였다. 거미줄에 걸려 바둥대는 나비 같았다. 행여 풀려서 떨

어지기를 기대했으나 바람이 자게 되자 연은 움직임을 멈추어 버렸다. 그것을 끌어내릴 만한 막대기라도 없을까 하여 사위를 두리번거렸다. 그러나 소용에 닿을 만한 나뭇가지는 아무 곳에도 없었다. 그의 눈에 들어온 것은 엄지손가락 만한 줄기를 여러 가닥 뻗고 있는 관목이었다. 그중의 한 줄기를 꺾으면 그것으로 연을 자극해서 풀어낼 수 있을 것 같았다. 가진 연장이 없었으므로 그는 하나의 줄기를 골라잡고 그걸 꺾으려고 안간힘을 썼다. 그러나 아무리 몸부림쳐도 나무는 꺾이지 않고 손바닥만 고춧가루를 바른 것처럼 아릿하게 아파왔다.

"애도 참……"

아우의 하고 있는 꼴이 딱하다고 여겨졌던지 형은 웃옷을 벗어 풀밭에 던져 놓고 나무를 보듬었다. 그는 나무를 가운데 두고 양발을 모아 버티면서 몸을 위쪽으로 옮기기 시작했다. 연동 작용을 하면서 자리를 옮겨 가는 벌레 같았다. 연이 손에 닿을 만한 높이로 올라간 형은 손을 뻗어 나무에 감겨 있는 실을 풀더니 그것을 허공으로 던졌다. 연은 공중에서 몇 바퀴 재주를 넘더니 좌우로 몸을 흔들면서 사뿐히 풀 위에 내려앉았다. 창호지에 시누대를 갈라서 붙인, 그가 어려서 만들었던 그런 연이었다

할아버지가 만들기가 바쁘게 그 곁에서 침을 삼키며 지켜보고 있던 그는 연을 들고 밖으로 뛰어나갔다. 그것을 띄울 실은 할머니가 이미 들여놓았다. 얼레는 아직 마련하지 못해서 실꾸리였다. 논 가운데로 나가 띄워 놓고 달음박질을 치자 실이 팽팽하게 당겨지면서 연은 기세 좋게 하늘로 솟아올랐다. 그러나 어느 정

도 실을 풀어 주고 희희낙락하고 있는 순간 연은 왼쪽으로 기울어지는가 했더니, 선회하기 시작했다. 어찌할 바를 몰라서 바라보고 있는 사이에 논바닥에 처박혀 버렸다. 그것을 지켜 보고 있던 두 살 위인 정길이가 달려와 오른쪽 머릿줄을 감고서 다시 띄워 올렸다. 그러자 신기하게도 연은 어느 쪽으로도 기울지 않고 아까보다 훨씬 높이 솟아 올라갔다. 살짝 줄을 잡아당기면 얼마쯤 치솟았고 늦추어 주면 물러나면서 위치를 낮추었다. 찬우와 연은 길게 뻗은 실을 통하여 하나로 이어져 있었다. 옆에 있던 아이들이 시나브로 사라졌다가 점심을 먹고 되돌아왔는데도 그것조차 깨닫지 못하고 그는 하늘만 바라보며 히죽거리고 있었다. 단순히 히죽거리고 있는 것이 아니라 대화를 하고 있었다. 연아, 고맙다. 나를 위해서 이렇게 높이 올라가 주니 정말 나는 기쁘단다. 네가 없었을 때는 다른 아이들이 연을 띄우는 걸 본 때마다 얼마나 부러웠는지 아냐? 우리는 너를 만들어 준 할아버지에게 정말 감사를 드려야 해. 할아버지가 아니었다면 너는 태어나지도 않았을 것이고, 나는 너를 이렇게 가질 수도 없었을 것인께 말이다. 나는 지금 꿈을 꾸고 있는지도 모른다는 생각까지 했었어. 그래서 허벅지를 찝어 봤더니…….

"너 점심도 안 먹고 지금까지 뭣하고 있냐? 애가 미쳤어도 이만저만 미친 것이 아니네. 어서 가자 이놈아!"

기다리다 못한 어머니가 쫓아 나와 야단을 쳤다. 그러나 찬우는 들은 척도 않고 연만을 어르고 있었다. 톡톡 채 보기도 하고 줄을 확 늦추기도 하면서 연에만 정신을 쏟고 있었다. 어머니의

64

말이 들리지 않는 것은 아니었으나 그것은 귓속에 머물지 않고 금방 흘러서 어디론가 사라져 버렸다.

"저놈이 엄씨 말 들리지도 않은갑네. 괜한 놈의 연 만들어 주더니 어린 것 골병 들겠다니까."

어머니는 와락 달려들어 실꾸리를 빼앗으려 했다.

"갈께 갈께. 엄마 나 곧 간단 말이야."

"안돼. 당장 가자."

그녀는 막무가내로 실꾸리를 빼앗아 줄을 감기 시작했다. 얼레 아닌 실꾸리가 되어서 시간이 걸렸다. 그녀는 집에서 길쌈을 하면서 실타래를 감던 솜씨로 손을 번개같이 놀려 한참 만에 연을 발등까지 끌어 내리더니 그걸 들고 휘적휘적 걷기 시작했다.

"엄마! 내가 연 들고 갈께."

찬우는 뒤쫓아가서 엄마의 손에 들린 연을 빼앗아 들었다. 잠시라도 놓치지 않고 지니고 싶었다. 그의 의식 속은 온통 연뿐이었다. 때가 지났으나 배고픈 것도 깨닫지 못하고 있었다. 그는 집에 돌아가 차려 놓은 점심을 건성으로 때려 넣고 윗목에 놓아두었던 연을 집어 들고 다시 밖으로 뛰어나왔다.

그의 연날리기는 날마다 쉬지 않고 계속되었다. 새터에 있는 언덕 아래는 언제나 따뜻한 양지 쪽이었고, 그 앞으로는 넓은 들이 펼쳐 있었다. 들이 끝나면 그곳에 키의 한 가락 같은 구름이 가로 놓여 있고 그 너머에 석성리라는 꽤 큰 마을이 자리 잡고 있었다. 석성리 다음에는 산정리이고, 그 마을을 끼고 돌아 얼마쯤 가면 국민학교가 있었다. 마을 앞에서는 보이지 않았으나 높은 곳에 올라가 바라다보면 하얀 함석지붕을 한 학교의 건물이 은빛으로 빛나고 있는 것을 그는 꿈을 꾸는 마음으로 바라보곤 했었다. 몇 살 위의 아이들이 가방을 지고 학교에 갔다 돌아오는 것을 볼 때마다 부러운 마음에 가슴이 설레었고 그들이 너무나 훌륭하게 보여 부럽기 이를 데가 없었다.

아마도 그의 연이 너무나 높고 의젓하게 오르는 것을 시기했었는지도 몰랐다. 그날은 바람세가 알맞아 그의 연은 기세 좋게 하늘 높이 솟아 위용을 보이고 있었다. 정길이의 연도 제법 높이 떠오르긴 했지만 찬우의 연에는 미치지 못했다. 정길이가 야금야금 다가오더니 그와 자리를 바꾸면서 연줄을 교차시켜 마구잡이로 문지르기 시작했다. 하는 짓이 아무래도 수상쩍어 찬우는 요리조리 피했으나 그는 끈질기게 달라붙어 그 짓을 계속했다.

"참 한번 시켜 보잔께. 니 연이 센가 내 연이 센가 붙여 보면 알어."

"힘은 내 연이 세지 뭐."

"그러니까 붙여 봐"

이렇게 되면 물러설 수가 없었다. 해보나 마나 정길이 연은 힘이 약하니까 더 높이 오르지 못하는 것이다. 힘이 센 쪽이 약한 쪽을 이기는 일은 문제가 되지 않을 것 같았다. 정길이는 야릇한 웃음을 지으며 두 가닥 실을 부벼대는 일을 계속했다. 약간 불안하긴 했으나 힘이 더 센 연인데 설만들 지기야 할까 보냐 하고 버티고 있는데, 갑자기 손에 쥐고 있는 얼레에서 힘이 쭉 빠져 버렸다. 그때 그는 이미 한 마을 목수가 만들어 준 얼레를 갖고 있었다. 실이 끊어진 연은 바람을 타고 하늘 높이 멀어져 갔다. 찬우가 울면서 큰 소리를 버럭 지르자, 겁을 먹은 정길이는 논을 가로질러 달려가더니 시냇물을 건너 석성리 쪽으로 뛰어갔다. 줄이 끊어진 연은 점차 검은색으로 변하면서 형체가 작아지더니 끝내 하늘 끝으로 자취를 감추고 말았다. 석성리 앞에까지 달려갔던 정길이는 발이 진창에 빠져 흙범벅을 하고 힘없이 돌아왔다.

"그걸 집에 가지고 가게."

형이 웃으면서 물었다. 찬우는 그러겠노라고 대답했다. 형편없는 물건을 가지고 왔다고 아이들이 놀리고 깔깔거릴망정 그는 연을 버리고 싶지 않았다. 어린 시절에 할아버지가 만들어 주었던 연과 흡사한 점이 그의 마음을 끌었다. 그때의 연이 되살아서 돌아온 것처럼 그의 마음은 기뻤다. 그는 형수한테 부탁해서 빈 와이셔츠를 담았던 박스 한 개를 빌어 그 안에 연을 담고 테이프로 묶었다.

"신사가 어떻게 이러코롬 해가지고 들고 갈 수 있겠냐?"

"괜찮아요. 아무려면 어때요."

"그런 것이 아니다."

형은 묶어 놓은 박스를 신문지로 싸서 종이 풀칠을 했다.

"어렸을 때 일을 못 잊어서 그걸 가지고 간다고 하시죠?"

"형수씨 말씀이 맞아요."

찬우는 윗목의 가방 위에 와이셔츠 박스를 포개면서 대답했다. 그렇게 소중하게 다루는 데는 다 뜻이 있어서 그랬다. 잠시 방을 비우는 동안이라도 이 집 어린애들이 손을 대지 못하게 하기 위함이었다.

정길이로 말미암아 연을 날려 버린 그는 그 길로 돌아가 손수 연을 만들기 시작했다. 염치가 없어서 할아버지에게 부탁할 수도 없거니와 손수 만들 수 있다는 자신이 있었기 때문이었다. 시누대를 쪼개서 미끈하게 훑어놓은 다음, 점방에 가서 백지를 한 장 샀다. 그것을 적당한 크기로 자른 다음 중앙을 중심으로 여러 겹으로 접었다. 가위로 가운데를 잘라내자 커다란 구멍이 뚫렸다. 밥풀 속에서 훑어낸 댓조각을 백지 위에 붙이고 활벌이줄을 조인 다음 머릿줄을 매자 하나의 어엿한 연이 생겨났다. 거기에다 연줄을 연결해서 올리면 되는 것이었다.

그러나 그가 손수 만든 연은 아무래도 할아버지가 만든 것에 비해서 성능이 미치지 못했다. 아무리 새로 만든 여섯 모 얼레가 좋았어도 연을 높이 올리는 데는 도움이 되지 않았다. 가오리연도 만들었는데 그것에는 꼬리를 달아야 하고 또 올라가서 노는 꼴이 방정맞아 마음에 차지 않았다.

며칠 동안 열중해서 몸부림쳤으나 아무래도 할아버지의 작품과 같이 마음에 맞는 것은 만들어지지 않았다. 그러자 그의 머리에는 날아가 버린 연에 대한 아쉬움이 되살아났다. 그 연을 다시 찾고 싶었다. 십 리가 되건 이십 리가 되건, 숲속이거나 골짜기거나 간에 기어이 뒤져서 찾으리라 생각했다.

다음날 아침 그는 연이 날아간 방향을 향해서 무작정 길을 나섰다. 석성리까지는 눈에 익은 길이었으나, 그다음부터는 미지의 세계였다. 논을 가로질러 건너자 숲이 나왔다. 오싹하는 두려움에 몸이 떨리고 땀이 흘렀으나 연을 찾겠다는 일념으로 헤쳐나갔다. 다시 마을이 나타났다. 신정리인 것 같았다. 그는 그 마을 뒷산을 뚫고 건지산을 향해서 걸었다. 숲을 빠져나가자 널찍한 분지가 나타났다. 한 쌍의 중년 부부가 띠밭을 일구는 일을 하다가 손을 놓고 쉬고 있었다. 그 옆에는 찬우 나이 또래의 소녀가 서 있었는데 이것, 어찌 된 일일까! 그녀의 손에는 하얀 방패연이 들려 있었다. 그는 숨을 헐떡거리며 그들 가까이 달려갔다. 놀란 단발머리의 소녀가 이쪽을 바라봤다. 흰 저고리 검정 치마를 입은 그녀의 눈이 유난히도 커 보였다. 그 눈의 매혹적인 흡인력 때문에 그는 정신이 아찔해지면서 하마터면 그녀가 연을 들고 있다는 사실을 잊을 뻔했다. 그녀는 부모들에게 샛참 먹을거리를 가지고 나왔던 모양으로 막걸리를 마시다 말고 그녀의 아버지가 이쪽을 유심히 바라보았다. 어머니도 고구마를 베어 먹으면서 고개를 돌렸다.

"이 연을……."

그들이 아직 묻지도 않았는데 입장을 모면하느라고 그는 어물어물 입을 열었다.

"너 어디 사는 아이냐?"

"청송리요."

"그래. 그럼 아버지가 누구냐?"

"김진식씨여요."

"오, 그러냐? 그럼 이 연이 네 것인데 실이 끊겨져 예까지 날아왔단 말이지. 참으로 멀리도 날아왔구나. 하기야 백 리도 날아가고 제주도까지 간다는 말도 있드라마는……."

"정길이가 싸움 붙여가지고 줄을 끊어 버렸어라우."

정길이가 누군지 알 턱도 없는 사람한테 그의 이름을 대면서 찬우는 눈시울이 화끈하게 뜨거워졌다. 말끝을 맺기 전에 이미 눈에는 눈물이 그렁그렁했다. 그러나 그는 옆에 소녀가 있다는 것을 깨닫고는 곧 안색을 바로잡았다.

"아나!"

소녀는 시무룩한 표정을 지으면서 그에게 연을 내밀었다. 하지만 결코 화난 얼굴은 아니었다. 그녀는 연을 찬우에게 건네면서 뚫어지게 상대의 얼굴을 응시했다.

"저쪽 소나무에 걸려 있었어."

마치 혐의라도 벗을 양으로 소녀는 말하면서 소나무를 가리켰다.

"고맙다야."

그는 비로소 그녀의 얼굴을 정면으로 바라보며 말했다. 그녀는 이제 웃고 있었다. 그도 빙긋이 웃어 주었다.

"선영아! 얼른 그릇 갖고 집에 들어가거라. 그리고 언니한테 일찌감치 밥 지어놓으락 해라."

어머니가 딸에게 당부하는 소리를 들으며 그는 방금 걸었던 길을 되짚어 마을로 돌아왔다.

"그때는 억세게들 연을 띄웠지라우."

형수가 시금치 고구마 나부랑이를 책보에 싸면서 말했다.

"지금도 어른들이 삼춘 말하는디요."

"그랬어요? 연 올린다구 얼마나 들판을 뛰어다니든지 어머니

70

한테 야단 많이 맞았어요. 찬바람 너무 많이 쐬면 골병 든다고 그랬지요. 그래도 골병 안 들고 이렇게 건강하지 않아요."

"말도 말아."

형수와의 대화에 형이 끼어들었다.

"너 때문에 내가 을마나 혼난지 아냐. 문 바를라고 사다 놓은 창호지 다 훔쳐다 연 만들고. 또 그것뿐인지 아냐? 딱지 맹근다고 아버지 책가우 몽땅 뜯어낸 일 알지?"

찬우는 빙그레 웃음을 띠며 고개만 끄덕거렸다.

"일은 네가 저지르고 야단은 내가 맞았다니까."

"어른들은 아무래도 막둥이 편을 드나 봐요."

그때의 일을 사과하는 마음으로 말했으나, 그것으로 해서 형한테 분풀이를 당한 일들은 잊히지 않았다. 애써 모아 둔 구슬을 몽땅 들어가 버린다거나, 엿장수한테 엿을 사 먹으면서 마을 아이들한테만 주고 동생한테는 약을 올리기만 한 일도 있었다. 그런가 하면 재하구는 놀지도 말라면서 그만을 떼어 놓고 다른 아이들과 사라진 적도 있었다. 걸맞은 나이의 형제 사이에 으레 있을 수 있는 일이어서, 철이 들면서는 앙금조차 남지 않고 말끔하게 씻겨져 있었으나, 기억 속에는 지워지지 않고 남아 있었다. 아마도 그것은 죽음과 함께 사라질 동심의 꽃 그림자일까.

점심을 먹은 후에 찬우는 그 시절 연을 올렸던 새터로 내려갔다. 강산이 변한다는 말이 있지만 그동안에 바둑판처럼 경지정리가 된 논들이 단지별로 구획되어 있어서 옛날 그의 집에서 경작했던 땅이 어디에 있는지조차 가늠할 수 없었다. 마을 앞을 꿈틀

대며 흘렀던 시내도 곧고 넓은 수로로 바뀌어 그날의 정감 따윈 찾아볼 수가 없었다. 냇둑에 서 있던 미류나무와 버드나무도 어디론가 자취를 감추어 나무 사이를 날던 갖가지 새들도 눈에 띄지 않았다. 다리의 위쪽에는 농약병, 프라스틱, 옹기그릇 조각이 수북하게 쌓여 있고 노랗게 황토가 물든 비닐들이 곳곳에 걸쳐 나풀대거나 풀밭에 널려 사람의 마음을 섬뜩하게 하고 있었다. 버드나무 아래 파인 웅덩이에는 붕어, 메기, 짜가사리 같은 물고기가 놀고 있어서 그곳에다 쪽대를 들이대면 고기들이 파닥거리며 떠올라오곤 했었는데 지금은 검붉은 물이 거품을 일으키며 흘러가고 있어, 어느 곳에도 신선한 물고기가 살고 있을 것 가지 않았다. 그는 저도 모르는 사이에 석성리로 건너가는 곧은 농로를 걸어가다 말고 우뚝 발을 세웠다. 그쪽에 선영이가 살고 있지 않으리라는 것을 비로소 확인했다.

국민학교에 들어가 보니 뜻밖에도 선영이가 같은 반 앞자리에 앉아 있었다. 연을 찾으러 가서 알게 된 이후의 첫 번째 만남이었다. 처음에는 놀라움이었고, 다음으로는 정신을 아찔하게 하는 기쁨이었다. 당장 반겨 주고 싶었으나 그건 쉬운 일이 아니었다. 육십 명의 모든 반원들이 감시자였기 때문이었다. 둘째 시간이 끝나 운동장으로 나가다가 정면으로 마주치자 그녀는 큰 눈을 뜨고 놀란 표정을 지었을 뿐, 아는 체하진 않았다. 그런 며칠 후에 그들은 우연히도 변소 뒤의 호젓한 곳에서 맞부딪게 되었다. 그녀는 예의 커다란 눈에 웃음을 띠고 그를 반기었다. 아! 선영이가 나를 기억하고 있었구나. 기억하고 있음은 물론이고 나를 좋아하고 있구나. 그는 변소 뒤를 돌아 운동장 쪽으로 달리면서 기쁨을 주체하지 못했다. 비록 말 한마디 교환하지 않았으나 그는 그녀의 마음을 읽을 수가 있었고, 유리알같이 맑은 눈은 분명하게 좋아한다는 뜻을 간직하고 있었다. 그런 일이 있은 다음에도 그녀는 남들이 보는 앞에서는 앙큼하게도 아는 체하질 않았다. 그러기는커녕 도리어 화난 사람처럼 굳은 표정을 지었다. 그러다가도 보는 사람이 없으면 다시 눈웃음을 보내 주곤 했다.

그해에 입학한 일 학년 학생은 합해서 백이십 명 이어서 학교에서는 이들을 육십 명씩 두 반으로 갈랐었다. 그런데 여학생의 수는 남학생의 사 분의 일에 불과했기 때문에 1반은 육십 명의 남학생만으로 편성되고 2반은 남녀가 각각 절반씩을 차지했었다. 선영이와 그는 일 학년 때 같은 반에 소속해 있었으나 다음 해에는 다른 반으로 갈라섰고, 또 그다음 해에는 합쳐지는 일을 반복했었다. 찬우는 그녀를 볼 때마다 연 생각이 떠올랐다. 어느 땐가 기회가 있으면 그때의 일에 대해서 감사의 말이라도 할 작정이었으나 좀처럼 기회가 없었다. 학교에서는 물론이고 가고 오는 길에서까지 여자는 여자끼리, 사내들은 사내들끼리만 어울렸기 때문이었다.

그러던 어느 날, 그들은 우연히도 산정지 뒤에서 만난 것이었다. 찬우 쪽은 아버지의 심부름으로 면소가 있는 마을에 사는 친척 집에 다녀오는 길이었고 그녀는 청소 당번에 걸려 혼자 뒤에 처졌던 것 같았다. 바쁜 걸음으로 한참을 걸어가다 보니 뜻밖에도 선영이가 홀로 눈앞에 천천히 걸어가고 있었다. 반갑기는 했으나 그렇다고 말을 붙이거나 수작을 부릴 수도 없었기 때문에 속도를 늦추어 거리를 유지하면서 그녀의 뒤를 따라가고 있었다. 그렇게 얼마쯤 걸어가다가 그는 공연히 창피하다는 생각이 들기 시작했다. 꽁무니를 따라가고 있다는 사실이 어쩐지 장부답지 못하다고 느껴졌기 때문이었다. 그는 마치 화난 사람처럼 거칠고 빠른 걸음으로 그녀를 뒤로 젖히고 앞으로 걸어 나갔다.

"찬우야!"

그녀의 부르는 소리가 뒤에서 들렸다. 그는 못 들은 척 걸어 나갔다.

"아이! 찬우야!"

첫 번째 불렀을 때 돌아보지 않은 것은 사내로서의 자존심 때문이었는데 두 번째에도 대답하지 않는 것은 반대로 비겁한 행동일 것 같은 생각이 들어 그는 발을 멈추고 섰다가 천천히 고개를 돌렸다.

"뭐!"

"어머!"

그의 대답이 얼마나 무뚝뚝하고 표정이 굳어 있었던지 그녀는 놀라서 입을 가리며 몸을 움찔했다.

"어째서 불렀어?"

찬우는 너무나 무뚝뚝하게 굴었던 일이 도리어 부끄러워져 부드러워지고자 애를 쓰면서 물었다. 아무리 그러했기로 그의 얼굴은 굳어 보였고 목소리는 떨리고 있었다.

"저어……"

그녀가 말을 빼려다 말고 망설이는 동안 찬우는 그녀의 커다란 눈만을 응시하고 있었다.

"또 연 안 띄울래?"

"응, 그것……."

너무나 기대 밖의 물음이었으므로 그는 어찌 대답할 바를 몰라 잠시 동안 망설이다가 주위를 두리번거렸다. 아무도 보고 있는 사람이 없어서 다행이라곤 생각했지만, 숨이 컥컥 막힐 것 같은 괴로움을 이기지 못해 그는 몸을 돌려 허위허위 걸어 나갔다. 저까짓 계집년한테 마음 흔들릴 내가 아니란 것을 보일 양으로 걸음을 넓게 잡으면서 성큼성큼 발을 옮겼다. 그녀가 제 사는 마을로 들어가 버리고 마을 뒤의 언덕을 내려왔을 때까지 뒤조차 돌아보지 않았다.

어떻게 주소를 알았는지 선영이가 그에게 편지를 보낸 적이 있었다. 값싼 하숙집을 찾아 이리저리 옮겨 다니고 있었던 시절이라 주소를 아는 사람이 드문 판이었는데 용케도 찾아온 편지였다. 어렸을 때는 그저 막연하게 좋은 사람이라고만 느끼고 있었는데 이제와서 생각하니 그것이 사랑이었다는 것을 알게 되었다는 것이었다. 그녀는 그때 Y읍에 있는 여학교를 졸업하고 집에서 부모님을 돕고 있다고 했다. 썼다간 찢어 버리고 다시 쓰는 일을 무려 열 번이나 번복하다가 열한 번째에는 용기를 내어 부치게 되었다고 했다. 나무 위에 하얀 것이 걸려 있어서 무심결에 가까이 가보니 연이었어요. 나무를 흔들고 막대기로 쑤셔대서 가까스로 그걸 내려 가지고 가자 어머니는 귀신 붙은 물건이니까 빨리 태워 버리라고 야단을 쳤어요. 말을 듣지 않자 성냥을 그어 대려고 하는 것을 간신히 피했어요. 그때 찬우씨가 나타나 우리들을 향해서 다가왔어요. 만일 어머니의 말대로 연을 태워 버렸다면 어떻게 되었겠어요. 그때 저는 마치 남의 물건을 훔쳐서 지니고 있는 것처럼 당황하기도 했었어요.

결과적으로 찬우 쪽이 은혜를 입었고 그녀는 베푼 입장이 되었는데, 그때 그녀가 편지를 쓸 수 있는 용기를 발휘할 수 있는 심리적 바탕은 역시 시혜자로서의 자존심이 있었던 것일까.

참, 그때의 편지에는 이런 말도 있었다. 찬우씨로 말미암아 처음으로 연을 알게 된 이후, 그것을 무척 좋아하게 되었으며 지금도 동생이나 조카들에게 연을 만들어 주고 있는데 솜씨가 보통이 아니라는 사람들의 평가를 받고 있답니다.

이쪽에서는 한때 연에 미치다시피 한 적이 있었어도 이제는 말끔히 잊고 있는 처지였는데 저쪽에서는 장성한 처녀의 몸으로 그것을 좋아할 뿐 아니라 부지런히 만들면서 살고 있다니, 어쩌면 이쪽은 상실자가 되었고 저쪽은 얻은 자가 된 셈이었다.

그러나 찬우는 자꾸만 새로운 것을 찾고 받아들이는 학생의 몸이었기 때문에 그녀와 같이 하나의 추억으로 남을 수밖에 없는 과거의 경험에 매달려 있을 수는 없었다. 그때의 답장에서, 나 역시 연을 지금까지 좋아하고 있으며 당장 만들고 싶다고 했었으나 그것은 말짱한 거짓말이라는 자각 속에서 쓴 것이었다. 대학을 마치고도 군에서 복무를 해야 했고 그것이 끝나자 직장, 결혼 다시 시작하는 학위를 위한 진학, 그러는 동안 그에게 있어서 연이라는 존재는 거의 다 지워져 버린 반점으로서 희미하게 남아 있을 뿐이었다. 옷에 가려 있어 보이지 않는 그 반점은 어떤 조용한 시간에 옷을 벗고 자세히 살피지 않고선 발견할 수조차 없는 희미한 것이었다. 그런 것이 오늘 건지산에서 주운 새로운 연으로 말미암아 확실하게 남아 있음을 다시금 확인하게 된 것이었다.

"너 그 노근수씨 따님 알지?"

"노근수씨라니요."

불쑥 내미는 형의 물음에 그는 어리둥절한 마음으로 반문했다.

"저 건너 산정리 사는 노근수씨 말이다. 그때 네가 대학 다닐 때 네 주소 알려 달라고 왔던 처녀라니까."

"선영이가 주소 알려 달라고 왔었어요? 그 아가씨가 어떻게 내 주소를 알아 편지했나 했었는데 형님이 알려 주었군요."

"응, 그랬었어. 근데 너 그 여자 더러 만나냐?"

"아니어요. 지금 어디 살고 있는데요?"

"너하구 같은 시내에 산다더라. 그런데 안 된 것이 과부 되었다는 말이 있어. 회사에 다니는 남편이 교통사고로 죽었는데, 그 여자는 아이들 데리고 어느 국민학교 앞에서 문방구점을 하고 있다고 하더라."

"그래요. 전 처음 듣는 말이네요."

여자 편에서 주소를 알아다가 편지까지 했던 사이라면 지금도 내왕하고 있거나 서로 소식이라도 통하면서 살고 있으려니 해서 꺼낸 말이었던 것 같은데, 이쪽이 전혀 생판인 것을 알고 형은 그러냐, 는 한 마디로 끝을 맺어 버렸다. 그러나 그는 형의 말로 말미암아 내심 충격을 받았다. 죽음이라는 말 때문이었다. 그녀의 남편이 죽었다는 사실은 안됐다는 심정을 유발하게 했으나, 한편으로는 누구에게랄 것 없이 속박이나 감시로부터 벗어나는 해방감 같은 것을 느끼게 했다. 그곳은 바람이라든가 구름, 안개나 이내와도 같이 손으로는 잡을 수 없는 그렇지! 소년 시절의 꿈이 되살아나서 그의 머리를 현혹시키는 어지러움이었다.

"삼춘은 지금도 연을 좋아하시지요?"

그가 박스를 들고 일어서자 형수는 웃으면서 물었다.

"그렇지도 못해요. 이 연은요, 내가 어렸을 때 것과 흡사해서 챙겼어요."

"그래서 그것을 삼춘 집에 갖다 놓으려고요?"

"예, 그래요."

"우리 애들한테는 형님이 연 곁에 가보지도 못하게 해요."

"어째서요?"

그는 형을 돌아봤다.

"공부는 하지 않고 밤낮 연만 갖고 놀면 어쩔 것이냐?"

"아이고 형님도……, 아이들한테는 연 같은 걸 만들어 보게 하고 띄워 보게도 하는 것이 공부여요. 요새 사람들 너무 공부 공부, 하는 일이 병폐라구요."

"옳아, 하지만 애들 앞에서는 그런 소리 하지 마라."

교수의 말이니까 이론적으로는 타당성이 있을지 모르나 받아들일 수는 없다는 태도였다. 형은 스스로가 공부를 못했기 때문에 이런 농촌에서 썩고 있다고 생각하고 있어서 교육에 대한 열의가 대단했다. 그저 교과서를 잘 익혀서 시험 잘 치면 좋은 학교 갈 것이고, 좋은 학교 졸업하면 성공한다는 도식을 가지고 있었다. 말은 그렇게 했어도 찬우 쪽으로 말하더라도 아이들이 공부 등한히 하고 연이나 가지고 논다면 결코 봐줄 심정이 아니었지만, 그저 교육자로서 교육적인 말을 지껄여 본 것에 불과한 셈이었다. 훈장다움을 보이기 위한 위선이었다. 찬우는 본의 아니게 시작된 부질없는 논의를 계속하고 싶지 않았다. 형도 그의 심증을 알아차렸는지 입을 다물어 버렸다.

"부모님 산소에 석물을 해야겠다."

헤어지면서 형이 꺼낸 말이었다.

"그래야지요."

건성으로 대답은 했어도 찬우는 여유가 없는 처지였다. 남들은 서로 시샘이라도 하듯이 선산에 석물을 세우고 있었다. 그런 일을 하지 못하는 사람은 마치 세력이나 재력이 없거나 조상에 대한 성의가 박약한 자로 인정받기 마련이었다. 유행과도 같이 그런 일들이 성행하는 속에서 형인들 자존심이 상하지 않을 리가 없었다. 교수가 된 네 동생은 조상 위할 줄도 모른다냐, 하고 책망하는 일가 어른도 있었다고 했다. 이런 위선사업爲先事業에는 농촌에 사는 자손들보다는 도시에 있는 후손들이 더욱 적극적인 면이 있었다. 아무래도 생활 형편이 더 나은 편이기 때문이었다. 형이 방금 내비친 걱정 가운데는 은근하게 아우에 대한 기대감이 담겨 있음은 물론이었다. 그러나 찬우의 입장은 난처하기만 했다. 이제까지 두 차례에 걸쳐 학위를 얻느라 적잖은 돈이 들어

간데다가 이번에 구입한 십구 평짜리 아파트의 월부금이 이제 막 시작된 형편이기 때문이었다.

"잘 생각해 봐라. 정 안되면 논을 두어 마지기 팔아서라도 그 일만은 해야 할 것 같다."

형의 심정은 꽤 절박한 것 같이 보였다. 하기야 방금 팔아야겠다고 말한 논이란 것도 아버지가 돌아가시기 전에 막내아들 몫으로 점지해 놓은 땅을 가리키는 것이고 보면 어차피 찬우의 부담이 되는 셈이지만, 그러나 그는 이미 마음속으로 포기하고 있는 재산이었다. 형은 이미 그 전답의 대가를 상쇄하고도 남을 만한 희생을 아우에게 치른 셈이었다. 어찌 생각하면 아우의 뒷바라지를 하다가 시골을 떠나지 못하고 머물러 버렸다고 할 수가 있었다. 그러면서도 형은 아우 몫의 논을 자기 소유로 생각하고 있는 것 같진 않았다. 고향을 다니러 갈 때마다 마치 소작인이라도 되는 것처럼 미안하단 말을 되풀이했었다.

"네 땅에서 거둔 것은 고스란히 너한테 보낼라고 했는데 올해도 틀렸으니 어쩔거나. 너한테는 그래도 나은 편이다마는 제수씨 볼 낯이 없다."

그렇다고 물론 씻은 듯이 잘라버리는 것은 아니고 형은 빠지지 않고 철에 따라 쌀 몇 가마니, 잡곡, 채소 나부랑이를 보내곤 했다. 형의 처지를 생각하면 과분한 배려였다. 그럴 때마다 그는 그것을 지대의 성격이 아니라 형제간의 우애일 뿐이라고 생각하고 있었다.

개학이 되면서 학원가는 다시 어수선해졌다. 윗사람들은 학원이 술렁거리는 현상을 마치 교수들의 잘못으로 해서 일어나는 양 책망을 했고 학생들은 소신이 없는 월급벌레라고 스승을 몰아붙였다. 이런 정도는 약과고 별스런 수모와 좌절을 감내해야 하는 것이 그들의 입장이었다. 어느 유행가의 구절처럼 스승을 따르자니 사랑이 울고 사랑을 따르자니 스승이 운다였다. 이래저래 중간에서 샌드위치가 되는 것은 교수들이었다.

이 시대에 있어서 교육이란 과연 무엇인가! 교수는 무엇을 어떻게 해야 하는가. 이런 회의가 가슴에 거미줄을 칠 때마다 찬우는 그것을 털어 버리려고 거리에 나섰다. 그러다가 우연히도 S국민학교 앞을 지나게 되었다. 아니, 우연이 아니라 그것은 의도했던 방향인지도 몰랐다. 하여튼 그는 한 문방구점 앞에서 우뚝 발을 멈췄다. 점방안에 연이 진열되어 있는 것을 발견했기 때문이었다. 그날 이후 연에 대한 관심은 줄곧 그에게서 떠나지 않고 있었다. 거기서 가져온 연을 책상 위에 걸어 놓고 날마다 바라보는 일은 그에게 있어서 더없는 위안이 되고 있었다. 이따금 도서관에 들러 R씨와 C씨의 연에 대한 저서를 탐독하기도 했다. 연의 역사, 연의 종류, 연의 형태에 이르기까지 그의 관심의 폭은 넓어져갔다. 연은 이제 생활 속의 친근한 벗이었고 어둠을 밝혀 주는 빛이기도 했다. 그는 머리맡에 걸려 있는 연을 바라보며 깊은 사색에 잠기는 수도 있었다. 이 연은 과연 누가 만들었으며 어느 날 누가 띄우다가 건지산까지 날려 보낸 것이었을까! 일부러 날려 보냈을까, 실이 끊어진 것일까. 나는 연과 같이 자유롭게 하늘을 날을 수는 없을 것인가.

그는 점포 안으로 살며시 들어가 그곳에 걸려 있는 연들을 구경하고 있었다. 방패연, 나비연, 가오리연 할 것 없이 갖가지 연들이 울긋불긋한 색상으로 걸려 있었다.

"어떤 것 쓰시겠어요?"

등 뒤에서 여자의 목소리가 들렸다. 고개를 돌리자 주인이 바로 뒷전에 다가와 서 있었다. 이마에 주름이 몇 가닥 그어지고 수척한 얼굴의 그녀가 선영이란 걸 그냥 알 수 있었다.

"이런 훌륭한 연들을 누가 만들어 파나요?"

"제가 만든 것들이어요."

대답하면서 그녀는 하얀 이를 드러내고 웃었다. 오랜만에 만났으니 안녕하시냐 반갑다든가 하는 말로 절차를 밟아야 하는 것이 상식이겠으나, 그들은 어린 시절에 스쳤을 때처럼 주객간의 대화로 인사를 치러 버린 것이었다. 그들에게는 애당초부터 호들갑을 떨거나 반대로 정중한 자세로 허세를 부리는 일 따위는 존재하지 않았다.

"이곳에다 점포를 차려 놓고선 연을 만들고 싶은 생각을 하게 되었어요. 처녀 시절에 만들어 본 솜씨가 있어서 금방 숙달할 수가 있었어요. 이곳저곳 다른 분들이 만든 연도 구경했구요. 책도 사서 봤어요. 그러다 보니까 이제는 연 만드는 기술자가 되었어요."

말을 끝내면서 그녀는 소리내어 호호 웃었다. 남편을 잃어 버린 여자로서의 시름 같은 건 별로 있어 보이지 않았다.

"이것 하나 주시겠어요?"

찬우는 노란 바탕에 빨간 나비를 이마에 붙인 방패연을 가리켰다. 형님한테 들은 말대로 그녀의 처지가 과연 그렇게 되었는가를 확인해 보고 싶은 생각도 없지 않았으나, 그는 입을 열진 않았다. 사랑했으면서도 결합하지 못한 사이란 것은 서로의 자존심으로 버텨야 하는 관계였다. 그렇다고 그녀와 사랑하는 사이였다고 규정할 만한 거리는 조금도 없었지만, 그 시절에 짜릿하고 두려운 마음으로 상대의 눈을 바라보면서 황홀할 수 있었던 것은 장성한 남녀의 뜨거운 사랑보다도 아름답고 고귀하며 순수한 것이었다.

다음 주에도 그다음 주일에도 그는 점방을 찾아가 한 개의 예쁜 연을 골라잡았다. 몇 달이 흐른 뒤에 그의 책상과 서가 위는 울긋불긋한 연들로 장식되었다. 그녀는 이쪽에서 주문만 하면 갖가지 형태의 연을 막힘없이 만들어내기도 했다.

"저는 연을 만들고 있는 시간이 가장 기쁘고 행복해요."

어느 땐가 선영이는 이렇게 고백했었다. 만일 그녀가 다시금 그 말을 하게 되면, 나는 당신이 만든 그 연을 받을 때가 가장 행복하다구요, 하고 고백할 작정이었으나, 그녀는 그 말을 다시 반복하진 않았다. 그의 서재는 비록 사면으로 책이 가득 채워져 있기는 해도 항시 텅 비어 있는 것으로만 느껴졌었는데, 이제 갖가지 연들이 하나둘 쌓이면서 그의 마음은 점차 충만해 가고 있었다.

황톳빛 추억

짙은 황토를 바탕으로 깔면 모든 것이 핏빛으로 붉어져 버릴 것 같지만 실제로는 그게 아니고, 숲은 숲대로 더욱 진초록이 되고 하늘은 푸르다 못해 코발트빛이 되어 버리는 것이었다. 그래서 나는 황톳길 언덕이나 길을 좋아하게 되었지만 실상은 가장 거칠고 메마른 것이 황토이기도 했다.

노현리는 온통 황토뿐이었다. 일요일이면 나는 어김없이 그곳으로 달려갔다. 직행으로 읍내까지 갔다가 다시 군내버스로 갈아타는 수고로움을 겪으면서도 그만두지 못했다. 다른 곳에서는 도무지 그림이 되지 않았다. 색칠부터가 갈팡질팡이었다. 노란 물감을 풀어야 할 때 검은 색을 섞어버린다거나 회색의 지붕들을 하얗게 만들어 버리는 실수를 저질렀다. 그래서 다른 곳으로 가는 일은 엄두도 내지 못하고 언제나 배낭을 메고 그곳으로 달려갔다. 그러다가 요새 와서는 아예 외딴 빈집 하나를 빌어 옮겨와 버린 것이다.

황토로 뭉쳐진 등성이는 오후의 태양 아래 이글이글 타고 있었다. 사태가 나서 깊은 상처로 파인 언덕 밑으로 난 구부러진 길을 검은 물체가 움직이고 있었다. 족히 한 마장은 될 것 같은 거리를 딱정벌레가 낙엽 위를 기어가듯 걸어오고 있었다. 정말 딱정벌레처럼 작아 보였다. 실제로 그 사람의 체구가 큰지 작은지는 가까이 와 보아야 알 수 있지만, 먼 거리를 두고 저런 언덕 위에 놓고 보면 작아 보일 수밖에 없었다. 황토 탓이었다. 아니 황토가 아니라도 저런 웅장한 언덕 위에서는 아무리 덩치 큰 존재도 딱정벌레일 수밖에 없었다.

나는 캔버스에 붓을 옮기면서 연신 그 쪽을 훔쳐보고 있었다. 예삿일이 아니었다. 그림의 삼매경에 빠져 있으면 아이들이 떠들건 꽹과리를 치건 의식하지 않고 열중하는 성미인데 어쩐 일인지 마음이 술렁거리고 손이 제대로 움직여 주지 않았다. 지네나 뱀을 잡으려는 손처럼 떨리기까지 했다.

아무래도 안되겠다 싶어 나는 붓을 던져 버리고 면도날처럼 날카로워진 감정을 실은 시선으로 침입자를 쏘아보았다. 그러다가 최루가스를 뒤집어쓴 것처럼 눈이 아파 오자 팔을 뻗어 가늠하듯 손가락 끝에 사내의 동체를 올려 보았다. 사내는 모래시계 속에서 모래가 허물어져 내리듯, 그저 겨우 감지할 수 있을 정도의 속도로 움직이고 있었다. 손을 눈 가까이로 당겨 보면 손가락에 의해서 그의 모습은 차단되어 버리고, 뻗으면 딱정벌레처럼 나타났다. 눈과 손가락의 거리를 늘였다 줄였다 하는 동작을 통해서 나는 마음대로 사람을 만들기도 하고 지우기도 하는 일을 반복하였다. 내 손가락이 이런 조화를 부릴 수 있는 능력을 가졌다는 사실에 나는 새삼 감탄하였다. 사내의 운명은 오직 내 손가락에 달려 있었다. 이제 사내는 묵정밭을 지나 말끔하게 갈아엎은 개간지 사이를 움직이고 있었다.

나는 다시 손가락을 들어 대상을 가늠해 보았다. 갑자기 상대가 내 엽총의 사정거리에 들어온 짐승으로 보였다. 노루나 멧돼지 같은… 왼쪽 손가락 위에 목표물을 올려놓고 눈을 지그시 감았다. 검지를 슬그머니 당겨보았다. 그러나 방아쇠는 걸리지 않았다. 목표물은 쓰러지지 않았고 딱정벌레로 환원하여 밭둑 길을 걸어 내려오고 있었다.

나는 손을 거두고 화판을 내려다보았다. 그림은 온통 붉은 색이었다. 녹색 부분은 겨우 위쪽과 왼쪽 일부를 차지하고 있을 뿐, 하늘이 차지하는 여백도 너무 답답했다. 비록 그렇다곤 해도 황토는 살아 있는 생명체였다. 그래서 나는 거기에다 꿈틀거리는 동적인 힘을 불어넣어 주고 싶었다. 그런데 그게 어려웠다. 아무리 생명체일망정 대지는 침묵으로 일관할 뿐 움직이는 법이 없었다. 그것이 안타까웠다. 꿈틀거리게 하고 싶었다. 그러자면 매체가 필요한데, 마침 저 사내가 나타났으니 더할 나위 없는 찬스였다. 희한한 착상이었다. 방아쇠를 당겼어도 죽지 않았던 사람이니까, 더욱 좋은 대상이었다. 하여튼 사내의 출현은 나의 그림에 중대한 변화를 예고해 주고 있었다.

재빨리 팔레트에 검정 물감을 풀어 인체의 형상을 찍어 넣었다. 드디어 붉은 황토 위에 검은 점 하나가 등장하였다. 그러나 도무지 움직이고 있는 것으로 느껴지지 않았다. 나는 목적을 실현하기 위해서 여러모로 변형을 시도했다. 그러나 쉬운 일이 아니었다. 균형이 잡히지 않았다. 꽃밭에 고철이 된 탱크나 낡은 군화를 던져 놓은 것처럼 조화를 이룰 수가 없었다. 정적인 바탕에 동적인 것을 배합하여 전체가 살아 생동하는 새로운 생명체로 만드는 일이 얼마나 어려운 것인가를 나는 미처 상상하지 못했었다.

나의 의도는 결국 무위로 돌아갔다. 황토밭 위에는 작렬하는 햇볕이 폭포처럼 쏟아지고 황토는 훨훨 타고 있는 화염이었다. 사내는 화염으로 달구어진 언덕 속에서 녹아 없어지듯 가물대다가 다시 소생하여 끈질기게 이동을 계속하고 있었다.

나는 붉은 물감을 담뿍 찍어 방금 그려 넣은 사람의 형체 위에 덧칠해 버렸다. 물체는 흔적도 없이 사라져 버렸다. 남은 것은 몇 그루의 나무와 황토뿐이었다. 그런데 막상 지우고 보니 그게 아니었다. 꼭 있어야 할 것을 잃어 버린 것처럼 허전했다. 다시 살리고 싶었다. 나는 잽싼 동작으로 또다시 사람의 형체를 그 안에 만들어냈다. 하지만 아무래도 그게 이상했다. 흡족하지 않았다. 재차 덧씌워 버렸다. 그리고 나니 개운하긴 했지만 그게 참으로, 역시 아쉬움이 남았다. 지우고 그려 넣는 일을 반복했다. 그러다 보니 화폭 위에는 여기저기에 검정 물감이 번져 곱던 대지는 더러운 시궁창이 되어 있었다.

붓을 내던지고 담배를 빼어 물었다. 문득 현기증이 일며 이마 위에서 구름이 새가 되어 몇 바퀴 맴돌았다. 땀방울이 송알송알

배어나 있었다. 눈을 감고 잠시 동안 앉아 있자 현기증은 서서히 가시어지고, 눈을 떠보니 그 동안 딱정벌레는 하늘소만큼 커져 있었다. 어디를 가는 사람일까?

저 사내가 선택할 수 있는 길은 여러 갈래였다. 가령 서쪽을 택한다면 장막리로 넘어가게 될 것이고, 서남쪽이면 면소재인 도정리로도 갈 수 있게 되어 있었다. 또 마을 이름은 모르지만 산등 아래 오붓하게 자리잡고 있는 감나무가 우거진 마을로 넘어가는 길도 있었다. 그런데 사내는 그런 모든 가능성을 포기하고 이쪽을 향해 휘적휘적 걸어오고 있었다. 그럴 리 없지만 나를 찾아오는 사람일까? 아냐. 내가 여기 있는 것을 아는 사람은 가족뿐인데 이런 후미진 골짜기를 찾을 사람이 있을 리가 없어.

사내의 모습은 부피를 더해갔다. 이제는 뚜렷한 사람의 형체였다. 팔, 다리, 몸통의 윤곽이 확연했다. 사내는 우뚝 걸음을 멈추고 잠시 이쪽을 바라보고 섰더니, 결심한 듯 다시 발을 옮기기 시작했다. 드디어 50미터쯤 떨어진 수로 위에 걸쳐진 다리를 건넜다. 거기서부터는 평탄한 길이었다. 걸음이 빨라졌다.

화폭 속에서는 살아나지 못했던 사내는 방아쇠를 당겼어도 죽지 않고 생동감 넘치는 모습으로 이쪽을 향해 걸어오고 있었다. 딱정벌레였다가, 하늘소였다가 결국 당당한 사람의 형상으로 다가오고 있었다.

누구일까? 나를 찾아오는 사람 같은데, 만일 그렇다면 무엇을 하러 오는 것일까? 드디어 사내는 나의 집으로 들어와 곁으로 다가오더니 물었다.

"여기가 김화백이라고, 그림 그리는 분이 계시는 집입니까?"

"예, 그렇습니다마는?"

나는 경계심을 안은 채 대답했다.

"맞구나. 아이고, 반가워."

사내는 가방과 저고리를 마당가의 평상 위에 내던지고 손을 저으며 거칠고 빠른 걸음으로 다가왔다. 나는 엉거주춤 서서 그를 맞이했지만 아직은 손을 내밀 계제는 아니었다. 팔을 벌리고 다가온 그는 덥석 나의 몸을 끌어안았다. 엉겁결에 당하는 일이라 어리둥절한 가운데 기억을 더듬었다. 누구인지 짐작이 가지 않았다. 분명히 낯익은 얼굴이긴 한데… 어디서 만난 누군지 알 수가 없었다. 중학이나 대학, 아니면 고향의 친구도 아닌, 그림 그리는 모임에서 사귄 사람도 아닌 것 같은데. 그렇다고 백년지기처럼 이렇게 반기는 사람에게 새삼스레 누구냐고 확인할 수도 없어서 어쩔 수 없이 그렇게 안긴 채 서 있었다. 가슴이 편치 않았다.

"자네가 고명한 화가가 되었다는 소식은 진작 들었는데 세상이 바쁘다 보니 이렇게 되었네."

"고명하긴요. 이제 병아린데요. 그런데…"

"그런데가 다 무언가. 국전에 특선하고 장관상까지 받았으면 그만이지. 그럼 무명화가란 말인가?"

"그럼요. 무명화가지요. 아직은 화가란 말 듣기에도 부끄러워요. 그런데…"

"또 그런데, 라고 하네. 자네는 이미 대가라니까. 그것은 본인 자신보다도 밖에서 보는 사람이 더 잘 알아."

나의 '그런데'는 당신의 정체가 무엇이냐는 것을 묻기 위한 서두인데, 엉뚱하게 겸양의 말로 처리하고 있으니 답답했다. 웃으면 입이 왼쪽으로 샐쭉해지면서 허물어지는 눈빛은 산전수전을 타고 넘어온 사람의 능청스러움이 넘치고 있어서 나와 같은 풋내기가 감당할 수 있는 표정이 아니었다. 그런 그가 내가 두 번이나 쏟아낸 '그런데'의 뜻을 모를 리 없으련만 막무가내로 밀어붙이고만 있으니 대처할 묘안이 없었다.

나는 눈알을 굴리며 기억을 더듬었다. 수학을 풀다가 막혔을 때처럼 머릿속이 씀벅거렸다. 화폭에 적당한 색깔을 찾지 못해 끙끙거리고 있을 때처럼 곤혹스러웠다. 그러나 이제 와서 누구라는 것을 확인하기에는 시기가 늦어 있었다. 거동하는 폼으로 보아 그렇게 하면 섭섭해서 벌컥 화를 내거나 야료를 부릴 것만 같았다.

"그래, 그 동안에 어떻게 지내셨어요?"

나는 어쩔 수 없이 십 년이 아니라 이미 훨씬 그 이전부터 사귀어 온 사람을 대하는 어투로, 드디어 문안을 올렸다.

"암, 내가 어떻코롬 살아 왔느냐 하는 것을 김화백이 알 까닭이 없제. 오랫동안 소식을 끊고 살았으니 모를 수밖에. 어떻게 살아 왔느냐, 그 말이제? 하, 그거야 자선사업을 하고 살아 왔제. 사실은 오늘도 그 일로 찾아오긴 했지만. 아니, 그건 아니고 자네가 여기 있다는 소식 듣고 안 찾을 수가 있어야지. 옷깃만 스쳐도 오백 년이라는데 우리가 어떤 인연이간디…."

"자선사업이라고요?"

나는 눈을 치뜨고 사내의 얼굴을 쳐다보았다.

"왜 놀라. 이 땅에서 자선사업처럼 마땅히 해야 할 일이 또 어디 있어. 이 나라 복지정책이 제대로 되어 있다면 아무리 천금을 갖다 주며 하라 해도 하지 않지만, 이 세상에 빛을 보지 못하고 어둠 속에서 살고 있는 사람이 존재하는 한 자선사업은 필요해. 암, 필요하고 말고 그리고…"

"물론 자선사업이야 마땅히 해야 하고 또 훌륭한 일이지요."

장황한 설명을 듣다못해 입을 막기 위해서 그렇게 맞장구를 쳐버렸다.

"훌륭한 일이라는 걸 알면 됐어. 그런 걸 모르면 공산당이지."

그의 말끝에 튀어나온 공산당이란 말에 비위가 팍 상했다. 왕조시대에 역적 지명 받으면 혼비백산해 버렸던 것처럼, 모든 사람들은 간첩이니 빨갱이니 하는 말에는 주눅이 들어 맥을 추지 못했다. 그래서 이 세상에는 그 말을 교묘히 이용해서 사람의 등을 치거나 구렁에 몰아넣는 일을 다반사로 삼고 있는 고얀 사람이 적지 않은 터였다. 어쩌면 이 사내도 그런 방법으로 살아온 것일까.

건너편 산등 위에 한 덩이 구름이 뭉게뭉게 피어오르고 있었다. 가을이라고 하지만 아직은 햇볕이 따가웠다. 여름은 물러가지 않고 도처에 도끼눈을 한 채 도사리고 있었다. 구름 속에도 있었고 황토의 언덕, 진초록의 숲속에도 머물러 있었다. 그런 판국이니 햇볕이 따가울 수밖에 없었고 가뭄 속에서 지상의 모든 생명들은 목마름을 호소하고 있었다.

지난 여름은 참으로 길었다. 일이 되지 않은 계절이었기에 더욱 그랬다. 황토밭이 끝나는 음침한 골짜기에는 햇볕을 학살하는 도살장이 있었다. 언덕 위에서 작렬하던 햇볕도 그곳으로 빨려 들어가면 끝장이었다. 태양의 찬란한 금빛 날개는 부러지고 도살장에서 등을 찍힌 황소의 비명소리를 냈다. 육이오 때는 반동으로 몰리고 빨갱이로 지목 받은 사람들이 주검이 되어 처박히곤 했던 골짜기였다. 그곳에서는 인간의 생명뿐 아니라 태양도 맥을 추지 못했다. 황금의 햇살까지도 검붉어졌다가 끝내는 암흑으로 변하여 곤두박히곤 했다.

그런 날 해질 무렵이면 나는 오리나무 우거진 비탈진 등성이로 뛰어 올라가 실성한 상태로 춤을 추곤 했다. 오뚝이 춤이 됐건, 해파리 춤이 됐건 상관없이 추어댔다. 그러다가 지치면 비틀비틀 돌아와 아무렇게나 쓰러져 잠이 들곤 했다. 그런 광란의 춤은 나에게 활력소였다. 어쨌건 춤은 나에게 새로운 결심으로 작업을 시작할 수 있는 용기를 주었다. 태양은 죽으면서 나에게 그런 힘을 물려주었다. 태양은 그렇게 어머니처럼 자비롭고 위대한 존재였다. 춤을 추고 한바탕 쓰러져 자고 난 다음에는 어찌나 붓이 잘 나가는지! 그림들은 새롭고 싱싱한 생명력으로 되살아났다.

그러나 올해는 학살되는 태양을 목격하면서도 춤을 추지 못했다. 황토의 언덕이 무너져 내릴 것 같은 두려움 때문이었다. 녹두 장군이 깃발을 올렸던 황토마루와 한하운이 보리피리 불며 걸었던 남도길, 황토가 무너져 내리는 광경을 상상한다는 것은 두렵고도 처참한 일이었다. 헤아릴 수 없이 많은 사체가 되어 골짜기로 스러지는 햇살을 목격하면서도 나는 오리나무 우거진 산등성이를 오르지 못했다. 너무나 두려웠다. 그래서 나는 춤을 추지 못했다. 그림은 따라서 흉작이었다. 불원간에 전시회가 계획되고 있지만 신산의 나날이고 고통이었다. 아마도 전시회는 사산으로 끝나 버릴지도 몰랐다.

"김화백, 우리 몇 년 만이야?"

"그런데…"

나의 입에서는 이미 단념해 버린 '그런데…'가 다시 새어 나왔다.

"그때는 참 고생스러웠지만 잊을 수 없는 시절이었지."

"그런데…"

"사람이란 고생했던 시절을 소중하게 생각할 줄 알아야 하는 법이니까. 과거 없는 현재는 없어. 만일 그걸 모른다면 뿌리 없는 나무요, 조상 없는 자손이고, 은혜를 모르는 상놈이여."

내가 상대의 정체를 물으려고 망설이고 있을 양이면 사내는 어김없이 말의 허리를 잘라 버리고 너스레를 늘어놓았다. 소나기라도 한바탕 쏟아지면 시원할 것 같았다. 줄기차게 퍼붓는 빗줄기 속에 몸을 내던져 한바탕 쏘다니고 싶었다. 상대의 정체를 모른 채 대화를 하는 자리란 그렇게 무더웠다.

시골집 처마에서 떨어지는 낙숫물 소리가 들렸다. 소나기가 오는 날은 개 짖는 소리, 닭울음 소리도 숨을 죽이고 오직 나뭇잎을 때리는 빗소리와 이따금 천지를 진동하며 스쳐 가는 천둥이 나의 영혼과 어울려 화음을 내곤 했다. 시름을 잊고 추억의 숲 속으로 여행을 떠나는 시간이었다. 그런 날 빗소리에 귀를 기울이고 있노라면 모든 흘러가 버린 과거의 소리들이 빗줄기를 뚫고 추적추적 되돌아왔다. 어릴 적의 친구, 가마골까지 할머니의 등에 업혀 아버지를 마중 나갔던 언덕길. 누나가 제 또래 아이한테 힘이 부쳐 얻어맞는 꼴을 보고 집으로 달려와 복수를 하겠다고 작대기를 들고 뛰어나갔던 일들이 가뭇한 기억 속에서 되살아나곤 했다.

그런데 지금은 그런 낭만적인 경지를 더듬을 계제가 아니었다. '그런데'까지 나아갔다가 멈추어 버린 사내와의 차단된 대화 때문에 상상의 날개를 꺾여 버린 것이었다. 그러다가 후련하게 쏟아지는 소나기를 생각했지만 가망 없는 일이었다. 이 달 들어선 여태까지 비 한 방울 내리지 않고 있었다. 하늘에 떠 있는 것은 비구름이 아니었다. 그건 정말 냉굴('연기'의 방언)에 불과한 것이었다.

"김화백! 아까 언뜻 비친 이야기니까 말하겠는데, 이번에 우리 국민정신선양회에서 자선전을 갖게 되었는데 말일세. 자네 같은 고명한 작가의 작품이 필요하다 그 말일세. 우리 총재님께서 친히 김화백을 지명하셨어. 자네 작품을 받았으면 좋겠다고… 그러니 많이도 말고 석 점만 출품해 주었으면 좋겠어."

사내는 가방을 열더니 청탁서 한 장을 꺼내었다. 언뜻 내려다보니, 첫머리에 '청탁서'라는 제목을 붙여 놓고, 품목은 그림, 목적은 '불우 동포 돕기'였다. 그 다음에는 기한을 쓰고 끝에는 총재 이름 아래 손바닥만한 직인이 찍혀 있었다.

"선생님이 여기까지 오신 뜻은 대강 알겠는데요. 기실 제가 곧 전시회를 갖게 되어 거기 출품할 작품을 준비하는 중이라…."

'그런데'의 뒤처리를 하지 못한 상태라 어떻게 대응해야 할지 몰라 당황스럽긴 했지만 일단은 거절할 도리밖에 없었다.

"그럼 어렵겠다 그 말인가?"

사내의 표정이 샐룩 일그러지고 눈빛이 살쾡이처럼 가파로워졌다. 공산당이란 말이 튀어나올까 겁이 났다.

"워낙 작품을 만들 시간이 없어서요."

"자주 찧는 방아에도 손 넣을 틈이 있다고 모처럼 옛날의 상사가 찾아와 부탁을 하는데 거절을 하겠단 말인가?"

옛날의 상사라고요? 오! 알았다. 번개같이 떠오르는 것이 있었다. 그 시절의 박중위였구나. 낚시바늘처럼 구부러진 뾰족한 매부리코에 불거진 광대뼈와 뺨에 붙은 흑점이 새삼스레 확인되면서 나는 드디어 사내의 정체를 기억해냈다. 순간 가벼운 전율을 느꼈지만 태연스러움을 가장하느라 애를 썼다. 건너편 언덕위에 솟아오르던 구름은 어느덧 머리 위로 올라와 있었다. 비는 가망 없는 일이었다.

노란 토종개 한 마리가 어슬렁거리다가 멈추더니 슬픈 표정으로 우리를 바라보고 있었다. 이따금 찾아오는 개였다. 나는 그 녀석이 나타날 때마다 생선 대가리 아니면 식은 밥덩이라도 던져주곤 했다. 어떤 때는 아내가 나를 위해서 아이들한테도 주지 않고 몽땅 가져왔다는 소고기 한 덩이를 남겨 놓고 기다리기도 했었다. 개는 이미 나의 친구였다.

개를 본 나의 마음이 괜히 서글퍼졌다. 개의 얼굴에는 언제나 슬픔이 있었다. 아무리 사납고 험상한 개라도 그랬다. 다른 때는 몰라도 사람을 바라보는 눈은 그랬다. 어쩌면 자기를 학대하는 대상을 저런 선량한 눈빛으로 바라볼 수 있는 것일까. 개야말로 천사였다. 학대를 받는 순간은 적의와 반항심이었다가 끝내는 순종하는 자의 표정으로 변해버리는 것이었다. 졸병 시절 나의 눈빛도 저랬을까? 그랬을 것 같았다. 장교와 졸병이라는 위상의 차이가 빚어내곤 했던 억울하고 치사스러운 분위기가 이 자리까지 뻗어와 있었다. 위압을 가하려는 듯 박중위는 턱을 당기며 나를 내려다보곤 했다. 그는 지금 이곳을 군대의 막사 안이나 훈련장으로 착각하고 있는 것일까.

신상카드에 기록된 경력 때문에 나는 환경정리를 할 때마다 불려 나가 밤을 새워 작업을 해야 했다. 그것만이었다면 그래도 좋았다. 박중위는 잠이 부족한 나를 깨워 사귀고 있는 여자에게 연애편지를 쓰도록 강요했다. 처음에는 미술대학을 나왔으니 글씨를 예쁘게 쓸 거라면서 정서를 부탁했었는데, 문장의 내용이 워낙 엉망이어서 군데군데 손을 보아주었더니 나중에는 아예 대서를 하도록 해버린 것이었다. 그럴 때는 과자 나부랭이를 내놓기도 하고 이따금 주보에 가서 막걸리도 한 사발씩 먹여 주긴 했지만, 나의 호주머니를 털어 내는 일이 더 많았다. 호주머니뿐 아니라 부대원들은 그의 화려한 토요 외출을 위해 몇 푼 안 되는 급여를 털어 내야 했고 가정에서 부쳐온 돈까지 바쳐야 했다.

박중위의 기합은 이름나 있었다. 그가 부하를 통솔하는 힘의 포인트는 냉혹성이었다. 다정한 것처럼 굴다가도 비위가 상하거나 이해관계가 엇갈리게 되면 서릿발이 날렸다. 어느 땐가는 휴가를 나갔다가 맨몸으로 돌아왔다는 이유로 엉뚱한 트집을 잡아 흠씬 기합을 당한 일도 있었다. 박중위에게 기합을 받고 허리 병이 생겨 지금도 제대로 걸음을 걷지 못하는 친구도 있었다. 얼마 전에 만났을 때 그는, 이제 피차 민간인의 신분이 되었으니 한 번 일대일로 붙어 결판을 내야겠는데 만날 수가 없다고 울분을 토했었다.

박중위는 그것보다도 더 큰 일을 저질렀다. 그 일은 확실히 증언할 수 있었다. 그의 잔혹한 매질로 인해 서일만 일병이 그렇게 되었다는 것은 공공연한 비밀이었다. 그러나 그 일은 아닌 것으로 처리가 되었다. 피차간에 이해관계가 얽히고 설킨 일이라 '사고사事故死'라는 공통분모를 찾아낸 것이었다. 그 일이 폭로되면 도미노현상이 일어날 수밖에 없었다. 소대장이 큰 사고를 내면 중대장과 대대장이 문책을 받아야 하고, 다시 위로 올라가 연대장, 사단장 심지어는 장관이 규탄의 대상이 될 수도 있는 일이었다. 그래서 그들은 쉬쉬로 일관하여 은폐하는 데는 이골이 나 있었다.

서일병은 훈련중 사고사로 처리되어 가족에게 유골이 인도되었다. 그는 죽어서 가난한 부모에게 연금을 남겨 줌으로써 효자가 되었다. 애잔한 외아들은 그렇게 쥐꼬리만한 연금을 남겨 놓고 영원한 어둠 속으로 잠적해 버린 것이었다.

"우리 중대원들은 나 때문에 군대생활 편하게 보냈지."

그 말에 나는 어이가 없어 박중위의 얼굴을 쳐다보았다. 신분이 드러난 이상, 이제는 '그런데…'라는 말은 필요 없이 되었다. 매의 부리처럼 안으로 휘어진 콧등, 잘 익은 빵처럼 검붉게 솟은 광대뼈, 웃음을 머금은 것 같지만 눈빛에서는 언뜻언뜻 살기가 뻗어 나왔다.

서일병이 죽고 나서 얼마 되지 않아 박중위는 어디론가 전출이 되고 우리 역시 부대를 이동해 버렸으니까. 어쨌건 우리는 그런 이별 이후 오늘이 첫 대면이었다. 매부리코에 찐빵 같은 광대뼈, 얼굴의 흑점, 이렇게 두드러진 인상을 되살려내지 못했다니, 건망증이란 무서운 것이었다. 과거사야 어떠했건 아는 얼굴에 침 뱉지 못한다고,

"반갑습니다요, 소대장님."

나는 새롭게 인사를 챙겼다. 개는 아직까지 살구나무 밑을 서성거리고 있었다. 혀를 빼물고 숨을 헉헉거리고 있었다. 이곳을 바라보고 있는 눈빛에서는 여전히 애잔한 빛이 머물고… 서일병의 어머니는 얼마나 슬펐을까. 더구나 그는 삼대독자라고 하지 않았던가. 연금을 남겨 효자 노릇을 한 삼대독자의 어머니는 그 연금으로 소고기를 사먹었을까. 돼지고기였을까. 목안으로 넘어갈 수 없는 고기를 씹으면서 얼마나 오열했을까. 개는 아직도 살구나무 아래 우두커니 서서 황톳빛 언덕을 바라보고 있었다. 어디서 온 개일까. 뉘집 개일까. 나는 이미 친구가 되어 있으면서도 녀석의 신분을 확인하지 못하고 있었다.

"어이구, 김화백 그림 많구먼…."

채마밭 가에다 오줌을 누고 나서 고추를 탈탈 털고, 지퍼를 올리며 박중위는 흥분하여 소리를 질렀다. 일을 보러 가면서 작업실 안을 슬쩍 훔쳐본 것이었다. 아닌게아니라 작업실 안에는 20여 점의 그림이 아무렇게나 흩어져 있었다. 그 그림들이 박중위의 눈에 띄어 버렸으니, 나의 입장은 한 걸음 밀린 꼴이 되었다. 그림들은 그의 사정권 안에 들어 있었다. 아까 참에는 내가 방아쇠를 당겼었지만 그건 부질없는 공포이고 진짜 사정권 안에 들어간 것은 나의 그림들이었다. 불원간에 계획되어 있는 전시회를 위해서 준비되고 있는 것이지만, 그것들은 옛 상관인 박포수가 겨냥한 사정권 안에서 온전할 수 없는 사냥감들이었다.

체념하는 수밖에 없었다. 이 세상에 영원한 내 것은 없는 법이니까. 더구나 그림은 이미 붓을 놓는 순간부터 내 것이 아니었다. 미완성의 상태일 때까지만 내 것이었다. 아아, 그것은 내 것이 아니었다. 나로부터 이미 떠나 버린 것이었다. 그렇게 된 이상 주인은 누구이건 상관이 없었다. 대개는 으리으리한 고대광실에 걸리기를 바라는 것이 그림의 속성이고, 아무리 해머와 낫을 소재로해서 그린 그림들도 결국 기름진 부자들의 곳간 속에 갇히기를 소원하고 있었다. 운명이란 알 수 없는 것이었다. 하지만 그것은 나의 소중한 분신들이었다. 그래서 나는 그것들이 나의 수중을 떠날 때마다 아픔을 느꼈다. 막상 떠나 버린 후에는 후련해서 안도의 한숨을 내쉬곤 했지만 떨어져 나가는 아픔을 어쩔 수가 없었다. 전시회를 위해서 준비되고 있는 것들이니까, 줄 수 없다고 통고했는데, 그 말은 이미 힘을 잃어가고 있었다. 나는 밀리고 있었다. 그의 매서운 눈은 이미 그것들을 훔쳐보았고 낚시바늘 같은 코는 예리한 후각으로 냄새를 맡아 버린 것이었다. 개는 다시 이쪽을 물끄러미 바라보고 있었다. 물기 머금은 까만 눈에 하얀 구름이 떠돌고 있었다.

"몇 점이나 기증해 주겠는가?"

단도직입적으로 대담하게 물어 왔다. 거침이 없었다. 명령이었다. 옛날 소대장이 졸병에게 명령을 내리듯 명쾌하고 단호했다. 물러서려 해도 물러설 공간이 없었다. 나는 도움이라도 청하듯 개를 돌아보았다. 그러나 개는 눈 속에 파란 하늘을 담은 채 가만히 서 있기만 했다. 박중위는 상관이라는 방패에 자선이라는 창을 가진 무사였다. 그는 방패[盾]로 단단히 무장을 하고 손에 든 창[矛]으로 나를 공략하고 있었다. 나는 내 삶의 과거가 형성해 놓은 모순矛盾 때문에 허물어지고 있었다. 뾰족한 수가 없었다. 개 때문에… 아, 개의 슬픈 눈이 아니었으면 강력하게 버틸 수 있었을까. 개는 여전히 돌아가지 않고 살구나무 근처를 배회하고 있었다. 구름은 우리의 머리 위에서 너풀거리고, 이런 때 후련하게 소나기라도 쏟아졌으면 좋으련마는, 황토밭에는 짜릿한 햇살이 화살처럼 날아가 박히고 있는 오후였다.

"막걸리 자실 줄 아십니까? 소대장님."

"하하… 막걸리 있어? 그것 좋지. 이런 시골집 평상에서 마시는 막걸리 맛이야말로 일품이지. 제격이야, 제격. 얼마나 맛이 좋겠어."

박중위는 말만 듣고도 이미 취한 사람처럼 떠들어댔다. 나는 부엌으로 들어가 어제 아내가 떠나기 전에 마련해 놓은 밑반찬에 오전에 받아다 놓은 막걸리 병을 들고 나왔다.

"안주가 이렇습니다."

"이런 자리에서는 안주 없는 술이 제격이야."

박중위는 거침없이 술잔을 들고 벌컥벌컥 마셔댔다. 내가 몇 번을 멈춰가며 한 잔을 비우는 동안, 그는 벌써 석 잔을 마시고 나서 염치가 없었던지 나에게 빈 잔을 쑥 내밀었다. 교환하자는 제의였다.

"전시회 날은 작가의 한 사람으로서 자네가 참석을 해 주어야 하네. 그 자리에는 높은 분들도 나오게 되어 있거든…."

"거기 갈 것까지야 있겠습니까."

무의식중에 터져 나온 소리였는데 생각해 보니 출품을 승낙한 꼴이 되어 버렸다.

"만일 여유가 있으면 두어 작품 더해서 다섯 개만 내 준다면 더욱 좋겠네마는…."

한술 더 떴다.

"작품이 없습니다. 전시회가 며칠 안 남았는데 그림은 되지 않고…."

그렇게 대답은 하면서도 나는 수렁에 빠진 사람처럼 자꾸만 미끄러져 들어가는 몸을 가눌 수가 없었다. 나에게는 몸을 추스를 만한 기력이 없었다. 견고한 방패에 날카로운 창을 든 그를 막을 만한 재간이 없었다.

"그럼 다섯 점이제? 알았어. 역시 자네는 그 시절에도 마음이 큰 사람이었어. 어, 취한다, 끄을."

박중위는 한바탕 트림을 뽑고 나서 다시 화단가로 가더니 철철철 오줌을 뿜어냈다. 알코올에 달구어진 비뇨기는 잘도 막걸리를 배설해 냈다.

컹컹.

흩어지는 오줌 줄기에 놀라 개가 짖었다.

"이 버릇없는 놈, 누굴 보고 짖느냐!"

박중위는 비뇨기의 첨단을 개에게 들이대고 오줌을 뿌렸다.

으르렁.

놀란 개는 화가 나는지 야성을 드러내려 하였다.

"누렁아!"

나는 개를 소리쳐 부르며 손을 들어 올렸다. 작은 자선을 베푼 자의 권위에서였다. 개는 금방 사나운 표정을 누그러뜨리고 물러서서 꼬리를 흔들었다.

"김화백, 술 잘 마셨으니 인자 돌아가야 하겠네. 어서 그림이나 주게."

"그림이요? 주소를 적어 주시면 며칠 후에 부쳐 드릴게요."

"그렇게 수고할 필요 없어. 내가 들고 가면 되네."

"무거운 것을 어떻게 가지고 가신다구요?"

"어려울 것 없다니까."

박중위는 막무가내로 화실을 향해 발을 옮겼다. 어느덧 하늘은 검게 구름으로 물들어 햇볕은 자취를 감추고 없었다.

"대충 내가 소품으로 몇 폭 추렸네. 고맙네."

박중위는 어느 사이 다섯 점을 로프로 한데 묶어 들고 화실을 나오고 있었다.

"틀림없이 전시회에 출품하시는 거지요?"

나는 아무 의미도 없는 물음을 넋두리처럼 토해냈다.

"왜, 내가 거짓말하는 것 봤나? 하지만 그런 질문은 하나마나야."

"그럼, 출품을 하지 않는단 말입니까?"

"아냐, 그런 건 아니지만, 이 그림은 내 손에 들어온 이상 이미 자네 것이 아니지 않는가?"

박중위는 그림을 등에 들춰 메더니 쏜살같이 걸어나갔다.

컹컹컹!

개가 다시 짖어댔다. 어느새 날씨가 변하여 금방이라도 하늘이 무너질 것 같았다. 힐끗 뒤를 돌아본 박중위는 쫓기듯 마당을 빠져나갔다. 빗방울이 듣고 있었다. 한바탕 억수로 쏟아지면 후련할 것 같은데 걱정이 되었다. 비를 맞으면 그림이 망해버릴 텐데, 나의 분신이 비에 젖어 물감이 흐물흐물 녹아 내리고 캔버스가 젖어버리면 그만이었다. 마음이 조급했다.

"소대장님! 비가 옵니다. 기다렸다가 그치면 가세요."

그 소리에 박중위는 고개를 한 번 돌렸을 뿐 발을 멈추지 않았다. 굵은 빗방울이 마당을 때리며 지붕도 때렸다. 후련한 가뭄 비였지만 나는 조바심을 누를 길이 없었다. 아, 나의 살덩이가 녹아 내리게 되었구나. 그림이 무사해야 할텐데….

컹컹컹.

개가 거칠게 짖어댄 다음 빗속을 내닫고 있었다. 아아! 개는 어디로 뛰어가는 것일까, 어디로….

으르렁.

성난 개의 울부짖음에 이어 곧 절박한 비명소리가 들려왔다.

"사람 살려!"

아이누와 칼

칸막이로 쳐놓은 포장 안에서는 원색으로 모자이크된 남녀의 음성이 굵게 또는 가늘게 퍼져 나왔다. 사내의 소리에는 간장이 덜 쳐지거나 고춧가루를 첨가하지 않은 반찬에서처럼 비릿하고 달착지근한 냄새가 풍겼다. 후각으로 감지된 것이 아니라 청각으로 울려오는 냄새였다. 준섭은 심한 역겨움에 속이 울렁거릴 지경이었지만 국경을 넘어온 손님이라서 쓸개를 씹는 마음으로 기다려야 했다.

"히히히히……"

여우 꼬리가 달린 웃음소리에 섞여 열에 달구어진 사내의 음성이 얼굴에다 화끈한 열기를 뿜어 왔다. 다시 이어지는 것은 면도사 아가씨의 비명, 준섭은 포장 밖의 홀에 놓인 세면대에 묻은 비눗물을 닦아내고 있는 이발사의 얼굴을 쳐다봤다. 수치심 같은 것을 기대하는 심정이었지만 그의 얼굴에는 눈곱만큼도 감정의 주름이 일지 않고 있었다. 호기심에 의한 안면의 충혈이라든가 경계심 같은 것이라도 있을 법한 일인데 그런 것이 엿보이지 않는 게 이상할 지경이었다. 잘도 견뎌내고 있구나, 하고 준섭은 생각했다. 그러나 그것은 이쪽의 일방적인 느낌일 뿐이지, 저쪽의 감정은 그저 일상적인 생활의 일부일 뿐인 것이, 가령 포르노 영화 따위 보는 데 있어서도 처음에는 야릇한 호기심으로 마른침을 삼키면서 아랫께에서 불끈거리는 열기 같은 것을 느끼다가도 몇 차례 반복해서 보고 나면 결국 추악하다는 혐오감으로 이어지면서 머리만 아파오는 것과 같이 이발사는 본능을 거세해버린 사람처럼 익숙하게 세상을 살아가고 있는 셈이었다. 면도사의 킬킬거림이나 손님의 들뜬 목소리, 더 나아가서는 거친 숨소리까지도 스쳐 가는 바람소리거니 치부해 버렸음에 틀림없었다. 그렇지 않다면 그가 입고 있는 순백의 가운과 벽에 붙어 있는 원색 풍경화의 신선함으로 말미암아 마음속이 뱀을 만나기 이전의 아담같이 되어있는지도 모를 일이었다.

한참 만에 데루오照雄는 아가씨의 안내를 받으며 포장을 젖히고 어정어정 걸어 나와 이발 의자에 털썩 올라앉았다. 그의 몸에는 곧 넓적한 수건이 감기고 비닐천이 무릎 위에 놓였다. 별반 등을 구부리지 않고 고개만 살짝 내밀고 있으면 자연스레 이발사가 머리를 감아주는 것이다. 물기를 닦아낸 이발사는 드라이어를 들이대고 연신 머리를 빗어넘겼다. 다르르……. 온풍을 뿜어내는 기계의 회전음이 간헐적으로 이어졌다.

"다 됐습니다."

이발사가 등에 붙은 머리카락을 털어내면서 선언하듯 말했다. 아가씨가 옷을 입혀주고 신을 날라다가 데루오의 앞에 놓아주었다.

"얼마지요?"

준섭은 데루오의 뒤켠에 서서 이발사에게 물었다.

"오천 원입니다."

이발사가 담담한 표정으로 대답했다.

준섭은 호주머니에서 만원 권 한 장을 꺼내어 이발사 아닌 아가씨에게 주었다. 만일 면도사에 대한 팁이 필요하다면 스스로 해결하게 하기 위해서였다. 아가씨는 그 돈을 받으며 그저 덤덤하게 웃기만 했다. 그 돈의 액수가 부족하다는 건지, 오천 원만 팁으로 받겠다는 것인지 짐작할 수가 없었다. 밀실에서 벌어진 위안 행위의 농도에 따라 보답이 비례해야 할 터인데 그것을 아는 사람은 당사자들뿐이니 준섭은 그저 답답한 마음으로 잠시 동안 서 있을 수밖에 없었다. 그는 뒷처리를 데루오 자신에게 맡기기로 하고 밖으로 걸어 나왔다.

"그 아가씨 아주 서비스가 만점이던데. 육체도 좋구."

노닥거리다 한참만에 밖으로 나온 데루오가 곁으로 다가오며 거침없이 말했다. 준섭은 좀 실망하긴 했지만 우리보다는 선진국인 그쪽 습성에서 그러는 것이거니 하고 대수롭지 않게 넘기기로 했다.

"내일이 쉬는 날이래. 만나자고 약속을 했는데."

그는 좀처럼 면도사에 대한 집착에서 벗어나지 못하고 있었다.

일본이 패전했다는 소식이 쫙 퍼지고 세상이 뒤바뀌어 어수선한 어느 날 오후, 준섭은 데루오를 그의 집 앞 무화과나무 옆에서 만났었다.

"너희들은 참 좋겠다."

데루오는 무화과 잎 한 장을 뚝 따면서 말했었다. 그의 손가락에는 하얀 진액이 묻었으나 아랑곳하지 않았다.

"왜?"

데루오의 뜻을 모르는 바 아니었지만 준섭은 되물을 수밖에 없었다.

"니네들은 독립을 하게 되었구, 우리들은 완전히 망했다지 않아."

풀죽은 소리가 어렵사리 목구멍을 빠져나왔다. 어쩐지 데루오의 몰골이 측은해 보였다. 평소에 당당했던 모습이 이렇게 변해버리다니 사실 같지 않았다. 그는 언제나 위세 좋은 어린이였고 선망의 대상이었다. 그의 집에는 진기한 물건들, 특히 그 가운데서도 커다란 호마가 관심의 대상이었고 일본도를 비롯한 엽총도 있었다. 마을 사람들은 너나없이 그들에게 굽신거렸기 때문에 준섭의 눈에는 그저 그들이 엄청나고 훌륭한 존재로만 느껴졌었다. 약간 뒷심이 무르고 어리숙한 데루오에 대한 모멸감 같은 것이 내심 없진 않았지만 그런 것을 밖으로 내비치기가 어려웠다.

"우리는 곧 내지로 돌아가야 한다는데, 그곳에 가서 어떻게 살 것인지 아버지 어머니는 걱정이 태산 같으셔. 하지만 우리는 다시 돌아온댔어. 아버지가 그러셨어. 몇 년 후에는 반드시 우리 재산을 찾을 수 있을 거라고 했어."

이렇게 말하고 있는 데루오의 표정은 마치 성인과 같이 성숙해 보였다. 며칠 사이에 그렇게 변해버린 것이었다.

"그러면 니네 집은 누가 갖는대?"

그들이 모든 살림을 그냥 두고 떠난다는 일이 사실 같지 않아서 준섭은 물었었다.

"그건 우리 아버지도 모른댔어. 조선사람들은 욕심이 많으니까 싸워서 이기는 놈이 차지할 거라고 하던데."

"그럴 리가 없어."

준섭은 그의 말이 비위에 거슬리자 소릴 지르며 노려봤다. 그러자 데루오는 풀이 죽어 고개를 숙여버렸다. 다음날 데루오의 아버지 오카야마는 어디론가 자취를 감춰버리고, 한 달쯤 후에는 그들 모두가 보따리 한 개씩만을 들고 일본으로 떠나가 버렸었다.

이튿날 아침 데루오는 그가 카페리호에 싣고 온 뉴자가를 끌어냈다. 그는 오늘 아침 최상규씨의 가정에 대해서 물었다.

"그분의 가족들은 지금도 그곳에 살고 있다네."

고향을 떠난 지가 오래였으나 준섭은 왕래를 끊지 않고 있었다. 친척들이 그곳에 살고 있을 뿐 아니라 선산이 그곳에 있기 때문에 명절에는 거의 빠짐없이 내왕했으며 그들이 찾아오는 경우도 많았다.

"아들이 한 사람 있었는데 이름이 뭐였더라?"

"최종민이지, 자네 하구도 자주 어울렸잖아."

"그런 것 같군. 그렇다면 말야."

데루오는 꽤나 심각한 표정을 지으며 잠시동안 망설이더니,

"나 그 최종민군한테 사죄를 하러 가겠어."

"참 잘 생각했어. 그러는 것이 좋을 거야."

준섭은 무조건 찬성했다.

"그렇다면 자네가 안내를 해주게."

"그렇게 하세."

이래서 오늘은 최종민을 찾기로 한 것이었다.

사냥을 나간 오카야마가 짐승은 잡지 못하고 사람을 잡은 사건으로 한때 마을이 들끓었다. 오카야마는 엽총을 메고 짐승을 쫓았었다. 빗맞아 다리에 부상을 입은 노루는 언덕을 넘어 골짜기를 지나서 다시 산록을 돌고 있었다. 그는 짐승을 향한답시고 연발로 총을 갈겼었다. 그런데 웬 날벼락이었는지, 노루는 멀리 도망을 치고 사람의 외마디소리가 골짜기를 울렸다. 소식을 듣고 사람들이 쫓아가 보니 그곳에는 나무를 하던 최상규씨가 나뒹굴어져 있었다. "사람 살려! 사람 살려!" 최상규씨는 고통스럽게 절규하며 신음했다. 누군가가 뛰어나와 들쳐업고 달리기 시작했다. 뒤이어 몰려나온 마을 사람들은 웅성거리며 몰려들었다. 그러나 집에 이르러 방안에 부려놓고 보니 최상규씨는 이미 목을 비틀린 닭처럼 숨을 거두고 늘어져 있었다. 그의 몸을 산탄이 벌집처럼 뚫어놓아 핫바지는 피로 물들어 있었다.

검정옷에 번들거리는 칼을 찬 순사들이 마을에 나타나 무엇인

가를 수첩에 기입하고 오카야마를 경찰서까지 데려가기도 했었지만 얼마 만에 사건은 아무 일이 없었던 것처럼 진정되어 버렸다.

"당신 시아버지가 의병질이나 했다지요? 호! 그랬다면 안 되지."

그들은 찾아와서 최종민의 어머니에게 겁부터 주었었다.

"당신네들 오카야마집 논을 벌고 있지요? 만일 떠들어대면 그 논 못 벌게 됩니다. 얌전하게 있으면 내가 말해서 전답을 더 부치게 해주겠소."

번갈아 나타나서 협박과 회유를 반복했다. 이장이 찾아오는가 하면 면장이 나타나고, 이어서 주재소 부장이 무엇인가를 기록해 갔다. 하릴없는 식민지의 농민이요 과부가 된 최종민의 어머니는 배겨날 수가 없었다. 마음 같아서는 그저 오카야마란 놈을 찢어발겨서 맷돌에 넣고 갈아버려도 시원치 않았지만 이쪽은 힘이 없는 사람들이라 어쩔 도리가 없었다. 친척이나 이웃들도 그저 슬퍼해 줄 따름 복수를 하자고 나서는 사람은 없었다. 명색이 출입을 하는 사람들은 모두가 왜놈 편이었다.

"그때 우리 오야지가 보상은 얼마나 해주었을까?"

시내를 벗어나 들판을 달리면서 데루오가 물었다. 도로가에 가로수로 심어놓은 은행나무에서는 파란 이파리들이 움터 나오고 있었다. 핸들을 꺾느라 팔을 움직일 때마다 그의 겨드랑이에서는 향수의 냄새가 풍겨왔다. 숙달된 솜씨여서 으레 갖기 쉬운 오너드라이버에 대한 불안은 느껴지지 않았다.

"나중에 내가 들은 말인데, 쌀 두 가마니였다나봐."

"지독스러운 일이었군."

데루오는 너무나 야박했던 아버지의 보상에 분노하듯 말했다.

"보상에 대해서 물었었는데 오야지는 함구하고 있었어. 그렇게 된 일이라면 지금이라도 내가 사죄를 하고 위자료도 주고 싶네."

"당사자인 자네 아버지는 아무렇지 않게 생각하고 있는데 아들이 대신하겠다는 건가?"

"그런 셈이지. 그러긴 한데, 당시의 상황에서는 일본인들이 저지른 일을 가지고 재판을 하네 보상을 하네, 하고 떠들어서 일이 시끄럽게 되면 자연히 조선인들의 키가 커져 지배하기가 어렵게 되는 거라고 생각했던 것 같애. 인간의 평등이나 생명의 존엄성에 대해서 이야기한 적이 있었지만 오야지에겐 통하지 않았어. 어느 민족이 다른 민족을 지배하기 위해서는 그럴 수밖에 없다는 거야. 서양놈들은 일본인보다도 더했다고 하던데 뭐."

데루오의 아버지 오카야마 노브스케[岡山信助]는 어느 날 그 집 앞을 서성거리는 준섭을 비롯한 세 아이를 손짓으로 불러들였다. 그들이 가까이 가자 오카야마는 능글능글 웃으면서 옆에 놓고 있던 일본도를 빼들었다. 아이들이 칼날을 보고 움찔하고 놀라며 눈을 휘둥그렇게 뜨자,

"괜찮아, 놀라기는. 나는 말야, 우리 집 대대로 내려온 가보를 너희들에게 구경시켜주려고 이러는 거야. 바보 같은 놈들 같으니라구."

아무래도 불안스러워 도망치고 싶었으나 위세에 눌려 어쩌지도 못하고 있는데, 그는 칼을 휘두르는 시늉을 하며,

"만일 말이다. 도둑놈이 우리 집엘 들어오기만 하면 나는 당장 이 칼을 빼들고 이렇게 치는 거야."

그의 눈에는 살기가 서렸다.

"그때 도둑놈이 놀라서 후다닥 도망을 치겠지. 그러면, 그러면 말이다."

오카야마는 빼었던 칼을 서서히 꽂으면서 일어섰다. 아이들은 말라붙은 침을 꼴깍꼴깍 삼키면서 그의 거동을 뚫어지게 바라보고 있었다. 그는 칼을 들고 천천히 걸어서 방안으로 들어가더니 장문을 열고 그것을 들여놓고 벽에 걸려 있는 활을 들고 나와서 화살을 꽂아 힘껏 잡아당겼다. 금방 화살이 튕겨 나올 것 같았지만 그는 한참 동안 버티고 있다가 힘을 풀었다. 화살은 제풀에 탕, 하고 마루 위로 떨어졌다.

"분명히 봤지? 칼이 무서워서 물러난 도둑놈이 저만치 도망치고 있을 때 이 활을 쏘는 거야. 그럴 때 등짝 한복판에 화살이 꽂히게 되면 어떻게 되겠어? 영락없이 죽는 거지. 전부는 아니더라도 십중팔구는 맞아 죽게 돼. 나는 활의 명수니까."

그는 아이들이 너무나도 심중하게 듣고 서 있는 것이 재미있는지 신나게 떠들어댔다. 준섭은 그것이 자신에 대한 협박일 거라고 생각했다. 아니, 어린애들은 그런 도둑질 따윌 못하니까, 마을 사람들한테 퍼뜨리게 하기 위해서 그러는 것이라고 생각했다. 준섭의 눈에는 오카야마가 두렵고도 교활한 인간으로 비치긴 했

지만, 멋진 일본도에 미끈한 활을 구경하는 재미 때문에 그 자릴 뜰 수가 없었다. 약간 몸이 떨리는 듯한 두려운 분위기가 그를 매혹시키고 있었다.

"이것뿐인지 아나? 또 보여줄 게 있다."

그는 활을 제자리에 걸더니 이제는 시커먼 총신에 갈색 개머리판이 달린 커다란 엽총을 들고 나왔다. 무기의 종류가 바뀌면서 그의 눈빛이 사나워졌다. 우북하게 턱과 볼을 덮은 구레나룻이 경련하듯 실룩실룩 움직이고 있었다. 써늘한 기운이 그의 몸을 중심으로 해서 사방으로 퍼져 나와 주위를 침묵하게 했다.

"활을 쐈는데 불행히도 도둑이 도망을 쳤다고 하자. 그럴 때는 내가 그냥 그놈을 놓쳐버릴 것 같으냐? 절대로 그럴 수는 없지, 나는 드디어 이 총을 들고 뛰어나오는 거야. 그래가지구 그 도둑의 등에 대고 총을 탕탕 쏘는 거야. 그때는 아무리 장사라도 쓰러지지 않을 수가 없어. 정말로 끝장이 나는 거야."

오카야마는 총을 높이 치켜들며 호언을 했다.

"나는 무수한 전쟁터에서 솜씨를 익힌 명사수란다. 이래 봬두 대일본제국의 육군 군조야. 훈장도 받았는데 황공하옵게도 천황 폐하한테서 받은 귀중한 것이니까 너희들한테 그것만은 보여줄 수가 없어."

아이들은 감탄을 하지 않을 수가 없었으며 떠들고 있는 오카야마가 영웅처럼 우러러 보였다. 더러 꿩이나 노루 같은 것을 등에 짊어지고 산에서 내려오는 사냥꾼들을 보지 않은 바는 아니었지만, 이렇게 가까이서 설명을 들으면서 총 구경을 한 일은 처음 있는 일이었다.

"참으로 많이 변했군."

면 소재지의 마을에 이르자 데루오는 사십 년 전보다 너무나 변해버린 거리를 바라보며 감탄하듯 말했다.

"옛날 우리가 살던 집이 어떻게 되어있는지 궁금하군."

"그곳도 많이 변했어. 이따가 돌아가면서 들러보세."

빨간 공중전화가 있는 점포 앞에서 차를 멈췄다. 차가 있으니까 직접 들어가자고 했지만 데루오는 일단 전화를 걸어 승낙을 받은 후에 찾아가자고 했다.

"종민인가? 마침 집에 있었군. 나 준섭이야."

자네가 어쩐 일이냐며 반기는 최종민의 음성이 귀가 따가울 정도로 고막을 울렸다.

"자네, 오카야마 데루오라고 알지?"

"그 사람이 누군데? 일본인인가?"

"맞아, 옛날 우리 마을에 함께 살았던 오카야마라는 일본인 아들 말이야. 잿등에 있던 일본집……."

"응, 알겠어. 근데 그자가 어쩐 일로 왔지?"

말의 색깔이 좀 쌀쌀해졌다.

"그자가 자기 아버지 대신 사과하겠대. 보상도 좀 해드리고."

"그럼 그놈 애비는 지금까지 살아있단가?"

"그런 모양이야. 하지만 그 노인은 오지 않고 아들인 데루오가 와서 자네를 찾아보겠다는 거야."

"사과 좋아하네. 나에게 돈을 주겠다구? 야! 내가 거지? 오카야마란 놈만 잡을 수 있다면 당장 찢어 죽이고 싶은데. 이제 와서 그 아들한테 사과라니 말도 안 돼."

최종민의 반응은 얼음장처럼 차가웠다. 할아버지가 의병대장을 했다고 해서 주변 사람들이 서둘러서 국가의 포상을 받으라는 권유가 여러 차례 있었지만 그는 완강하게 거절했었다.

"흥, 우리 조부님이 이런 꼴 보려고 칼 들고 싸웠겠어. 그 양반이 지금 살아계신다면 당장 몽둥이찜 당해야 할 작자들이 윗자리에 앉아서 우리에게 상을 내리다니. 연금을 준다니까 혹할 줄 알구. 어림없는 소리야. 목구멍에 혀를 박고 죽을망정 그런 돈은 받지 않아. 세상이 달라지지 않는 한 나는 그들을 상대하지 않을 테야."

이런 최종민에게 데루오를 붙여주려 한 것은 역시 무리였던 것 같았다.

"뭐라고 해?"

차로 돌아와 침묵을 지키고 있는 것이 답답한지 데루오가 물었다.

"사양하겠대."

준섭의 대답은 퉁명스러웠다.

"그 사람 내 진정을 몰라주느만."

"당사자인 자네 아버지가 반성을 하지 않고 있는데, 어떻게 자네가 대신해서 사과하겠다는 건가? 되지 않을 일이야."

준섭은 항의하듯 쏘아붙였다. 최종민의 마음을 생각하니 이 작자의 들러리를 서주고 다니는 스스로가 부끄럽기까지 했다.

"아버지의 잘못을 얼마든지 아들이 사과할 수 있다고 생각하는데."

"자네 아버지가 돌아가셨다면 그럴 수도 있겠지. 하지만 살아계신다면야 무의미한 일이야."

"싫다면 할 수 없지 뭐. 차라리 편하게 됐어. 나도 아쉬울 게 없으니까."

시큰둥한 표정을 지으며 데루오는 쉽게 단념했다. 최종민과의 일이 끝나면 같이 잿등의 옛집도 돌아보자고 했었지만, 이렇게 되니 그 일을 포기하지 않을 수 없었다.

"옛날하구 달라서 콧대가 제법 높아졌는걸."

차라리 잘됐다고 했으면서도 데루오는 최종민에 대한 관심을 좀처럼 지우지 못했다. 비는 장수 목은 베지 못하는 법인데, 과거의 일들을 사죄하려는 사람을 받으려조차 하지 않다니, 소작인의 아들놈치곤 너무한데. 사람은 어려서 찍힌 도장을 지울 수 없는 법이야. 설령 처지가 바뀌게 되더라도 지우긴 어려워. 그때는 논마지기나 얻어 벌려고 몸을 비비꼬며 굽신거렸던 놈들이, 더구나 제 애비가 죽었을 때는 쌀 두 가마니도 감지덕지했겠지. 같잖은 것들이 언제부터 저렇게 도도해졌지? 식민지였던 조센징이고 한도징半島人인 주제에……. 데루오는 지난날의 우월감과 그에 대차되는 상대에 대한 모멸감으로써 무너지는 자존심을 지탱하려고 몸부림치고 있는 것 같았다.

"오야지는 최상규씨 부인과 마을 사람들에게 깨끗이 사죄하고 떠나려 했는데 몽둥이와 연장을 들고 찾아다니는 청년들을 피해서 일본으로 먼저 떠나야 했었어. 아버지는 그때 겪은 고생을 평생 잊을 수 없다고 했어. 그것뿐 아니었지. 우리는 더 큰 수모를 겪었으니까. 그건 우리 엄마와 누나가 당한 일이야. 우리 엄마를 발가벗겨놓고 짓이겼던 놈들이 누구란 걸 나는 다 알고 있어. 어디 엄마뿐이었나, 누나도 같이 당했어."

아마 그때 태풍이 불었을 거다. 밤새 나무와 집들을 스쳐 가는 요란한 바람 소리, 문짝이며 벽 할 것 없이 후려치는 빗방울, 잠결에 그 소리들을 들으면서 몇 번이나 눈을 떴는지 몰랐다. 아침에 일어나보니 울가의 커다란 감나무는 줄기가 무너져내렸고 논둑은 터져 자라오른 벼들이 흙더미에 묻혀 있었다. 그런 바람이 있은 지 며칠 만에 그들은 산속에 있는 조그마한 제각에 모였다. 미국놈들 폭격을 피해 이른바 소개疏開를 해온 것이다. 한 반에서 배우던 학생들은 지역별로 갈라져 제각이나 회관 등에 수용되었다. 이렇게 되자 일본인 학교의 학생들도 어쩔 수 없이 조선 학생들과 함께 지내지 않을 수가 없이 되어, 그날 제각을 나가보니 데루오가 그들 심상소학교의 일본인 학생과 그곳에 나와 있었다. 공부가 제대로 될 리 없고 그저 오리 새끼들처럼 이곳저곳 무리지어 모여서 바뀌어진 환경에 대한 호기심으로 재잘거리고 있는데, 데루오의 아버지 오카야마가 그의 딸 기미코를 데리고 그곳에 불쑥 나타났었다. 오카야마는 선생님들의 마중을 받으며 수고들 하십니다, 하고 인사를 마치고나자 갑자기 변색을 하더니 떠들기 시작했었다. 귀축 미영鬼畜米英놈들 때문에 어린 학생들이 이렇게 고생을 하게 되었다고 하면서 그놈들을 한 놈도 빠짐없이 박살을 내야 한다고 했다. 지금 가미가제 특공대가 나서서 무찌르고 있기 때문에 오래 견디지는 못하고 반드시 물러나게 될 것이라고 안심을 시키기도 했다. 아버지가 그러는 동안 기미코는 맑고 검은 눈을 깜박거리며 하늘을 바라보기도 하고 제각의 기둥을 만지기도 하면서 말없이 서 있기만 했다. 내년 봄이면 어느 여학교를 졸업할 판인데 폭격을 피해 잠시 부모 곁에 내려와 있다는 그녀는 너무나 청초하고 아름다워서 젊은 선생님들은 물론 수염이 검실한 상급반 학생들의 비상한 관심의 대상이 되었었다. 배추 속잎같이 희고 계란처럼 갸름한 얼굴에 흰 이를 드러내고 엷은 웃음을 머금은 그녀의 모습은 이 세상에 둘도 없는 사람처럼 비쳤다. 그녀가 방학 때 내려오게 되면 그 집을 드나들면서 몇 차례 목격한 적은 있었지만 제각의 기둥을 만지고 있는 그녀의 모습은 사람들의 혼을 뺏어가 버릴 정도로 매혹적이었다. 물론 그녀가 그렇게까지 아름답게 보이는 것은 조선사람 아닌 일본인이기 때문이기도 했다. 당시의 어린이들에게는 아무리 나뭇개비나 호박같이 생겼더라도 일본인이라고 하면 달리 보였다.

그런 기미코가 김달구라는 청년한테 겁탈을 당했다는 소문을 준섭은 들었었다. 옷이 찢기고 피가 얼룩져 있었다고 했다. 너무했어, 아이구 망칙해라, 하는 사람이 있었는가 하면, 어따! 시원하다, 그것들이 안 당하고 누가 당할 것이여? 그렇게 당해야 싸지, 암 싸고말고. 기미코 모녀가 당한 일이 구체적으로 어떤 일이었는지조차 몰랐던 준섭으로서는 이렇게 중구난방으로 떠들어대는 소리들에 대해서 시비를 가릴 수는 없었지만, 어쩐지 가엾다는 생각이 들었었다. 그들이 떠나버린 뒷날까지 그의 눈앞에는 기미코의 얼굴이 이따금 떠오르곤 했었다.

"잊지 않고 있었군?"

준섭은 이미 머릿속에서 아련하게 지워져 버린 기억을 되살리면서 데루오의 얼굴을 돌아봤다.

"아니야, 잊고 있었어. 잊고 있다가 다시 생각해냈어. 사실은 오 년 전에 내 아내가 학생 놈들에게 당했단 말야. 고등학생 놈들이었어. 떼지어 들어와 나를 묶어놓고 눈앞에서 잔혹한 짓을 했어. 그런 다음에 나는 잊었던 어머니와 누이의 일을 되생각해 낸 거야. 비로소 아픔을 느꼈어."

데루오의 표정이 찬바람이 닿은 것처럼 갑자기 싸늘해졌다. 언뜻 이쪽을 훔쳐본 눈빛에서 준섭은 섬뜩한 살기를 느꼈다. 그건 옛날 그의 아버지 오카야마한테서 받은 인상 그대로였다. 어쩌면 이 자가 오카야마일까 하는 생각이 들었지만 그건 순간적으로 스쳐 간 환상이었고, 그때의 오카야마와 오늘의 데루오가 걸맞은 나이이기 때문에 그리 되었으리라고 생각했다. 그러나 어린 시절의 소꿉동무인 데루오의 얼굴에 두려웠던 그 아버지의 모습이 겹쳐지는 일은 유쾌하지 않았다. 그런 외면적인 것뿐 아니라 내면세계나 행동에서도 가까운 점이 많다는 느낌 때문에 처음 만났을 때의 신선한 우정이 퇴색되어가고 있음은 어쩔 수 없는 일이었다.

"하지만 나는 그런 일들을 모두 잊어버리고서 사죄하려 했는데 보기 좋게 거절당했군. 섭섭한데."

섭섭하긴 뭐가 섭섭해. 너희들한테 당한 일 생각하면 그것 정도는 새발에 피라고, 하면서 나무라려다 참아버렸다. 그렇지 않더라도 데루오는 지배자로서의 도도한 선입견을 가지고 이곳에 나타났다가 패배를 당하고 있는 셈이었다. 그에게는 예상 밖의 일이었던 것 같았다.

"여기였을 텐데……."

데루오는 양지바른 언덕 아래에 있는 조그마한 겨자밭 가에 차를 세우고 두리번거렸다.

"뭔데?"

"우리 오야지의 비석일세."

그러고 보니 그곳은 오카야마의 공덕비가 서 있던 자리였다. 흰 돌기둥의 울타리 안에 기와집 지붕 같은 갓을 쓴 검정 비석은 소작인들이 집집마다 돈을 거두어 세웠다고 했었다. 해방이 되고 몇 달이 지난 어느 날, 학교에서 돌아오는 길이었는데, 마을 청년 몇 사람이 지렛대와 몽둥이를 들고나와 그 비석을 넘어뜨리고 있었다.

"우리 땅을 침략하여 토지를 뺏고 피를 빨았던 원수 놈의 비석인데……."

"피만 빨았간? 사람은 죽이지 않고? 어서 빨리 밀어!"

그렇게 말한 것은 최종민네 집안사람이었다. 그들은 순식간에 석책石柵을 헐고 비석을 넘어뜨려서 길 아래 고랑창으로 밀어넣어 버렸었다. 그러고는 후련하다는 듯 하늘을 향해서 한바탕 껄껄거리고 나서 가지고 나온 술통의 막걸리를 따라 벌컥벌컥 마셔댔었다.

오카야마의 총질은 분명히 고의적인 것이었다고 했다. 의병의 아들이기 때문에 조준을 하고 쏘았다는 것이었다. 그는 중국 땅에서 육군으로 복무할 시절 일본에 반항한 중국 놈을 수십 명 자기 손으로 죽였노라고 떠들어댄 사람이었다. 만일 일본에 협력하지 않는 조선 놈이 있으면 가차없이 처단해버리겠다고 으름장을 놓기도 했다. 그런 그가 의병의 자식이면서 더구나 소작까지 벌고 있는 주제에 달갑게 순응해오지 않는 최상규에게 적의를 품고 있었다는 것은 세상이 다 알고 있는 일이었다.

"저 녀석의 논을 떼어 버려야겠어."

한 적이 있는가 하면,

"저놈은 아무래도 수상한 놈이야."

한 적도 있었다. 목격한 사람의 말에 의하면 당시에 뛰고 있던 노루와 최상규씨와의 사이는 오십 보가 넘었다고 했다. 그런 거리를 두고는 아무리 총질이 서투른 사람일지라도 사고를 낼 수는 없다고 했다. 그 사건을 맡았던 경찰이나 검찰은 어처구니없게도 살인의 동기를 애국적인 행동으로 판단했기 때문에 도리어 피살자의 과실로 처리해서 우물쭈물 넘겨버렸던 것이었다. 아무리 그렇기로 만일 최상규씨 편에서 야무지게 떠들어대는 사람이 있었더라면 일이 무사하게 끝나지는 않았을 것이라고 사람들은 수군거렸었다.

"어떤 놈들이 그걸 없앴지?"

"……."

"우리 오야지는 좋은 일을 많이 해서 조선사람들이 송덕비를 세워주었다고 항시 자랑이신데……."

데루오는 언덕을 오르락내리락하더니 징검징검 밭으로 걸어들어갔다. 겨자잎들이 구둣발 아래 쓰러져 뭉개어졌다.

"오야지는 이곳에 오면 비석이 서 있을 테니까 여러모로 사진을 찍어오라고 했는데 그림자도 없으니 이 일을 어쩌지? 실망이 크실 텐데."

그는 어깨에 걸치고 있던 검정 백을 열고 카메라를 꺼내었다. 이곳저곳 앵글을 돌려대며 셔터를 눌렀다. 보나 마나 필름에 감광되는 것은 밭 언덕이나 겨자잎 아니면 저만치 울타리하고 있는 산들뿐일 텐데, 그것들이 마치 비석이나 되는 것처럼 숨을 헐떡거리며 찍어댔다.

"그 돌을 어디에 치웠을까?"

"아마 어딘가 다리 놓는 데 쓰였을 거로구만."

준섭은 검게 물 들어오는 남쪽 하늘을 바라보면서 대답했다. 천둥소리가 들렸다. 아직 그러기엔 이른 계절인데 성급한 기상이었다. 천둥에 놀란 데루오가 카메라를 집어넣고 한길로 내려섰다.

"비석 밀어뜨린 사람 말일세. 그자들을 한번 만나서 따지고 싶은데……."

"어째서?"

"이젠 이 세상 사람들이 아니니까."

준섭은 아까와는 달리 뒷자리를 잡았기 때문에 그의 뒤통수를 향해서 말을 이었다.

"자네들이 떠난 후로 우리 땅은 남북으로 갈라졌지 않나 그러기만 한 것이 아니라 남쪽도 또한 두 갈래가 되었어. 완장을 차고 자네 집을 샅샅이 뒤지고 비석을 밀어버렸던 사람들은 거의 죽고 말았어. 누구한테 그리된 줄 아나? 바로 자네들 편에 서서 동포들을 괴롭히고 학대했던 그 자들이 외래인들과 결탁해서 그 일을 저질렀어. 자네들의 시대가 사라지지 않고 변형이 된 채 오랜 시간 연장이 되었지. 지금도 완전히 사라진 게 아니야. 그 찌꺼기들이 남아서 우리의 몸을 친친 옭아매고 있기 때문에 이렇게 시끄러운 거야."

시내에서는 시위가 한창이었다. 밀려 있는 차량들의 틈을 비집고 들어갔다가 간신히 빠져나와 호텔 앞에서 차를 세웠다.

들어서자마자 데루오는 활랑 옷을 벗어 던지더니 목욕실로 들어갔다. 외국인이라면 사지를 제대로 못 쓰는 족속들이 우글거리는 땅에 와서 우쭐대기만 하다가 뜻밖에 최종민한테 매정한 대접을 받은 데다가 사진을 찍어 일본으로 건너가서 자랑을 늘어놓으려 했던 송덕비가 자취조차 발견할 수 없이 사라져버린 데 대한 실망의 빛이 그의 얼굴에 그늘로서 드리워져 있었다. 떠나갈 때보다 돌아올 때의 표정은 어두웠고 언동은 무뚝뚝했다.

준섭은 머쓱한 몰골로 소파에 엉덩이를 내리고 앉아서 평소에 즐기지도 않는 담배를 연신 빨아들였다. 밖에서는 아직도 시위가 끝나지 않았는지 함성이 들려오고 간간이 통탕 하고 최루탄 터지는 폭음이 울렸다. 목욕탕에서는 쏴아 하고 물 쏟아지는 소리가 들렸는가 하면 잠잠해지고, 밖에서는 함성에 이어 다시 폭음이 울렸다. 갑자기 탕탕탕 다발성의 폭음이 들려왔다. 이른바 지랄탄이 터진 것이다. 문이 삐걱 열리더니 데루오가 수건을 목에 감은 채 팬티 바람으로 들어섰다. 가슴을 가른 갈기 같은 체모가 짙은 검정으로 무리져 있었다.

"우리 일본에서는 육십년대에 이미 끝난 일인데……."

옆자리에 앉은 데루오의 몸에서 비릿한 물내가 풍겼다. 그것을 거부하는 심정으로 준섭은 거칠게 담배를 빨아댔다. 그러면서 그는 데루오가 아이누의 피를 받았을 거라고 생각했다. 가슴을 우북하게 덮고 있는 체모, 방금 깎았는데도 검실하게 남아 있는 구레나룻 자국, 검고 깊은 눈과 솟은 광대뼈가 그랬다.

"우리들은 다시 시작하고 있다네. 한 차례의 태풍 다음에 또 태풍이 있듯이."

준섭은 신음하듯 말했다.

"육십년대에 끝내야 했었는데 칠십년대를 거쳐 지금 다시 시작하고 있어. 언제 끝날지 몰라. 하나의 종기를 터버리면 이어서 다른 놈이 또 생기고, 악순환이 계속되고 있어."

"골치 아프니까 그런 이야기 치우지 그래. 나는 장사꾼일 따름이야. 돈과 계집만 있으면 바랄 것이 없어."

그는 쏘아붙이고 나서 팔을 높이 쳐들고 하품을 뿜어냈다. 팔을 움직일 때마다 가슴의 털이 물결쳤다. 아무리 국적을 달리하기로 이렇게 뜻이 통하지 않다니. 준섭은 탁자 위에 놓여 있는 조니워커를 한 컵 따라 목 안으로 부어 넣었다. 따가운 감촉이 유쾌하진 않았으나 잠시 기다리자 터질 것 같던 가슴이 다소 후련해지는 기분이었다. 다시 한 컵을 마시고 또 한 컵을 따랐다. 데루오는 그동안에 스킨을 바르고 나서 크림을 얼굴에 문지르며 의자로 돌아왔다.

"그래, 이발소 가시나하구 약속이라두 했나?"

반격을 한다는 심정으로 준섭은 빈정거리는 말투를 건넸다.

"그러기는 했어."

그도 역시 한 컵의 술을 들이켜고 나서 말을 이었다.

"하지만 나는 딴 여자가 있거든. 정해놓은 사람이 있어. 자네도 알다시피 나는 바이어니까 자주 내왕해야 하는 직업인데 이쪽에 여자가 없으면 심심하니까……."

"그럼 다른 사람들처럼 현지처를 만들어놨단 말이군?"

"꼭 그런 건 아니지만 내가 여기 나오는 동안을 함께 해주는 여자가 있어. 그러니 면도사 아가씨는 바람을 맞힐 수밖에. 사실은 이발소 안에서 일을 치러버렸으니까. 걔들이야 한 차례로써 족한 것 아니야?"

준섭은 마치 음탕의 늪에 빠져서 허우적거리는 사람처럼 숨이 가빠왔다. 데루오는 웃음꽃을 얼굴 가득히 피우고서 촌뜨기를 구슬리듯 계속해서 지껄여댔다.

"자네는 내 말을 좀 쑥스럽게 받아들이는 것 같은데 그게 아마 뒤떨어진 생각일 거야. 여든이 다 된 우리 오야지도 부산에 여자가 있어. 그것도 하나가 아니고 둘이야. 그것뿐 아니야. 지금 소유하고 있는 여자가 둘이라는 거지, 해치운 것은 수십 명일 거야.

오야지는 종전 때 빼앗겨버린 것들을 되찾는다는 기분으로 조선
년들을 조져댄다는 거야. 나 역시 마찬가지지. 나는 짓밟힌 엄마
와 누나의 복수를 하는 기분으로 그년들을 짓이겨주지. 아마 그
복수심이 아니라면 섹스는 훨씬 흥미가 없어지고 말 거야."

준섭의 눈앞에는 껍데기에 불과하다며 훈장과 돈과 데루오의
사과까지를 거부한 최종민의 얼굴이 떠올랐다.

"어때? 기왕 약속한 거니까 내 대신 면도사 아가씨 차지하지
않겠어?"

술이 약한지 두 잔밖에 마시지 않았는데도 데루오는 약간 혀
꼬부라진 소리를 하며 히죽 웃었다. 준섭은 저도 모르게 엉덩이
를 들고 일어나 윗목에 있는 탁자를 향해 걸어갔다. 그곳에는 어
젯밤 과일을 깎다 버려둔 과도가 은빛 광채를 뿜으며 놓여 있었
다.

음지와 양지

음산한 날이었다. 구름들은 누더기 조각으로 하늘에 깔려서 춤을 추고 있었고 짓궂은 가랑비까지 찔끔찔끔 뿌렸다.

나의 앞에는 회색의 청소차 한 대가 비틀비틀 언덕을 올라가고 있었다. 고개를 다 오르려면 아직도 좋이 오십 미터는 남아 보였다. 지친 청소원의 다리가 꼬이기 시작했다. 제자리걸음으로 한참 동안을 비척거리더니 그는 끝내 시멘트 바닥에 무릎을 꿇었다. 더이상 뒤로 물러나지 않으려고 팔에 힘을 쏟으며 안간힘을 쓰고 있었다. 아무래도 안 되겠다 싶어 나는 들고 있던 가방을 길바닥에 팽개치고 달려가서 수레를 받쳐 주었다. 한숨을 돌리게 되자 그는 비로소 나를 향해 뒤를 돌아봤다. 남루한 청소원 복의 그는 검게 얼룩진 얼굴을 들어 나를 보더니 움찔하고 놀랐다. 나도 그가 누구란 걸 금방 알 수 있었다.

"영수 아니냐? 그렇지?"

다짜고짜 이름을 대며 묻자, 그는 움푹 들어간 눈에 미묘한 웃음을 짓고 나를 응시했다. 솟아오른 입술이 약간 벌어지며 누런 이를 드러냈다. 그러나 그는 모르는 사람을 대하듯 말뚝처럼 서서 입을 열지 않았다. 행여 잘못 보았는가 싶어 다시 확인했지만 틀림없는 영수였다. 나는 그가 스스로 호응해 오기까지 말없이 서 있었다. 한참 만에야 그는 뚜벅뚜벅 걸어와 내 손을 잡았다.

우리는 숫제 개도깨비 떼들이었다. 산이며 들 할 것 없이 모두가 운동장이었다. 그러다가 해가 저물거나 제풀에 지쳐 돌아오면 신은 물론 바짓가랑이가 온통 황토와 진흙투성이였다.

영수와 나는 단짝이었다. 우리는 둘이서 소놀이라는 걸 곧잘 했다. 영수가 새끼줄 끝을 잡고 앞장서면 나는 뒤에서 이쪽 가닥을 잡고 그를 몰았다. 더러는 내가 소편이 되는 수도 있었지만 대부분의 경우 그가 소 노릇을 해주었다.

"이랴! 이놈의 소새끼야, 빨리 가자."

소리를 지를작시면 앞장선 영수가 분마처럼 굽을 치며 뛰기 시작했다. 골목을 빠져나가 밭둑길을 거쳐 안산으로 달려갔다. 나는 끄나풀을 놓치지 않으려고 죽자사자 헐떡거리며 뒤를 따랐다. 영수는 나를 떼어놓으려고 한사코 달리다가 뜻대로 되지 않으면, 줄을 놓게 하려고 지그재그로 방향을 바꾸기도 하고 팔을 휘젓기도 했다. 게임은 아니었지만 어쩌다가 내가 새끼줄을 놓아 버린다는 일은 나의 패배를 의미하는 것이 되었다. 고삐를 잡고 있는 동안은 내가 주인이고 그는 소이지만 그걸 놓을 경우, 그는 나의 통제에서 벗어나게 되는 것이었다. 이 놀이에서는 앞뒤가

정해져 있는 건 아니었으나 누구랄 것 없이 뒤쪽에 서서 앞선 놈에게 새끼의 끝을 쥐어주며 몰아붙이면, 어느 사이 앞엣놈이 소가 되고 뒤엣놈은 주인이 되어 버리는 것이었다.

그렇게 달리다가 선산이 있는 텃굴의 펀펀한 잔디밭에 이르게 되면 지쳐서 우리들은 한꺼번에 잔디 위에 몸을 던졌다. 한참 동안 거친 숨을 몰아쉬다가 서로의 눈이 마주치게 되면 입을 비틀며 서로 씩 웃었다. 그때 우리에게서 사람과 소의 관계는 떠나고 없었다.

"너 느그 엄니한테 나무 안 한다고 혼나면 어쩔래?"

"괜찮어. 그냥 놀라고 했어. 오늘이 우리 순임이 생일이거든. 근데 쌀이 없다고 떡도 안 했단다. 참 어저께 밤에 느그집 제사 지냈쟈? 떡 한 개 도라."

"안 해."

어떻게 된 셈이었던지, 나는 그의 청을 거절했다. 무언가 확실하게 기억되진 않지만 뒤틀린 대목이 있어서 그리 대답했었는데, 그게 여간 영수의 마음을 서운하게 한 것이 아닌 모양이었다. 당장 얼굴이 시무룩해지더니 눈빛이 날카로워졌다. 솟아오른 입모습과는 대조적으로 그의 눈은 폭 패여서 화가 났을 때 더욱 깊어 보였다.

"음지가 양지 되고 양지가 음지 된단다. 두고 봐."

그는 토라져서 내뱉었다. 무슨 뜻인지 확실하게 이해할 순 없었지만 나는 그의 말에서 서늘한 느낌을 받았다. 그의 노여움이 너무나 크다고 느꼈기 때문에 나는 그의 마음을 풀어 보려고 해

죽이 웃어 주었으나 얼굴빛을 고치지 않았다.

음지가 양지 되니 어쩌니 하는 말은 앞전에도 들은 적이 있긴 했다. 그러나 그런 소리는 오기스러운 어른들이 가난하대서 업신 여김을 받았을 때, 뒤틀린 심정을 토로하는 말이었지 우리 같은 어린애들에게는 해당되는 말이 아니었다. 갑자기 나는 그가 형들처럼 성숙한 존재로 느껴졌다. 나이는 나보다 두 살 위였어도 연령의 차이 같은 건 추호도 느끼지 않고 그저 같은 또래의 동무로서 허물없이 어울렸던 것인데, 그의 말은 어떤 위계감으로 나에게 밀려왔다. 그러나 그것은 성숙한 자에 대한 존경심이라기보다는 걸맞지 않게 조숙해 버린 대상에 대한 혐오감 같은 것이었다.

나는 그와 같이 어울리는 일에 흥미를 잃었기 때문에 몸을 일으켜 비석이 서 있는 묘소 쪽을 향해서 걸어 올라갔다. 그곳은 우리 집안에서 가을마다 시제를 모시는 나의 몇 대인가에 해당하는 조상의 무덤이었다. 커다란 화강암으로 된 비석에는 굵직한 글씨가 두 줄 깊숙하게 파여 있었고 후면에는 그보다 잔글씨가 가득 새겨져 있었다. 따뜻한 봄빛이 온몸에 쏟아져 나는 눈이 부시고 몸이 나른했다.

"영수야아!"

비석을 막 돌아서는데 갑자기 언덕 아랫길 쪽에서 영수 어머니 샛골댁이 부르는 소리가 들렸다.

"이 쥑일 놈의 새끼야, 저녁 땔나무도 없는디 이런디서 뭣 하고 자빠졌냐? 저 호랭이나 물어갈 놈."

나는 그녀의 야단소리가 어찌나 무섭든지 슬금슬금 솔폭 사이로 들어가 몸을 숨겨버렸다. 물론 나에 대한 포악은 아니었으나 일을 해야 할 자기 아들과 놀고 있는 사람에 대한 책망도 포함되어 있는 것으로 느껴졌기 때문에 꿀릴 수밖에 없었다. 샛골댁의 야단 소리에 섞여 영수의 비명이 들려왔다. 살아가는 일이 벅차서 신경이 곤두서게 되면 마치 아들 탓이나 되는 것처럼 그녀는 노상 영수에게 화풀이를 하곤 했다. 회초리나 막대기로 후려치기도 하고 그것이 없으면 주먹으로 쿵쿵 소리 나게 등을 두들겨 팼다. 영수는 죽어라고 소릴 지르고 그에 장단이라도 맞추듯 샛골댁의 매질은 계속되었다. 그러다가 지치면 두 다리를 뻗고 길 가운데 앉아서 통곡을 했다.

우리 집으로 말하더라도 아버지의 실패로 말미암아 기울어진 형세에 놓여 있었지만 영수네 집은 어른들의 말을 빌린다면 똥구멍이 찢어지게 가난한 처지였다. 어떤 때 놀러가면 무 김치를 먹으면서 맹물을 마시고 있었다. 식량이 떨어져 그것으로 끼니를 때우고 있다고 했다. 영산포 포전에서 주워온 시래기에다 쌀 몇 톨을 넣고 끓여서 그걸 죽이랍시고 훌쩍훌쩍 떠넣고 있을 때도 있었다. 한번은 국수 같은 것을 삶아서 먹고 있기에 무엇인지 알아봤더니 나팔꽃 뿌리라고 했다. 한번 먹어 보고 싶은 호기심에 달라고 했더니, 샛골댁은 못 먹을 거라며 주지 않았다.

길이 아닌 숲을 헤치고 마을로 돌아와 집에 들어서자 검정 모자에 흰 칼을 찬 순사가 아버지가 평소에 거처했던 방에서 표지가 두꺼운 책 두 권을 들고 토방으로 내려서는 것이 보였다.

"어쨌다고 남의 책을 가져가요?"

할머니가 그를 사납게 노려보며 힐문했다.

"나쁜 책이어요. 당신 아들 지금 어디 있소?"

순사는 책장을 넘기며 할머니 앞에 들이댔다.

"책이면 책이지 나쁜 책 좋은 책이 어딨어요?"

할머니는 두려움 없이 굽히지 않고 따졌으나 그로부터 아버지의 책을 빼앗진 못했다. 순사는 못 들은 척 칼소리를 찰칵거리며 대문께로 뚜벅뚜벅 걸어 나갔다.

"저놈들이 네 애비 책 다 가져가겠다."

할머니는 허탈한 모습으로 마루에 걸터앉아 허공을 바라봤다. 아직 완전하게 몰락한 처지는 아니어서 놉을 부릴 수 없을 정도는 아니었으나, 이렇게 가다간 거지꼴이 되겠다는 걱정 때문에 할머니와 어머니는 밤낮을 가리지 않고 부지런히 일을 했다. 동이 트면 시작되는 그들의 일은 자정 무렵이 되어야 끝이 났다. 철에 따라 일의 종류가 달라져, 여름 가을에는 밭으로 나가는 일이 많았고 겨울에서 봄까지는 길쌈이었다. 물론 그동안은 밤에 방아를 찧는 일, 여름 장마 때 한철에는 모시나 삼베 낳는 일이 반복되었다. 논에서의 일은 부인들에게는 벅차서 머슴이나 놉들이 해치웠다.

"성인도 여세추이라고 했어. 지깐놈이 어떻게 일본 사람들을 이긴다고……."

종조부의 호랑이 같은 목소리가 골목에서 들렸다. 순사들이 다녀갔다는 말을 듣고 올라오면서 퍼붓는 야단이었다. 아버지가 다섯 살 때 할아버지가 세상을 떠나자, 분가하는 일을 보류하고 큰 조카를 교육시켜 장가를 보낸 다음, 종손자인 내가 태어난 후에야 떨어져 나간 뒤에도, 날마다 한두 차례씩 큰댁엘 올라와 집안을 살피고 돌아가는 일이 종조부의 일과였다. 오늘은 아침에 다녀갔지만 그놈의 순사가 나타났단 말을 듣고 올라온 것이다. 조카 놈을 그만큼 키워놨으니까 이제 좋이 살림을 꾸려가리라고 기대했었는데, 웬걸 학교에서 통큰 일을 저질러 퇴학을 맞은데다 콩밥을 먹고 나오더니, 그 머리 더부룩한 사회주의자 놈들과 어울려 소곤거리고 몰려다니는 게 아무래도 불안하고 마음에 차지 않았던 것이다. 그러다가 끝내는 살림마저 와장창 무너뜨려 놓고 어디론가 사라졌으니 밉기가 이를 데 없는 것이다. 좋은 땅은 다 일본인의 손으로 넘어가고 남은 것은 밭 몇 뙈기와 천수답 몇 마지기였다.

그러나 할머니는 야단은 많이 치면서도 아버지가 하는 일들을 몹쓸 짓이라고 생각하지는 않은 것 같았다. 그러고 보면 남자인 종조부보다 여자인 할머니가 아버지에 대한 어느 정도의 이해자였던 셈이다. 할머니에게는 아버지가 유일한 혈육이었기 때문에 놓으면 꺼질세라 불면 날아갈세라, 소중하기 이를 데 없는 존재였지만 달콤한 웃음 한 번 보내지 않았다.

"늘그막에 난 자식이라고 해서 남 보기 싫게 키워서는 안 돼요. 내 예쁜 자식 남의 눈에 나는 법이오."

근엄하기만 했던 할아버지의 말을 할머니는 그저 하느님 말씀처럼 받들었다고 하니, 그가 타계한 후라고 해서 그르칠 리가 없었다. 아버지일 뿐 아니라 다른 일을 가지고도 불꽃 같은 성질의 종조부와 대쪽 같은 성미의 할머니는 매사에 충돌이 잦았다. 그들 틈바귀에서 아버지나 어머니의 고심은 몹시 컸었는데 아버지는 다섯 살 이후 친아버지처럼 돌봐 주었던 숙부를 아버지 이상으로 공대하지 않을 수 없었고 홀로 있는 어머니를 거역할 수 없었으니 이래저래 아버지만 골탕을 먹은 셈이었다.

한참 동안 아버지에 대해서 야단을 때리고 있던 종조부는 갑자기 부드러운 얼굴이 되더니 나에게 일렀다.

"선생님한테 며칠 전에 천자문 한 권 베껴 놓으라캤다."

나는 가슴이 덜컥했다. 거의 날마다 그 앞을 지나며 들여다보곤 하는 서당은 나에게 있어서 두려움의 대상이었다. 나보다 나이 들고 키가 큰 아이들이 노상 바짓가랑이를 걷어 올리고 종아리를 맞는 것을 볼 수 있었다. 훈장님은 매를 맞는 아이들이 비명을 지르며 종아리를 만지면 "빨리 손 안 올리냐." 하며 호령을 했다. 아이들이 벌벌 떨며 손을 올리면 딱딱, 회초리를 올려붙였다. 그러다가 다시 손이 내려오면 이제는 막무가내로 손등에다 매질을 하기도 했다. 상체를 앞으로 흔들면서 낭랑한 목청으로 글을 읽는 걸 보면 공부하는 아이들이 부럽다가도 매 맞는 장면을 보고 나선 찔끔하고 놀라서 달아났다. 나는 그림 그리기를 좋아했는데 그중에서도 붕어를 잘 그렸다. 그건 신나고 재미있는 일이었다. 꼬리 쪽이 두 개의 각이 지게 8자를 쓴 다음 아가미와 눈, 입을 그리고 거기에다 비늘을 만들어 넣으면 멋있는 고기가 되었다. 나는 숯덩이나 건전지의 탄소봉을 구해다가 사랑채의 벽에 그것들을 그렸는데 사랑방에 놀러 오는 손님들이 "고놈 그림자알 그리네." 하고 칭찬하는 말을 듣고 어깨가 으쓱했었다. 붕어뿐 아니고 사람도 늘 그렸는데 짐승은 힘들어 잘 그리지 않았다. 집 더럽힌다고 할머니가 야단이었으나 나는 언제 그런 일이 있었느냐는 듯 직성으로 그리기를 계속했다.

막상 서당을 간다고 생각하니 선생님한테 매를 맞을 일이 불안하기도 하고 친구들과 어울려 놀지 못하게 될까 봐 걱정이었다. 나는 할머니 몰래 광으로 들어가 대바구니에 담겨 있는 인절미 두 개를 들고 밖으로 나왔다. 하룻밤밖에 지나지 않았으나 떡은 굳어 있었다. 영수의 집 뒤로 돌아갔다. 그는 눈물을 찔끔찔끔 짜며 꼴망태를 둘러메고 올라오고 있었다. 해는 서쪽 하늘 어중간에 걸쳐 있고 고즈넉한 숲속의 분위기가 나를 슬프게 했다. 슬픈 것은 눈물 자국이 얽힌 영수의 얼굴 때문인지도 몰랐다.

"나 내일부터 서당에 간단다."

떡을 주면서 말했다. 음지가 양지 되고 양지가 음지 된다느니 하는 앙칼지고 두려운 소리를 듣지 않았더라면 나는 일부러 떡을 가지고 나오지 않았을지도 모른다. 나에게는 영수의 그 말이 꽤나 깊은 자국으로 남아 있었다. 음지라는 것은 가난일 테고 양지는 부자를 뜻하는 말인 것 같은데, 그렇다면 우리 집은 영수의 집 같이 가난해지고 영수네는 부자가 된다는 말일까. 이전에는 몰라도 할머니나 어머니 표현을 빌면 우리도 이제 보잘것없이 되어 버렸다고 하지 않는가. 그렇다면 우리는 지금 음지일까? 하지만 아무리 그렇기로 우리 집이 음지 같단 생각은 들지 않는다. 음지라는 말은 나에게 있어서 영수네와 같은 상태일 거라고 생각되기 때문이었다.

떡을 받은 영수의 얼굴이 당장 해낙낙해졌다. 바로 몇 시간 전에 어린이답지 않은 오기스런 소리를 했다고는 해도 그게 다 어른들의 흉내였지 뼛속에서 나오는 말일 수야 있었겠는가.

"너 인자 내일부터 서당에 가면 나하구 안 놀지?"

다른 동무들이 없는 건 아니었으나, 그래도 자기에게 제일 잘해 주었던 놈이 서당엘 가게 되었다니까 섭섭한 모양이다.

"글안헐께."

이렇게 대답했지만 그게 쉽지 않다는 것을 나는 잘 알고 있었다. 일찌감치 아침을 먹고 서당에 가면 점심시간은 잠깐이고 오후의 공부가 저녁때까지 계속되었다. 그렇기 때문에 날마다 뱃놈의 개처럼 놀고 지내던 아이도 서당에만 들어갔다 하면 노는 자리에 나타날 수가 없었다. 연날리기, 장치기, 딱지치기, 그리고 구슬치기 할것 없이 놀이의 종류는 헤아릴 수 없이 많았다. 그것들은 모두 신나지 않는 것이 없었다. 이제부터 서당에 가게 되면 그런 놀이들과도 얼마 동안 거리를 두지 않을 수 없게 되었다. 영수와도 자연히 멀어지게 되리란 것은 자명한 일이었다.

다음날 아침 종조부는 나를 데리고 서당에 갔다.

"너는 공부해갖고 네 애비처럼 속없는 사람 되지 마라잉."

서당으로 들어가는 골목으로 접어들면서 종조부가 나에게 말했다. 아버지가 구체적으로 어떤 일을 저질렀는지는 확실하게 알 수 없었지만 이따금 주재소 순사들이 드나들고 할머니와 어머니가 근심스러워 하는 것으로 보아 무언가 엄청난 잘못을 저지르고 있는 것은 짐작되었으나, 나는 종조부의 말에 대답하지 않았다. 왜냐하면, 나는 할머니의 기분 쪽으로 따라가고 싶었기 때문이다.

링컨이 어떤 사람이니, 쏘련의 콜호즈라는 것은 어떤 것이니 하고 동각에서 열변을 토하던 아버지가 갑자기 잠적을 하고 난 다음, 주재소 사람들이 아버지 책들을 뒤지고 마을에서는 아무개네 재산이 다 넘어갔다네, 하는 소문이 돌았었다. 그런 사건들이 꼬리를 이어가면서 나는 점점 외로워져 갔다. 나에 대한 가족들의 관심도 완연히 줄어져, 끼니때가 되어도 밥조차 챙기려고도 하지 않은 때도 있었다. 배가 고파 견디다 못해 밥을 달라고 하면 "너나 먹어라." 하면서 식은 밥 한 덩이에 물을 말아서 내놓고 자기들은 굶어 버린 일도 적지 않았다. 그럴수록 나는 집안이 싫어져 밖으로 나가 놀이에만 기를 썼었는데, 그런 소용돌이가 어느 정도 가라앉으면서 나를 서당에 보내기로 작정한 모양이었다.

"이놈이 너무 어려놔서 따라갈 수 있을지 모르겠네. 어서 인사 올려라."

종조부는 윗목에 머쓱하게 서 있는 나를 향해 명령했다. 나는 두 손을 짚고 무릎을 꿇은 다음 허리 굽혀 넙죽 인사를 했다. 팔이 달달달 떨렸다. 흡사 아이들만큼이나 키가 작은 훈장은 매질 잘하기로 마을에 소문이 나 있었다. 걸핏하면 "걷어라!" 해 놓고 울먹이며 바지를 걷어 올리면 딱딱, 후려갈겼다. 그 회초리는 두려움의 대상이었고 키가 작아서 외모로는 만만하게 보이는 훈장이었지만 그가 먼발치에 비치기만 해도 우리들은 골목이나 나무 뒤로 슬슬 몸을 숨겼다. 어떤 아이는 매가 두려워 서당에 가지 않겠다고 떼를 쓰는 바람에 부모들도 끝내 어쩔 못하고 작파한 적도 있었다.

"재줏집 아들놈이라 잘할 것이네."

훈장은 뜻밖에도 부드러운 눈초리로 나를 바라보며 말했다.

"다 왕대밭에서 왕대 나고 시누대밭에서 시누대 나는 법인께."

"그래도 나이가 워낙 어려서 따라갈까 모르겠네."

"잘할 것인께, 염려 말란께."

훈장과 종조부 사이는 훈장 쪽이 대여섯 살 위였지만 서로 벗으로 트고 지내는 처지였다. 나중에사 새삼스레 튼 것이 아니라, 향리의 관습에 따라 어려서부터 그렇게 지낸 것이었다.

그날부터 나는 날마다 서당에 나가 글을 읽었다. 하늘천 따지, 훈장을 따라 소리 내어 읽었다. 더러는 나이 많은 선배들이 선독을 해주기도 했다. 나의 이웃에 사는 금선이는 옷 의衣, 치마 상裳 하는 대목을 읽고 있었고 어떤 아이는 『학어집學語集』, 『통감通鑑』 같은 것을 읽고 있기도 했다. 나는 그저 글자의 뜻은 알지도 못하면서 입으로만 나불나불 외워 바쳤다. 한 장이나 두 장을 배우고 나서 책을 덮고 외워 바치면 다음 장을 배웠다.

"참, 잘했다."

다른 아이들한테는 한 대목만 걸려도 당장 회초리부터 잡는 선생님이 웬일인지 나에게는 칭찬까지 해주었다. 그러나 나는 선생님의 칭찬이 즐겁지가 않았다. 나의 공부는 뜻을 모르는 노래와도 같이 공허한 입놀림에 불과했기 때문이었다. 그런데다 서당 생활이 답답했다.

나는 덩달아 천자문을 외우면서 늘상 영수 생각을 했다. 산에 가서 갈퀴로 나무를 긁고 있거나 마른 나뭇가지를 따고 있을 텐데, 그 옆으로 쫓아가서 도와주면서 이야기라도 하고 싶은 마음의 충동을 자꾸만 느꼈다. 아무리 그렇기로 나는 서당을 빠져나 갈 수는 없었다. 고양이 눈을 한 선생님이 아랫목에 버티고 앉아 있고 집에 가면 할머니와 어머니가 용서하지 않을 것이 뻔했다. 그리고 마을 앞을 나가면 호랑이 같은 종조부가 동각 같은 데 앉아 있다가 "이놈!" 하고 호령을 하는 날에는 영락없이 비 맞은 닭 신세가 될 수밖에 없었다.

어떤 때 선생님이 자리를 비우게 되면, 서당은 난장판이 되었다. 살금살금 기어나가 서당집 둥지에서 달걀을 훔쳐내 오는 놈이 있는가 하면, 몸채의 벽이나 헛간에 말려 놓은 무우말랭이 같은 것을 뜯어다가 먹어 치우는 놈도 있었다. 또 울타리에 구멍을 내고 뒷께로 꿰어나가 남새밭이나 목화밭을 더듬어 오이, 다래 같은 것을 따먹는 놈도 있었다. 그중에는 담배를 피우는 축도 있어서 뻐끔뻐끔 신나게 신문지에 만 잎담배나 구기자잎 따위를 빨아댔다. 그들은 그 짓이 자랑스러워 뽐을 냈고 나에게도 피우도록 강요했다. 싫다고 하면 몇 놈이 달려들어 내 손발을 붙든 다음 뒤통수를 쥐알리면서 빨도록까지 조져댔다. 내가 자지러지는 기침을 토해내면, 그때서야 풀어 주며 손뼉을 치면서 웃어댔다. 그들 중의 어떤 놈은 나를 으슥한 헛간으로 끌고 가서 거무데데

한 물건을 내보이며 만지게 하기도 했다. 질겁을 하고 내뺄라치면 기어코 붙잡고 종아리나 허벅지에다가 뜨거운 것을 문질러 대기도 했다. 나는 야릇한 짓들을 하는 아이들이 무섭고 겁이 났다. 아무런 사심 없이 놀 수 있었던 영수하고의 어울림이 그리웠다.

어둠침침해져서 돌아와 저녁을 먹고 나면 감당할 수 없는 잠이 밤마다 나를 엄습해 왔다. 다른 아이들은 밤에도 서당엘 갔지만 나는 그런 일 따위는 엄두도 내지 못했다. 아무리 선생님이 타일렀어도 저녁만 먹고 나면 눈이 감기고 비실비실 다리가 꼬여서 나갈 수가 없었다. 하는 수 없이 할머니가 선생님한테 사정해서 나만은 특별히 밤 공부를 면제받았다.

초저녁에는 쏟아지는 잠 때문에 운신을 하지 못하면서도 나는 새벽마다 일찍 눈을 떴다. 이불 속에서 할머니의 젖가슴을 더듬었다. 대추만큼 큰 젖꼭지를 마구잡이로 빨아 대기도 했다. 두 살 올라가서, 그러니까 돐 안에 동생이 들어섰기 때문에 일찌감치 어머니의 곁을 떠나야 했던 나는 어머니의 품 안에서 자란 기억을 갖지 못하고 있었다. 나는 할머니를 어머니로 착각하고 있을 정도였다.

"할머니!"

새벽이면 할머니와 손자의 대화가 시작되었다.

"뭐냐?"

"영수가 나한테 그랬는데, 음지가 양지되고 양지가 음지된다고 그랬어."

"망할 자식이 어쨌다고 너한테 그런 소릴 하디야?"

"제사 때 떡을 달라고 해서 안 준다고 했더니 그 소릴 했어. 그 말이 무슨 뜻이여?"

"그런 말 다신 못하게 떡을 갖다주제 그랬냐?"

"응, 그래서 한 개 갖다줬어."

실은 두 개였지만 하나라고 속였다.

"잘했다."

할머니는 긴말 하지 않고 한숨만 길게 내쉬었다. 나는 할머니가 내뿜는 한숨의 뜻을 알고 있었다. 기울어진 살림, 아버지의 출가, 이런 형편에 놓여 있는 가정의 어린애한테 음지가 양지 되니 어쩌니 하는 사람이 있다니 퍽이나 자극적으로 받아들여지지 않을 수 없었을 게 뻔한 일이었다. 그 말을 한 것이 비록 철없는 어린애일망정 몰락하는 가정의 주부로서 가슴 미어지는 느낌을 갖지 않을 수 없었을 것이다.

이른 새벽 같은 때 눈을 뜨고 검은 천정을 바라보고 있으면 어떤 거대한 짐승이 뱃속에 들어와 있다는 생각을 하는 수가 있었다. 그 짐승이 호랑이나 곰이기보다는 고래이기를 나는 바랐다. 그렇게 생각하면 두렵다는 생각보다도 아늑한 느낌이 방안을 채웠다.

"고래는 말이다. 우리 집채보다도 더 크단다."

마당에다 멍석을 깔아 놓고 뒷집 사는 용순누나와 같이 뒹굴면서 나보다 다섯 살 위인 당고모한테 들은 이야기였다.

"고래는 고기지만 우리 같은 아이들이 여러 사람 뱃속에 들어 있어도 괜찮단다."

방안이 고래 뱃속이었으면 하고 상상한 것도 필연 당고모한테 들은 이야기 때문이었지만, 우리는 멍석 위에 누워서 구름과 달에 대해서도 많은 이야길 했었다.

"저 구름은야, 저렇게 살살 가는 것 같아도야, 무지무지하게 빨리 가고 있는 것이란다."

"저 달은 얼마나 커?"

나는 당고모에게 물었다.

"응, 달 말이냐? 덕석만큼 크단다."

우리 집 헛간에는 네모난 멍석도 여러 장 있었는데 달처럼 둥근 것도 있었기 때문에 나는 금방 달의 크기를 짐작할 수 있었다.

"야, 저 달 좀 봐! 구름도 신난다. 깔깔깔……"

갑자기 용순이가 요상스런 소리를 내며 웃어 젖혔다. 그게 그병의 실마리였을까. 그녀는 그런 뒤로 길을 걸으면서도 춤을 추고 노래를 부르기도 했으며 거리에 털썩 주저앉아 헛소리를 지껄여댔다. 그러다가 얼마 가지 않아서 세상을 떠났다. 들리는 말로는 춘향의 혼을 불러 내리는 신대를 잡고 있다가 갑자기 그리 되었다고 하는데 귀기 어리는 그녀의 웃음소리는 내 몸이 수렁 속으로 빠져들어 가는 것 같은 신비롭고 두려운 충격을 주곤 했었다.

"남원골 춘향아씨 슬슬 내려라……"

누군가가 주술을 외면 신대를 잡고 있는 사람에게 춘향의 영혼이 내려져 그 사람은 춘향이 행세를 하게 되는데, 어쩌다가 잘못되면 실성해 버린다는 것이었다. 용순이는 중심이 약해서 그리

되었다고 했으며 나는 사람들로부터 그 이야기를 들을 때마다 춘향이가 머리카락을 얼굴 위에 내려뜨리고 흰 소복차림으로 걸어나오는 모습이 상상되곤 했다. 새벽의 천정에는 미쳐 버린 용순누나에 이어서 험상궂은 춘향의 모습이 어른거렸다. 나는 할머니를 부르며 품 안으로 파고 들어갔다.

"아가, 그러지 말고 창문을 봐라."

할머니는 나에게 일렀다. 나는 이불 속에서 고개를 내밀고 창을 바라봤다. 그곳에는 밝아오는 새벽빛이 환하게 번져 있어 어둠 속에서 얻었던 두려운 형상들을 말끔하게 지워주었다. 나는 할머니의 슬기에 감탄했고 빛의 위력이 어떻다는 것을 알게 되었다. 창에 뚫린 창구멍은 무한한 상상의 보고였다. 갖가지 형상의 것들이 그 속에는 살고 있었다. 처음에는 짐승이 나타났다가 사람의 형상으로, 그것도 남자였다가 갑자기 여자로 바뀌기도 하고 여자가 남자로 되기도 했으며, 웃는 얼굴이 어찌 보면 우는 모습으로 변하기도 했다. 그러는 사이 할머니는 일어나 밖으로 나갔고 그때 나는 밝아져 버린 창문에서 꿈의 날개를 거두어들였다.

서당에 나가게 되면서 영수와의 사이는 어쩔 수 없이 벌어져 갔다. 나는 글을 읽으면서도 자꾸만 영수 생각을 했다. 어머니에게 야단을 들으면서 산에 나가 나무를 긁거나 풀뿌리를 캐고 있을 그를 생각하며 우리가 영영 멀어져 버리지 않을까 걱정했다. 그와 지냈던 일들을 생각하느라고 외우는 일을 등한히 해서 선생님한테 곤욕을 치르기도 했다. 공상을 하면서 공부가 제대로 될 리가 없었다.

"이놈 보소? 헛생각했지? 그러면 매 맞는다."

선생님은 더듬거리는 나를 보고 충고를 했다. 그러나 매를 들진 않았다.

우리집은 비록 영락한 살림이었지만 일들이 쌓여 부녀자들의 힘으로 처리하지 못할 일이 많아서 그럴 때마다 놉을 부렸다. 영수는 제 아버지를 따라와서 점심과 저녁을 먹는 수가 많았다. 이 때 영수는 나와 겸상이 되는 것이 아니라, 그는 제 아버지와 한상을 받고 나는 할머니와 같이 먹었다. 샛골양반 말고도 우리 집에서는 여러 사람의 놉을 샀는데 그들에게는 쌀 반승 한 되가 지불되었으니, 이런 품삯으로 식구들을 구완한다는 것은 어림도 없는 일이었다. 그래서 살림이 구차한 집안의 일꾼들은 농사철에 앞서 고지라는 것을 얻어다가 정이월의 어려운 고비를 넘기곤 했다. 여름에 농사 일을 해주기로 하고 얻어 오는 고지였지만 사정사정 아쉬운 소릴 해야 얻어걸리는 형편이었다. 영수 아버지는 고지 말고도 농한기의 자질구레한 일, 가령 울타리를 막거나 똥장군 지는 일을 마다하지 않고 맡아 했다.

나는 그럭저럭 서당 생활에 익숙해지면서 몇 달 가지 않아 천자문을 떼었다. 갓 들어갔을 때 '옷 의, 치마 상, 하는 대목을 읽고 있었던 금선이는 아직까지도 천자문의 어느 대목을 붙들고 끙끙거리고 있는 사이 나는 그를 뛰어넘어 끝을 내버렸던 것이다. 선생님은 서당 생긴 이래 처음 있는 일이라고 칭찬을 아끼지 않았는데, 그 소리를 듣고 마음이 흐뭇해진 종조부의 뜻에 따라 할머니는 시루떡을 한 바구니나 이고 와서 아이들에게 나누어 주었다. 이 책거리라는 것은 책을 뗀 사람이 인사로서 으레 하기 마련이었지만 나의 경우는 유별난 경축의 뜻이 있었다. 거기에다가 선생님에게는 닭을 한 마리 잡아 특별히 아침을 대접했었다. 명분으로야 선생님에게 닭 한 마리였으나, 사실은 온 식구가 조금씩이라도, 더구나 종조부까지 끼어들었으니 선생님이 먹은 분량은 기껏해야 다리 하나에 날갯죽지 한 토막 그리고 등에 붙은 살 몇 점이었다.

진도가 빠른 것도 기록이었다고 했지만 매를 한 대도 맞지 않고 천자문을 뗀 것도 처음 있었던 일이었다고 했다. 뜻이야 알건 모르건 책장 딱 덮고 배운 대목을 읽어 바치면 되었으니까 처음에는 그저 입만 살아서 나불거리는 것이 공부의 전부였는데 천자문 한 권을 읽고 나니 어렴풋이나마 글자의 뜻을 이해하기 시작했다. 글자의 새김이 일상적이고 현대어와 일치된 것은 이해하기가 쉬웠고, 추상적이거나 어려운 말, 또 옛말로 되어 있는 것은 뜻이 무엇인지도 모르게 넘어가기 마련이었다. 가령, 하늘 천天 따 지地했을 때 '천'은 그냥 뜻을 이해할 수 있었고, '지'도 이해가 되었지만 검을 현玄은 검을 현으로 되어 있지 않아서 확실하게 이해하기 어려웠다. 또 엉뚱한 해석을 내려 버리는 경우도 적지 않았으니, 덮을 개盖, 몸 신身에서 덮을 개를 더풀더풀한 풀이나 나뭇잎으로 상상해서 그것으로 덮여 있는 몸이라고 단정했었다.

내가 천자문을 뗀 날도 금선이는 선생님한테 종아리가 발개지도록 매를 맞았다.

'천지현황, 삼년에 하대 언재호얏고天地玄黃三年何待焉哉呼也'이런 문자를 쓰면서 딱딱 올려붙였다. 그 소리가 무엇인지는 몰랐지만, 아이들은 선생님의 거동과 문자의 발음이 하도 우스워 모두가 깔깔깔 웃어 젖혔다. 그런 중에서 쩔쩔매고 있는 것은 역시 금선이었다. 나는 공연히 그가 나 때문에 매를 맞는 것 같아 마음이 언짢았다. 그럭저럭 천자문을 떼는 데 있어서 가장 인상적이면서도 답답했던 것은 역시 그 책의 끝부분 넉 자였다. 이끼 언焉, 이끼 재哉, 온 호呼, 이끼 야也 이 네 개의 문자 가운데 세 개의 새김이 '이끼'이고 하나는 '온'이었다. 아무리 짐작하려 해도 실마리조차 잡을 수 없었다. 나보다 다섯 살 위인 형뻘 되는 사람한테 물었더니 그는 부지런히 많은 말로 설명을 했으나 끝내 캄캄한 상태로 끝을 맺었다.

그런 뒤로 나는 『학어집學語集』이란 걸 배우기 시작했는데 그 동안에 주소와 성명도 쓸 수 있게 되어, 나는 붕어나 사람 대신 사랑의 벽에 다시 낙서를 시작했다. 조선朝鮮으로부터 시작해서 마을 이름까지 한자로 쓰고 그다음 줄에 이름을 썼다. 손자가 한자로 글씨를 쓰게 된 일이 대견해서 할머니는 나의 낙서를 보고 빙긋빙긋 웃기만 하다가 나중에는 안채의 벽에까지 침범해 들어오자 그러지 못하도록 야단을 쳤으나 글자 쓰는 데 신이 들린 나는 참질 못하고 갈겨댔었다.

그에 앞서 종조부로부터 배운 것은 성과 관향貫鄉이었는데 "네 성이 무엇이냐?" 하고 물으면 서슴없이 "이가요." 하고 대답했고 "본이 어디냐?" 하면 "전주요." 했으며 "파가 어느 파냐?" 하면

"××대군파요." 하고 줄줄 대답을 했었는데, 이제 와서는 그것을 한자로까지 쓸 수 있게 되었으니, 나도 이제 사람들 축에 끼게 되었다는 자부심 같은 것도 없지 않았다. 그해 추석 때 종조부는 나에게 선물이라며 남색의 조끼를 사 주었는데 그건 내가 색깔을 먼저 정해 준 것이었다. 나는 초록이나 남색은 좋아했으나 노랑색은 질색이었다. 어느 해 설에는 어머니가 노랑 저고리를 해주었다가 한사코 입지 않는 통에 어찌지도 못하고 포기한 적이 있었다. 그 색깔이 똥과 같았기 때문이었다. 죄로 갈 말로 나는 또 쑥떡을 먹지 않았는데 이 역시 개똥을 연상했기 때문이었다.

『학어집』 공부를 시작한 지 얼마 되지 않아서 나의 서당 생활은 끝이 났다. 그해에 모처럼 경작했던 밭벼에 새떼들이 달려들어 극성을 부리는 통에 나는 그것을 쫓아야 했기 때문이었다. 손자의 공부를 중단시키고 그런 곳에 내몰게 된 것은 어떻게 해서라도 기울어져 가는 살림을 붙들어 보겠다는 할머니의 처절한 결단에 연유한 것이었다.

"잘못하다간 저것들을 굶기게 될지도 몰라. 이 설움 저 설움해도 배고픈 설움이 제일 크단다."

나는 할머니의 그 말을 실감으로써 받아들이지 않았지만, 밭으로 나가는 것을 거역하지 않았다. 차라리 따분하고 얽매인 생활에서 벗어나게 되어 홀가분했다. 영수와 다시 어울리기를 기대했었으나 그는 고향으로 돌아가는 아버지를 따라 이미 마을을 떠나고 없었다. 나는 그해 가을 한 달 가까이 내리쬐는 햇볕 아래 침이 말라 버린 입술을 축이며 억세게도 달려드는 새떼를 쫓아다녔다.

십여 년 전에 처음으로 만났을 때 영수는 그래도 괜찮은 편이라고 했었다. 전답도 몇 마지기 부치고 옛날보다야 한 꺼풀 벗은 생활이라고 했다. 부모는 이미 세상을 떠났으나 슬하에는 사남매를 두어 학교에도 보내고 있다고 했었다. 그런데 오늘의 변신은 어찌 된 일일까.

"애기들 가르쳐 보려고 올라왔는데 이 꼴이 되었다네. 그나마 가지고 온 것은 몹쓸 놈한테 사기를 당하고……"

우리는 이렇게 초로의 나이로 다시 만났다. 그런데 아무리 살펴봐도 그는 양지쪽 사람이 아니었고 나 역시 응달의 인간일 뿐이었다. 그렇다고 지나간 소놀이 시절에는 내가 양지였냐 하면 그것도 아니고, 나의 유년 시절은 어머니의 흥어리타령과 할머니의 한숨이 마당가를 가로지른 가죽나무의 긴 그림자처럼 나의 가슴에 서글프게 새겨져 있을 뿐이었다. 그렇다면 나의 지금 처지는 어떠한가. 의복은 반복되는 다리미질로 늘어져 있고 얼굴은 모래를 문질러 놓은 것처럼 까칠했다. 방금 길 가운데서 주워 든 가방 속에는 사흘째 한 건도 올리지 못한 외판 계약서들이 낮잠을 자고 있었다.

"음지가 양지되고 양지가 음지되어야 하는데 말일세."

내가 입술에 침을 바르며 중얼거리듯 말하자, 그는 언젠가 어디서 들은 듯한 말이라면서 고개를 갸우뚱했으나, 스스로가 어린 시절에 그런 말을 했다는 사실은 기억해 내지 못했다.

안개와 자동차

우울한 회색의 도시에 안개가 덮이면 공원의 비둘기도 날지 않았다. 그 속에 사는 사람들은 각자의 가슴에 자물쇠를 채워 놓고 길에서 만나는 일이 있어도 좀처럼 입을 열지 않았으며 담장 아래 널려 있는 라면 봉지 나부랭이를 걷어차면서 이리저리 배회했다.

청소차들이 주차하는 구질구질하고 가파른 구철도의 거리를 벗어나면 그곳에 XX외과병원의 볼품없는 오층 건물이 서 있고 그 앞을 지나 한참 동안 달리다 보면 오른쪽에 구청사무소가 나타났다.

노인은 언제나 그곳 가로수 아래 서 있었다. 운전사들은 그를 강생원이라고 불렀다. 그렇게 호칭할 따름 그의 신분에 대해서 자세한 것을 알고 있는 사람은 없었다. 그는 날마다 새벽같이 그곳에 나와 있다가 지나가는 택시를 향해 거수경례를 때려붙였다.

젊은 운전사들은 잔돈이 있다거나 워낙 바쁠 때를 제외하고는 잠시 동안 그 앞에 차를 멈추고 몇천 원의 지폐를 잔돈과 바꾸어갔다. 수수료는 5푼, 그러니까 천 원에 오십 원이었다.

"안녕하셨어요?"

"아이고 우리 기사님, 안녕하십니까?"

지독한 안개로 말미암아 어깨가 처지고 추위 때문에 창백해 보였던 노인의 얼굴이 활짝 밝아졌다. 오늘 아침에는 아직 얼마만의 잔돈이 남아 있긴 했으나 차를 세우길 잘했다고 창주는 생각하며 이천 원의 지폐를 내밀었다. 그것을 받은 강생원은 잽싼 동작으로 두 덩어리의 잔돈 뭉치를 집어 건네주었다. 그는 돈을 받아 액수를 확인할 겨를도 없이 출발하려 했다. 그때 나무 뒤의 안개 속에서 택시, 하고 부르는 소리가 들렸다.

"아! 지독스럽다. 이놈의 안개."

감탄조로 지껄이며 문을 열고 있는 손님의 얼굴이 김에 서린 거울 속의 영상처럼 희부옇게 보였다. 승객이 귀한 이런 시각에 한 사람이라도 태웠다는 것은 역시 이곳에 멈췄기에 얻은 행운이었다.

"안녕히 가세요."

강생원은 존대말로 인사하며 경례를 붙였다.

"저 영감 참 친절하네요."

손님이 고개를 끄덕, 하고 인사를 받고 나서 말했다. 기실 강생원의 인사는 창주에 대한 것이었는데 승객이 받고 보니 일석이조가 된 셈이었다.

그는 느릿느릿 차를 굴려 십자로를 건넜다. 신호등의 불빛도 확실하게 분별되지 않아서 하마터면 기회를 놓칠 뻔했었다. 평시 같으면 위반을 각오하더라도 속력을 낼 만한 곳이었으나 오늘은 엄두도 낼 수가 없었다.

"오늘까지 상근이 납부금 알지요?"

새벽에 집을 나올 때 설깬 잠속에서 눈을 비비며 말하던 아내의 말이 머릿속에서 되살아났다. 휘발유대를 지불하고 나서 사납금 사만 팔천 원 계산할 수 있느냐 없느냐에 따라서 상근이 납부금은 논의할 수가 있게 된다. 그렇지 않고선 염치가 없어서 가불 이야기 따위 꺼낼 수조차 없는 것이다. 그렇지 않아도 그놈은 담임선생한테 별로 귀염조차 받고 있는 것 같지 않았다. 이따끔 팔을 들고 서 있는 벌을 서서 묵직하게 아프다고 했고, 어젯밤에는 머리통에 커다란 군밤 하나를 만들어가지고 왔었다. 그게 다 부모 잘못 둔 탓이었다. 한 학기에 한 번씩, 못 하면 학년 초에라도 찾아가서 허리 굽혀 인사하며 부탁이라도 했더라면 그런 일이 없었을 것이라고도 생각되었으나, 설령 세상사 모든 인심이 그렇기로 제놈 똑똑하고 공부 잘했다면야 그랬을 리가 있었겠느냐고 생각하니 할 말이 없었다. 간밤에도 머리에 밤톨 달고 돌아와 울상을 하고 있는 꼴을 보고 아무거나 집어들고 한바탕 휘저어버리거나 학교로 쫓아가 못나고 돈 없는 집 자식이라고 그렇게 할 거냐고 포악을 퍼부어버리고 싶은 충동을 느꼈었지만, 잠시 후에는 스스로의 못남으로 돌려 마음을 가라앉혔다.

그러저러한 일로 언짢았던 마음도 구청 앞에서 강생원의 경례를 받고 나면 봄바람에 눈 녹듯이 사그라져버린다. 오늘 아침에도 집을 나설 때까지 찌거기로서 남아 있던 불쾌감이 그를 대하는 순간 지워져버렸었다. 이 세상에 단 한 사람이라도 자신을 존대해주는 사람이 있다는 사실이 그에게는 더없이 좋았다. 길에 나서면 교통순경이라는 고양이한테 쥐 노릇을 해야 하고 승객한테는 기생 노릇 해야 하며 회사에 들어가면 사장을 상전 모시듯 해야 하는 신세인 운전사한테 새벽마다 경례를 붙여주는 사람이 있다는 것이 그에게는 유일한 보람이요 위안이었다.

"왜 이렇게 안개지요?"

뒤에 앉은 손님이 투덜거리는 소리로 말했다. 대답을 기대하는 물음이 아닌 것 같아서 묵묵히 앞만을 응시하고 있는데

"빌어묵을 것 이러다간 온 세상이 장님 되것어요."

그 말을 듣고 뚫어지게 앞을 바라보니, 이슬비 같은 안개가 유리창에 서려 불과 오 미터의 시야도 분명하게 투시되지 않았다. 그러니 속력은 아예 거북이 걸음일 수밖에 없었다. 시내에서도 이렇게 터덕거려지는데 하물며 고속도로 같은 데서는 아예 운행을 중단해야 할지도 모른다는 생각이 들었다. 답답해서 라디오의 스위치를 틀자 기다렸다는 듯이 기상통보가 터져나왔다.

"기상통보를 말씀 드리겠습니다. 지금 호남지방을 중심으로 전국에는 불과 몇 미터 앞을 분간할 수 없는 심한 안개로 고속도로의 운행은 거의 중단되고 공항은 폐쇄되었으며 이런 가운데서 운행하고 있는 차량들은……"

선박도 운항을 중단했으며 곳곳에서 이중 삼중의 차량 충돌

사고로 인명 피해가 속출하고 있다고 했다. 안개는 스멀스멀 골목을 기어나와 굶주린 이리처럼 기어다니며 차량의 바퀴를 물어뜯고 사람들의 바지가랑이를 끌어당겼다. 나아가서 안개는 무서운 페스트 균이라도 싣고 오는 구름처럼 온 시내를 죽음의 침묵 속으로 침몰시키려 했다.

"오월달에 이런 안개 끼는 것 봤어요?"

"오월이니까 그렇지요."

창주는 덩달아 승객의 말꼬리를 받아 대답했다. 이런 고약한 날씨에는 머리가 퇴화되어 겨우 이런 정도의 언어기능밖에는 발휘할 수밖에 없었다. 하기야 오월이라고 해서 안개 끼지 말라는 법 없으니까, 엉뚱한 대답은 아니었으나 올봄의 장마통에 어지간히 흐리기만 했던 날씨의 기억이 점차 지워져가고 있는 판에 갑자기 덮쳐온 안개의 장막은 달갑잖은 불청객이었다.

"바쁜데, 더 속력 낼 수 없어요?"

"없는데요, 앞차들이 굼벵이들이니까요."

대답이 채 끝나기도 전에 갑자기 앞차가 찌익, 소리를 내며 멈췄다. 창주도 덩달아 브레이크를 밟았다. 앞쪽에서 사고가 난 모양인데 시야가 트이지 않아서 짐작이 가지 않았다. 유리의 물방울을 지우기 위해서 윈도우브러쉬를 작동시켜 놓고 길이 트이기를 기다렸다. 마치 바닷속에 침몰되어 있는 것 같은 답답함에서 벗어나려고 눈을 감은 채 고개를 몇 바퀴 돌린 다음 다시 눈을 떴으나, 상황은 조금도 변하지 않고 있었다. 평소에도 좁은 도로와 밀리는 차들 때문에 교통 체증이 심해서 짜증이 안 나는 날이 없지만, 이렇게 오랜 시간 기다리다 보면 끝내 울화통이 터져나왔다. 이런 때는 강생원과의 만남에서 얻은 부드럽게 달콤한 감정도 순식간에 지워져버리고 머릿속에는 어지럽게 얽혀 있는 철조망의 가시들만이 날을 세우게 된다. 이런 상태가 계속되면 차를 어떤 낭떠러지에 몰고 가거나 벽에 부딪쳐버리고 싶은 충동을 느끼기도 한다. 이런 좋지 못하고 성급한 운전사의 감정은 곧 손님에게로 전달되었다가 반사되어 돌아온다.

"에이! 기사, 왜 이렇게 막혀 있어? 빌어묵을 것."

승객이 말을 타듯이 몸을 구르며 짜증을 냈다. 이렇게 된 것은 운전수 탓이 아니지만 창주는 변명할 말이 없다.

"차라리 걸어갔더라면 이미 도착했겠다."

승객은 혀를 차며 투덜거리더니 문을 밀고 밖으로 나갔다. 한참 동안 밖에서 상황을 살피고 섰더니 그는 몸을 돌려 차를 향해 손을 저었다.

"나 그냥 갑니다."

꽃을 떠난 벌이 되어 그는 뚜벅뚜벅 안개 속으로 사라졌다. 이곳까지 싣고 온 공력이 아까웠으나 택시는 손님이 원하는 목적지까지 실어다주지 못하고선 요금을 달랠 수가 없다. 차라리 음식값이라면 아무리 남겼더라도 제값 다 받을 수 있는 것인데 차의 경우는 그렇게 되지 않는다.

승객이 떠나버린 차내의 공허를 메꾸기 위해서 전등을 켰다. 차 안이 밝아지면서 계기들이며 핸들 따위가 환하게 모습을 드러냈으나 상대적으로 시야가 흐려지는 것 같아서 다시 스위치를 내렸다. 그와 동시에 앞차가 움직이기 시작했다. 그를 따라 창주도 서서히 차를 앞으로 내몰아갔다. 백 미터쯤 나아갔을 때 교통 순경들이 모인 주위를 사람들이 웅성거리고 있었다. 살펴보니 그곳에는 자그마치 세 대의 차들이 엿가락이 되어 나뒹굴어져 있었다.

다시 구청 앞을 지나게 되었을 때, 그는 모른 척 스쳐가려 했었다. 그러나 강생원은 어김없이 그의 차를 놓치지 않고 손을 흔들었다. 가끔 가로수 밑에 마련해 놓은 의자에 앉아 고개를 처박고 무엇인가를 골똘히 생각하고 있을 때 말고는, 강생원은 거의 창주의 차를 놓치는 법이 없었다. 그렇고 보면 강생원이란 사람은 항시 창주의 차가 지나가는 것만을 지켜보고 있는 사람 같았다. 그렇지 않고서야 이렇게 빈번하게 왕래하는 차량들 가운데서 그의 차를 끄집어내기가 쉬운 일이 아니었다.

"오늘은 안개까지 많으니까 쉬시지 그랬어요?"

돈을 바꾸려는 것은 아니었으나 창주는 잠시 차를 세우고 말을 건넸다.

"이런 날씨에는 다른 사람들이 쉴지도 모르니까, 나라도 나와야지. 그렇잖아? 젊은이!"

"그렇껏구만요."

창주는 손을 흔들어주고 그곳을 떠났다. 그는 방금도 다른 길로 갈까 하다가 이 길을 택했다. 강생원을 만난다는 일은 이제 그에게 있어서 빠져서는 안 될 생활의 일부였다. 어떤 때는 그가 몸이라도 불편해서 나오지 않게 되면 그의 생활은 밸런스를 잃고 휘청거렸다. 할 일 없이 몇 차례고 구청 앞을 지나며 그의 안부를 살피기도 했다. 저물도록 그가 나타나지 않는 날은 진짜 살맛 안 나는 날이 되었다. 스스로가 고독한 위치에 있는 창주에게는 이제 강생원이 생활 속에서 빠져서는 안 될 존재로 변해가고 있었다.

오후 쉴참 때가 되어서야 손님이 제법 불어나서 수입도 삼만 원에 몇천 원의 토를 달 정도로 불어나 있었다. 자정까지 이렇게만 나가면 그럭저럭 사납금은 무난할 것 같았다. 마음의 여유가 조금 생기자, 다시 상근이의 모습이 떠올랐다. 오늘은 꼭 납부금을 가지고 들어오기를 고대하면서 볼펜 대궁으로 이빨이라도 문지르고 있을 것을 생각하니 그다지 예쁘지 않았다. 늦어지는 납부금 정도를 가지고 담임선생의 압력과 급우들의 모멸을 이겨내지 못하는 소심성이 마음에 차지 않았다. 하지만 그것 역시 주변 없고 비윗장 약한 자신을 닮은 탓이라고 생각하니 모든 책임은 스스로에게 돌아올 뿐이었다.

차가 지하상가 가까이에 이르렀을 때 어떤 일판이 벌어졌는지 길이 탁 막혀버렸다. 고개를 내밀고 앞을 바라보니 수백 대의 차량들이 물이 밭은 웅덩이의 송사리 떼로 밀려 있었다. 문쥐처럼 뒤를 따라오던 차들이 하나둘 이어지더니 순식간에 장사진을 이루어버렸다. 거리는 온통 풍뎅이의 바다였다. 창주의 차도 물러설 수도 나아갈 수도 없는 수렁에 빠진 꼴이 되었다. 매캐한 냄새가 코를 찌르는가 했더니 에취에취, 뒷좌석 승객이 재채기를 하기 시작했다.

"빌어묵을……"

누구에게랄 것 없이 욕설이 터져나오려다가 목 안으로 잠겨들어버렸다. 승객들 앞에서 함부로 욕설을 하거나 불만을 토로해서는 안 된다는 말은 여러 차례 교양강의 시간에 들었지만, 대부분의 운전사들은 참지 않고 내뱉어버리는 경우가 많았다. 그러나 승객의 신분이 구분되지 않을 때는 자제하는 슬기를 버리지 않는 것도 사실이었다.

"바쁜데 이것 큰일 났네."

세 사람의 승객 가운데 옆 좌석의 손님이 걱정을 하기 시작했다.

"어떻게 해서 빠져나갈 수 없어요?"

뻔히 사정을 알면서 뒤에 앉은 한 승객이 물었다. 사정을 모르고서 묻는 말이 아니었기 때문에 창주는 대답하지 않고 묵묵히 앉아 있기만 했다.

"이럴 줄 알았으면 저쪽으로 돌았으면 쓸 것인데 그랬어."

뒷좌석 바른편에 앉은 사내가 담배에 불을 붙이며 운전사의 지혜 없음을 나무라듯 말했다.

데모는 좀처럼 진정될 기미가 없었다. 구호를 외치는 소리에 섞여 노래도 실려왔다. 앞뒤 좌석의 승객들은 번갈아가며 재채기를 토해냈다. 그놈의 가스는 얼마나 침투력이 강한지 문을 야무지게 닫았는데도 어느 틈으론가 스며들어와서 호흡기관을 향해 공격해 들어왔다. 옆 좌석에 앉은 사내가 재채기 끝에 눈물을 닦으면서 갑자기 키득키득 웃기 시작했다. 덩달아 뒷좌석의 두 사람들도 웃기 시작했다. 키득키득키득, 껄껄껄껄, 그들의 웃음소리는 마치 초상 마당의 바이올린 소리처럼 마음을 기쁘게 하는 것이 아니라, 우울하게 만들었다.

"일 다 글렀구만. 자, 우리 여기서 내려 차나 한 잔씩 하세."

"화 나는데 차는 무슨 놈의 차, 쐬주나 한 잔씩 해야지."

그들은 문을 열고 밖으로 내려섰다.

"이것 받아요."

맨 끝에 내린 사내가 천 원권 한 장을 들이밀었다.

"놔두세요. 괜찮으니까요."

"당신은 뭐 흙 파먹고 사는 사람이간디. 휘발유값이라도 해야제."

던져 놓고 사내들은 엉켜 있는 차들 사이를 뚫고 인도 위로 사라졌다.

창주는 엔진을 끄고 지친 몸을 의자에 기댄 채 눈을 감았다. 매운 냄새가 콧속을 바늘처럼 쑤셔댔으나 자꾸만 정신이 혼몽해 왔다. 운전사란 쉬지 않고 달리는 시간에는 좀처럼 잠이 오지 않지만 이렇게 무료하게 앉아 있거나 몸을 눕혔다 하면 가눌 수 없는 피로가 엄습해 온다. 그는 아슴푸레한 의식 속에서 군중들의 외침과 최루탄 터지는 소리를 듣고 있었다. 졸음은 자꾸만 그를 어둠 속으로 끌어들이고 있었으나 주변의 소음과 가스의 자극은 그가 잠 속으로 침몰해 들어가는 것을 저지하고 있었다. 그는 눈위에 씌워져 있는 졸음을 도리질로써 떨어내고 선반 위에서 허브큐 한 알을 꺼내어 입에 넣었다. 새콤한 과자가 입안에서 녹으면

서 상쾌한 기분을 일깨워주었다. 강생원이 막무가내로 밀어넣어
주어 받지 않으면 안 되었던 과자였다.

"졸음이 오거든 이걸 먹어."

이렇게 들이밀었을 때

"아닙니다. 영감님, 내가 왜 이것을 받습니까?"

하고 완강하게 거절했으나

"다 마음이 있어서 주는데, 안 받는 것도 실례라네."

이렇게 되니 사양할 수가 없었다. 그중 반쯤은 상근이에게 나
누어주었고 아직도 남은 게 적지 않았다. 잔돈 몇 푼씩 바꾼데서
크게 벌이가 되는 것도 아닌데 과분하다는 부담감도 없지 않아
어느 땐가 막걸리라도 한 잔 대접하리라 마음먹고 있었지만, 운
전사의 처지에 좀처럼 쉽지 않았다. 입에 넣었던 허브큐가 반쯤
녹아 와작와작 씹고 있는데 앞차들이 비로소 움직이고 있는 것이
감지되었다. 와락 긴장을 느끼면서 창주는 발동을 걸어 뒤를 따
랐다.

얼마나 시중을 누볐는지 몰랐다. 구청 앞 강생원이 있는 곳도
몇 차례를 스쳤다. 전등이 켜지면서 도시는 새로운 빛깔로 활기
를 띠기 시작했다. 사람들은 무리를 지어 거리를 누볐다. 대낮에
있었던 함성과 폭발음도 가벼운 냄새로서만 남아 떠돌고 있었다.

이놈의 도시는 허기진 사람과 주정뱅이만 모여 사는 곳인지,
유난스럽게도 음식점과 술집이 많았다. 특히 예쁜 계집애들이 다
리나 가슴을 자랑하고 있는 주점가를 달리고 있을 때는 머리가
아찔하는 현기증을 느낄 때도 있었다. 당장 뛰어들어가 어울려

서 한 잔 마시면서 즐기고 싶은 욕망이 타오르기도 했으나 그것은 언제나 충동의 형태로서 끝을 맺었다. 함부로 아무 데나 차를 세워놓고 들어갈 수도 없거니와 스스로가 인생의 막장인 따라지족에 속한다는 자격지심이 허황한 욕망을 잦아들게 만들었다. 천지간 만물 가운데 사람이 가장 귀하다고 했는데 모든 사람이 고루 귀한 것은 아니었다. 그중에서도 택시 운전사는 가장 끗발 없는 존재였다. 자가용과 나란히 규칙을 위반했을 때도 택시 쪽만 걸리는 경우가 빈번했다. 적어도 택시 운전사들은 그렇게 믿고 있었다. 따지고 보면 사납금을 채우기 위해 쫓기고 몰리는 것은 택시들인데 위반은 딴 사람들이 하고 있었다. 하지만 아내 식모살이 시키지 않고 자식들 학교에 보내면서 온돌방에서 재울 수 있게 해주는 것은 역시 이 핸들이니까, 이 직업 무시해서는 안 된다는 것이 매양 그가 생각하고 있는 사상이었다. 이렇게 하다가 어느 땐가 개인택시라도 굴릴 수 있게만 되면 신세는 쭉 펴지게 되는 것이었다. 꼭두새벽부터 집을 나와 하루 종일 바람을 가르고 돌아다니다가 자정 넘어서야 돌아가지 않아도 되고, 자식놈 납부금 걱정하지 않아도 되는 것이다. 아침 일곱 시쯤 해서 사람들 붐빌 만한 시각에 집을 나왔다가 밤 열 시가 되어 돌아가도 누가 무어라 탓하겠는가.

요사이 그의 생활은 고달프기만 했다. 하루 종일 쏘다니다가 집에 돌아가게 되면 머릿속이 몽롱하고 몸뚱이는 데쳐놓은 나물처럼 나른해졌다. 아내는 늙지도 않은 사람이 폐인이 다 되어버렸다고 한탄이고 더구나 사납금을 채우지 못한 날은 마음이 늦

속에 잠긴 것처럼 어둡고 참담했다. 그런 밤에는 핸들 집어치워 버리고 시골로 달려가고 싶은 충동을 느끼지만, 그게 또한 쉬운 일이 아니었다. 아이들 교육 어쩔거냐는 아내의 성화에 못이겨 떠나온 곳인데, 그녀가 녹녹하게 따라올 까닭이 없었다.

"애야! 그 운전수 노릇 치우고 살 수 없을거나?"

고향에 돌아갈 때마다 어머니는 그 소리를 녹음기처럼 되뇌었다.

"텔레비에서 교통사고 난 것만 봐도 가슴이 쿵 내려앉고 그날 밤은 한숨도 못 붙인다."

어머니의 심정을 모르는 바 아니었으나 배운 기술이 그것뿐이니 어쩔 도리가 없었다. 예, 하고 대답은 해도 그것은 어른에 대한 말대접으로 나오는 허황한 발성일 따름이었다.

"너는 어미 말이라 몰랑해서 듣지 않는다지마는 네 아버지 살아 계신다면 절대 운전 안 시킨다. 에끼 불효한 놈."

결국 어머니의 말은 노여움으로 변했다. 마음이 흔들려 그 노릇 치워버릴까 하는 생각도 들었다. 그럴 때마다 그는 강생원을 생각했다. 새벽이 늦다 하고 그 자리에 나타나 새파랗게 젊은 놈들한테 경례를 붙이면서도 전혀 비굴한 표정을 보이지 않았던 그가 처음에는 뻔뻔스럽거나 야릇한 존재로 비치기까지 했었다. 그러나 세월이 흐르는 사이 점차 존경의 대상으로 변해갔다. 비록 그 짓이 살아가기 위한 방편이라 할지라도 그렇게 행동하기란 쉬운 일이 아니었다. 운전사들에 대한 애정이나 남다른 관심이 없이는 가능하지 않는 일이었다. 그는 이 세상에서 그다지 높은 대접을 받지 못하고 있는 운전사들에게 깍듯한 대우를 해주는 유일한 존재였다. 그중에서도 유독 창주는 강생원과의 교류를 통해서 삶의 보람을 찾아가고 있는 사람이었다.

바로 오 년 전, 아버지의 장례를 치르고 돌아와서 핸들을 다시 잡던 그날, 강생원은 처음으로 그 자리에 나타났었다. 그다지 번화하지도 않고 주차하기에 편리하지도 않은 자리여서 많은 차들은 그냥 무심상하게 지나치게 마련이었다. 그러다가 그 노인이 경례를 붙이고 남달리 자상하고 따뜻하게 대해 준다는 소문이 퍼지면서 차츰 많은 차들이 멈추기 시작했다. 그중에는 특히 젊은 사람들이 많았는데, 그것은 강생원이 그들에게 남다른 관심을 보였기 때문이었다.

아버지의 장례가 끝나고 올라온 그는 견디기 어려운 허전함을 안고 차를 몰고 있었다. 미진했던 과거에 대한 회한의 파도가 끊임없이 밀려왔다. 며칠 동안 놓았던 핸들을 잡고 구청 앞을 지나게 되었을 때, 그는 전에는 볼 수 없었던 한 노인이 상자를 옆에 놓고 가로수 밑에 앉아 있는 것을 보았었다. 몇 차례 지나도록까지는 그저 좋지도 않은 자리에 한 사람이 끼어들었구나, 했었는데, 모르는 사이에 그에게 마음이 끌리기 시작했다. 얼마 후에는 하루라도 만나지 않으면 꼭 해야 할 일을 치르지 않은 공허감으로 그는 안전부절못했다. 그를 대하여 인사를 교환하고 돈이라도 바꿔야 비로소 세상을 살맛이 솟아났다. 그러는 사이 그의 가슴속에는 아버지를 잃음으로써 생겼던 공동이 차츰 메워져갔다.

아버지는 자식을 남들처럼 높은 학교에 보내지 못하고 농사를 거들게 한 데 대해서 항시 자책과 한탄이었다. 남들처럼 몸만 건강했더라도 아들을 국민학교만 마치게 했을 분이 아니었다. 손발이 터지고 뼈가 으스러지는 한이 있더라도 끝까지 자식의 뒤를 밀었을 아버지였다. 아무리 떨쳐버리려 해도 물러가지 않는 해수병 때문에 들에조차 나갈 수 없었고 이래저래 치료를 한답시고 돈을 쓰다 보니 살림만 기울어져 갔었다. 나중에사 보건소에서 무료로 치료약을 준다는 말을 듣고 찾아가 파스와 아이나라는 약을 타다가 먹은 결과 차도가 있는 듯하더니 끝내 피를 토하며 세상을 떠난 것이었다. 사람들은 아버지의 죽음을 보고, 지금같이 의학이 발달한 세상에 대학병원에만 맡겼더라도 그리 되지 않았을 거라고 아쉬워하기도 했으나, 어머니는 그게 다 자기 운명일 뿐이라고 자위를 했었다.

강생원과 만나게 되면, 창주는 아버지를 만났다는 환각을 느끼는 수가 있었다. 나이가 걸맞다는 점을 빼면 아무것도 닮지 않은, 얼굴은 물론이고 옷차림까지도 엉뚱한 그에게서 아버지를 느끼게 되리라고는 상상도 못 했던 일이었다. 다시 얼굴을 살펴보고 말소리 그리고 걸음걸이를 눈여겨보아도 그럴 만한 것을 찾을 수 없었다. 아버지는 노상 핫바지 차림인데 그의 옷은 희부덕한 양복이었다. 어떻게 생겨먹은 노인이기에 주책없이 젊은놈들을 상대로 경례를 붙이면서 알랑거리는가 싶어 구경 삼아 상대한 것이었다. 정신이 돌지 않았으면 틀림없이 팔푼일 거라고 생각했었다. 그러다가 차차 접촉해 보니 그게 아니고 매력 넘치는 사람이란 것을 알게 되었다. 그리고 이해상관으로 말할 것 같으면, 처음에는 분명히 강생원 쪽이 장사의 입장이니까 이쪽이 시혜자이고 저쪽이 수혜자라고 할 수 있었는데 세월이 흐르는 사이 그 관계가 모호해지더니 나중에는 자리바꿈을 해서 창주가 은혜를 입고 있는 입장이 되어 버린 것이었다. 그게 아무래도 이상하게 생각되어서 하루는 회사에서 같이 일하고 있는 학사 출신 운전자에게 물은 적이 있었다.

"그건 말이야, 강생원이라는 경영자의 경영수완이 뛰어났기 때문이야. 성취도가 높은 경영자는 실질적으로 이익을 얻으면서 고객에게 마치 혜택을 베푸는 자로서의 인식을 받을 수 있는 것이라네."

대학의 경영학과를 나왔으나 취직이 되지 않아 핸들을 잡았다는 그는 경제학의 이론을 통해 강생원의 경영술을 설명했었다. 그 말을 듣고 보니 그럴싸하게 들렸다. 학문을 한 사람은 역시 다르다고 생각되었다. 그는 다른 사람들이 어렴풋이밖에 느끼지 못하는 일을 확실하고 조리 있게 파악해서 설명해 주는 것이었다. 그의 말에 의하면, 젊은 운전사들은 모두 강생원의 영업수완에 말려들어 그의 수입을 올려주는 존재들이었다. 그런 일이 있은 후로 창주는 강생원이 뜨악한 대상으로 느껴지기도 했다. 그러나 그것은 잠시일 뿐, 며칠이 흐르자 학사님의 말은 의식 속으로 사라져버리고 그에 대한 친근감이 되살아났다. 아무리 살펴보아도 그의 친절은 타산적인 것이 아니었고 진정한 애정에서 우러나온 것이었다.

"어디까지 가십니까?"

자정이 가까워진 시간에 한 손님이 차를 세웠다. 공교롭게도 그는 넓은 뒷자리를 놔두고 술냄새를 풍기면서 창우의 옆자리로 뛰어들어왔다.

"여보! 빨리 내 옷 벗겨. 당신도 어서 옷 벗고. 알았지? 항시 당신은 귀여워. 신혼 때의 그 모습이야."

사내는 창주의 등에 손을 걸쳤다. 차를 부리다 보면 별의별 추태를 부리는 승객이 없는 건 아니지만, 이건 너무한다 싶었다. 징그럽다는 느낌에 소름이 끼쳤다.

"손님! 택시를 타셨습니다. 댁이 어디십니까?"

불쾌감을 자제하면서 집을 물었다.

"뭐, 택시라고? 말도 안 되는 소리. 여보! 우리 방이 어째서 택시여?"

사내는 그의 목을 끌어안고 뺨에 키스를 하려 했다.

"왜 이러세요. 손님은 지금 차를 타셨다니까요. 도대체 댁이 어디냔 말이어요?"

그는 몸을 틀어 사내의 수작을 피하며 화난 소리를 질렀다.

"우리 집이 어디냐고? 이 고얀놈 보소. 자네가 아마 형사라도 되는 모양이지. 하하하하, 참 우리 집을 물었지? 우리 집이 바로 여기라니까."

사내는 계속해서 횡설수설이었다. 몇 푼 모자란 사납금이라도 채워 보려고 지체한 것이 그만 덫에 걸린 꼴이 되어버린 것이었다.

"취하셨네요. 집이 있는 곳을 말해야 차를 몰지요."

창주는 속도를 줄이며 난감한 심정으로 말했다.

"안 돼. 난 돌아갈 수 없어. 마누라가 날 가만둘 리가 없어. 술 마시지 않겠다고 무릎 꿇고 맹서했으니까, 이젠 돌아갈 수 없어."

"그럼 당장 내리세요."

"뭐, 내리라구? 그건 승차 거부야. 승차 거부에 걸린다는 것쯤 잘 알 텐데."

사내는 위협하듯 소릴 질렀다. 무작정 달리는 수밖에 도리가 없었다. 그러다 보면 정신이 들어 미터기 올라가는 것이 두려워서 내리거나 집을 바르게 대리라고 생각했다. 사내는 한술 더 떠서 코를 골기 시작했다. 일이 점점 깊은 수렁으로 빠져들어가고 있는 셈이었다. 길가에다 그냥 밀어내버릴 수도 없고 그렇다고 파출소에 데리고 갈 수도 없었다. 이렇게 곤죽이 된 사람을 맡기게 되면, 차량번호와 운전사의 신분관계를 다 기록해 주어야 하고, 만일 승객이 나중에라도 돈이나 물건을 잃었다고 떠들게 되면 일을 작파하고 불려다녀야 하는 불편이 있었다.

"에라, 모르겠다. 깨어나도록까지 달려보자."

그는 암담하고 절망적인 심정으로 그저 정처 없이 차를 몰았다. 그러다 보니 저도 모르는 사이에 차가 구청 앞을 지나고 있었다. 여느 때의 버릇으로 그는 바른쪽 가로수 밑을 바라봤다. 그곳에는 뜻밖에도 낯익은 사람이 어둠 속에 서 있었다. 헤드라이트의 빗겨난 불빛에 떠오른 것은 분명 강생원이었다. 구세주라도 만난 기쁨을 느끼며 그는 가로수 아래 차를 세웠다. 기다렸다는 듯이 강생원은 차 곁으로 다가왔다.

"이 손님 때문에 정말 답답해서 죽겠어요. 술에 취해가지구 집을 대질 않아요."

"어! 이분 얼굴이 익은 분인데."

문을 열고 서서 사내의 얼굴을 요모저모 뜯어본 강생원은

"맞아! 불로동 사람이여. 내가 그 집을 알지."

강생원은 길을 안내할 양으로 뒷문을 열고 안으로 들어앉았다.

"어쨌다고 여태 이곳에 서 계셨어요?"

"자네를 기다렸다네. 오늘 밤에 꼭 올 것만 같았어."

차가 불로동 다리 근처에 이르자 강생원은 차를 세우게 하고 뛰어나가 길가에 있는 검은 대문에 달린 차임벨을 눌렀다. 기다렸다는 듯이 안문이 열리고 슬리퍼 끄는 소리가 나더니 중년의 여인이 대문을 열고 나왔다.

"아니, 이분이……?"

"술이 곤죽이 돼가지구 재수없이 우리 차에 올랐어요. 집도 대지 않아서 칠따구를 냈다구요."

창주는 마치 공범을 대하듯 여자에게 투덜거리며 사내를 차에서 끌어내서 여자에게 인계했다. 같이 부축을 해서 현관까지 바래다줄 생각은 눈꼽만치도 일지 않았다. 여자는 투덜거리면서 남편을 어깨에 끼고 쓰러질 듯 비틀거리며 철문 안으로 들어섰다.

"현직에 있을 때는 그렇게도 떵떵거리더니……"

강생원은 사내의 험담을 하려다 말고 말머리를 돌렸다.

"그나저나 오늘 밤은 우리 집에 가서 소주나 한잔하세. 나는 자네가 그곳으로 나타날 줄 알고서 여태까지 기다렸다네."

다시 안개가 끼기 시작하는지 엷은 명주 천같이 부드러운 공기가 찻머리를 감아왔다.

"아침부터 안개인 데다가 시내가 시끄럽기까지 했는데, 어째 사납금이라도 챙겼는가?"

"하루 종일 죽자 살자 뛰었는디 삼천 원이나 비네요. 아침부터 재수가 없었어요."

강생원은 골목 안에 차를 세우게 하고 그를 차가 들어갈 수 없는 좁은 골목으로 인도했다. 집 앞에 이르러 손수 열쇠로 대문을 열고 안으로 들어갔다. 아무도 마중하는 사람이 없었다. 방으로 들어서자 미리 준비해 두었던지 술상이 놓여 있었다.

"아주머니나 자제분들은 어디 가셨어요?"

"난 홀아비라네. 몰랐었구만?"

강생원은 소주를 따라 창주에게 권하며 말을 이었다.

"안 사람은 십 년 전에 신병으로 이미 죽었고 자식 하나 있던 것도 오 년 전의 사태 때 죽었어. 자네 같은 운전사였는데 그날은 나가지 않기를 바랐었는데 그만 나가서…… 그놈은 아비 말 따윈 듣지도 않는 놈이었어."

그는 경기장에서 금남로에 이르는 길을 메웠던 차량의 행렬을 생각했다. 그도 역시 그중의 한 택시에 앉아 죽을지도 모르는 차례를 기다리고 있었으나, 모든 일을 앞선 차들이 저질러버렸기 때문에 무사했다. 강생원의 아들은 선두에 섰던 차였을 거라고 생각되었다.

홀아비 방 같지 않게 이불은 단정하게 정돈되어 있었고 벽에 걸린 옷가지들도 모두 제 위치를 정연하게 차지하고 있어 강생원의 깔끔한 성미를 새삼스레 느끼게 해주었다. 실경 위로는 젊은 부부가 어린 아들을 안고 찍은 흑백사진이 검고 낡은 액자 안에 들어 있었는데 '돐기념'이란 흰 글씨가 분명하게 씌어져 있었다. 얼굴이 갸름하고 눈이 큰 어머니의 품이 안겨 있는 어린애의 눈이 유난히 초롱초롱 빛을 내고 있었으며, 그 얼굴에서 강생원의 모습을 찾기란 그다지 어렵지 않았다.

"내가 구청 앞 가로수 아래 나가서 날마다 서 있는 것은 저 아이가 차를 몰고 내 앞에 나타날 것을 믿고 있기 때문이라네. 날마다 새벽이면 저 사진을 한 번 쳐다보고 밖으로 나간다네. 그놈이 죽었단 생각은 추호도 들질 않아. 금방이라도 내 앞에 차를 멈추고 돈을 바꿀 것만 같단 말일세."

벌써 세 병째의 소주가 거의 바닥이 나고 있었다. 취기가 오른 강생원의 허리는 더욱 곧곧해지고 입도 달변이 되었다. 아내와 아들 이야기로부터 시작해서 그가 살아온 과거사가 실타래처럼 풀려나왔다. 하늘과 별, 바람과 구름, 그리고 벼락과 번개에 이르기까지 그의 이야기는 풍부하고 다채로웠다. 살아온 세월이 길어서 경험이 많은 것은 물론이고 날마다 구청 앞에서 보고 들은 이야기는 신문이나 책에서는 읽을 수 없는 흥미진진한 것도 많았다.

"그런데 말일세. 요새 내 머리가 좀 이상해졌나 봐. 내 죽은 아들놈은 점차 머릿속에서 사라지고 자네가 내 마음속에 살게 되어 버렸다마시. 솔직히 말하면 자네가 내 아들이 되었는지 내 아들이 자네가 되어버렸는지 분간을 할 수 없이 되었어."

그의 말을 들으면서 창주는 나름대로 아버지의 일을 생각했다. 오 년 전 아버지의 장례를 마치고 돌아왔을 때, 강생원은 비로소 그곳에 나타났었다. 그렇고 보면 죽은 아버지가 소생하여 강생원으로 나타났을지도 모른다는 엉뚱한 생각도 들었다. 그는 지금 강생원이 아버지인지 아버지가 강생원인지 구분할 수 없는 모호한 의식 속으로 빠져들고 있었다. 어쩌면 그는 지금 강생원의 열띤 호소에 의해서 최면되어가고 있는 상태였다.

"나갑시다요."

"뭣하게? 너무 시간이 늦었어."

"아니어요. 술집들은 밤이 없어요."

창주는 강생원의 팔을 잡고 일으켜 세웠다.

"이 사람, 무슨 돈이 있다고 그래. 하지만 그까짓것 걱정 말소. 다 솟아날 구멍이 있을 것인께."

문득 그의 머릿속에 눈을 말똥거리며 남편을 기다리고 있을 아내의 얼굴과 허탈한 상태로 잠들어 있을 상근이의 모습이 떠올랐으나 애써 그걸 지워버렸다. 그에게는 오늘 밤의 강생원과의 만남이란 것이 그 무엇과도 바꿀 수 없는 소중한 시간이었다. 조금이라도 많은 시간 그와 더불어 있고 싶었다.

그들은 다시 차를 타고 골목을 빠져나와 야행동물처럼 낮 동안에는 잠복해 있다가 밤에만 슬슬 기어나와 불을 밝히고 있는 포장마차집으로 들어갔다. 꼼장어를 한 접시 굽게 하고 소주 한 병을 청했다.

"두마안강 푸른 물에······"

홀짝홀짝 소주를 들이켜고 있던 강생원이 갑자기 울먹이는 소리로 노래를 부르기 시작했다.

"아이고! 옛날 가락이 있으시네요?"

"내 소싯적에야 잘한단 말 들었었지. 어디 자네도 한 자리 불러볼란가?"

"어르신이 저보다 잘 하시네요. 그리고 옛노래는 더욱 못하고요."

"신식 노래라도 한 자리 해 봐."

"저 푸른 언덕 위에 그림 같은······"

"그 노래가 참 멋있네."

그들이 곤드레가 되어 포장마차집을 나오자 기다렸다는 듯이 희부연한 안개가 몸을 감아왔다.

"또 징한 놈의 안개네요."

"그래 말일세."

그들은 누가 먼저랄 것 없이 손을 내밀어 꼬옥 맞잡았다. 아무리 안개 속이라곤 해도 주위는 이미 희부연한 물빛으로 밝아오고 있었다. 거리에는 벌써 활동하는 사람이 눈에 띄었다.

"아마도 자네 내일, 아니 이미 날이 밝았으니까 오늘이 비번이제."

"그렇구만요."

"그럼 됐네. 나를 망월동까지 좀 실어다 주게."

"아드님한테 가게요?"

"그럴라네. 워낙 불효한 놈이 되어 오 년 동안 가 보지 않았는데, 오늘은 새로 자식을 얻었으니 자네하구 같이 가 보고 싶네."

"이제부터 어르신을 아버지로 모실께요."

아무리 안개 속이고 취중이었지만 오 년 전의 소용돌이도 이겨냈던 이른바 베테랑 운전사인데 이런 길쯤 아무것도 아니라는 자신감으로 그는 차를 몰아갔다.

전설

동수는 죽전 골목으로 들어섰다. 사십년 만의 길이었지만 그다지 발이 설진 않았다. 몇 채의 새 건물이 들어서긴 했어도 낡은 목조 건물들은 그때와 다름 없이 서 있었다.

골목 안에는 옛날의 그 자리에 팥죽장수가 서너 명 나란히 앉아서 손님을 기다리고 있었다. 솥에서는 더운 김이 모락모락 솟아 오르고, 시골 아낙으로 보이는 두 사람의 여자가 그 앞에 쪼그리고 앉아서 죽을 사 먹고 있는 것이 눈에 띄었다.

그는 침을 꿀꺽 삼켰다. 넘어가는 소리가 귀청을 울리고 목 안으로 사라졌다. 시장도 하려니와 옛 기억이 되살아났기 때문이었다.

그는 아내와 더불어 이곳에서 죽을 사먹었었다. 나주경찰서에서 풀려 나온 날까지 아내는 음식을 입에 넣지 않고 사흘 동안이나 밖에서 남편을 기다리고 있었다고 했다. 만일 일주일이나 열

흘쯤 늦게 나왔더라면 아내는 굶어죽고 말았을지도 몰랐다. 그러나 다행히도 그는 예상보다 빨리 풀려 나왔고 그녀는 영산포에 가서 팥죽을 사먹자고 했다. 그것은 관액을 쫓기 위한 방편이라고 했다.

그들은 이십릿길을 터덜터덜 걸어와 나란히 앉아서 죽을 먹었다. 맛으로 말하면 꿀 같았다. 콩에 보리쌀을 뭉쳐서 만든 깔깔하고 비릿한 유치장 관식보다 얼마나 부드럽고 달콤한지 몰랐다. 그리고 아내가 그렇게 팥죽을 감식한 것은 임신의 탓도 있었던 것 같았다.

동수는 다시 한번 침을 삼켰다. 당장 한 그릇 사 먹을까 하고 호주머니에 손을 찔렀다가, 단념하고 슬그머니 빼어냈다. 옛날과 달라서 선뜻 상 앞에 앉을 수가 없었다. 사십년 전의 그 때보다 나이도 먹었고 시대가 달라져서 그런 것 같았다.

그는 장터로 넘어가는 고갯길을 뚜벅뚜벅 걸어 올라갔다. 장날이라서 사람들이 붐비는 속을 뚫고 언덕배기에서 발을 멈추었다. 바로 눈 아래, 논을 빼앗아 갔던 일본인 지주의 집이 내려다 보였다.

빚을 몇백 원 얻어 쓴 것이 화근이었다. 돈은 복리에 복리가 붙어 길어났을 뿐 아니라, 벼값을 표준으로 해서, 만일 그것이 뛰는 경우에는 그에 따라 가산을 한다는 조건이 붙여진 빚이었다.

논이 넘어가게 되자 그는 일본인 지주한테 쫓아가 항의를 했었다. 너무나 억울했기 때문이었다. 그러자 일본인 지주는 법에 따라 수속을 할 테니까, 할 말이 있으면 재판소에 가서 하라고 했다. 하지만 당장 사정이 어렵다니까 소작으로나마 벌게 해 주마고 했다. 그렇게라도 하지 않으면 큰 일이었다. 이래서 더 이상 행패를 부리지 않고 말없이 물러나왔는데, 그가 문 밖에 나와서 몇 발자국을 옮기자 누군가 뒤에서 덥석 어깨를 잡았다. 왜 그러냐니까 따라와 보면 안다고 했다. 이리하여 그는 사흘 동안의 유치장 신세를 지게 된 것이었다.

고개마루에 이르자 바람이 서늘했다. 그는 괴나리봇짐을 땅에 부려 놓고 담배를 피워 물었다. 장터 쪽에서는 사람들이 개미처럼 몰려 복작대고 있었다. 그러나 그 많은 사람 가운데 얼굴을 아는 사람은 한 사람도 없었다. 옛날이야 거의 장마다 찾아온 곳이어서 낯익은 사람도 많았지만, 마흔 해 동안이나 떠나 있었으니 설령 고향사람을 만날지라도 얼굴을 알 리가 없었다. 그렇다고 그는 아는 사람을 찾고 있는 것은 아니었다. 행여나 그런 사람이 나타날까봐 도리어 겁이 났다. 만일 그런 사람이 눈에 띌작시면 슬쩍 외면을 하고 피해버릴 작정이었다.

그는 옛날과 많이 변해버린 시장의 풍속을 눈여겨 보며 어디로 갈 것인가 잠시 망설였다. 그때 건너편 언덕 위에서 종소리가 들렸다.

데엥 데엥…….

소리는 여운이 길고 아름다웠다. 엷은 안개가 서린 공중에서 울려 나오는 그 소리는 너무나 신비스러웠다. 영혼의 구석구석까지 울려서 휘어잡는 소리였다. 또 그것은 밑바닥에 깔려 있던 향수를 일깨우는 소리였으며, 황혼기에 들어섰지만 의지할 곳 없는 그의 몸을 포근히 안아줄 것 같은 울림이었다.

얼마나 찾고 찾았던 세계인가! 그는 종소리가 나는 곳을 찾아가려고 땅에 부려 놨던 봇짐을 잡았다.

"자! 점을 칩니다."

바로 눈 앞에서 제 나이 또래의 노인이 외치고 있었다.

"새가 점을 칩니다. 백발 백중입니다."

점장이는 새장을 앞에 놓고 앉아 있었다. 한 마리는 장 안에 들어 있고 두 마리는 밖에서 깍정이에 담긴 모이를 쪼고 있었다. 그 옆에는 약봉지처럼 작게 접은 여러 개의 종이가 상자에 담겨 있었다.

동수는 장 안에 갇혀 있는 새에 마음이 확 쏠렸다. 긴 부리를 가진 그 새는 눈이 유난히 빛나고 있었다.

"점 한번 쳐 주십시오."

종을 찾아가겠다는 마음은 일단 잠잠해져 있었다. 새가 던진 인상이 너무나 강력했기 때문이었다.

"어떤 운수를 보실랑게라우?"

점장이가 물었다. 그는 몇 개의 점괘 항목이 적혀 있는 낡은 종이를 막대기로 짚었다. 취직, 혼인, 애인, 재물, 질병 어느 것이라도 마음이 쏠리는 곳을 고르라는 것이었다. 동수는 백원짜리 동전을 내 놓고 '애인'에 대해서 봐 달라고 했다.

점장이는 힐끔 동수의 얼굴을 쳐다보고 나서, 장의 문을 열고 안에 들어있는 십자매를 밖으로 나오게 했다. 그는 막대기로 새를 모이 가까이로 몰았다.

새는 모이가 담겨 있는 깍정이 위에 후루루 뛰어 올라 몇 차례 모이를 쪼았다. 그는 곧바로 접은 종이가 담겨 있는 상자 쪽으로 새를 유인했다. 상자 위로 뛰어오른 새는 그 안에 담겨 있는 쪽지를 가녀린 부리를 쿡 찍어 올렸다. 그는 찍어 올린 종이를 펴서 읽기 시작했다.

천리 타향에서 옛 친구를 만나고
늙은 고목에서 꽃이 피도다.
정월 이월은……

"애인 점을 쳤는데 웬놈의 친구요, 친구는……"
"그럼, 당신은 늙은 주제에 애인은 또 뭐요? 아니! 그런디, 혹시 동수씨가 아닌가요."
동수는 움찔하고 놀라 상대의 얼굴을 뚫어지게 응시했다.
"동수가 틀림없제? 틀림없구만, 나 춘석이여, 모르겠어?"
"오! 춘석이구나. 도대체 어찌 된 일인가?"
"자네야말로 어쩐 일이여. 얼마나 궁금하게 생각했는지 자네는 모를 것이네."
"팔자가 기박해서 그렇게 되었네."
동수는 춘석이의 손을 잡고 흔들면서 말을 이었다.
"점괘가 이렇게 맞을 수가 없네. 그런디 고목에는 언제 꽃이 필까?"
"핀다고 했으니까 필 것이네. 암, 피고 말고."

춘석이는 새를 장 안에 잡아 넣은 다음 가겟집 안방으로 옮겼다. 그러고는 주인한테 잘 지켜 달라고 부탁을 했다.

"어서 가서 막걸리나 한잔 하세?"

"술을 하지 말고 팥죽이나 한 그릇 먹는 것이 어쩌겠어?"

아까는 혼자여서 망설이고 말았지만 그것을 꼭 먹어보고 싶었다.

"사내놈들이 웬걸 팥죽인가, 술을 해야지."

두 사람은 잠시 상대의 얼굴빛을 살폈다.

"그럼, 자네는 팥죽을 사소. 나는 술을 살 테니까."

결국 그렇게 합의가 되었다. 그들은 팥죽을 한 그릇씩 사 먹은 다음, 선창으로 나가 막걸리를 몇 잔씩 걸쳤다. 죽을 먹어서 배도 든든하려니와 주기가 올라와 마음이 호기로왔다.

주막을 나와 어물전인 '영강상회' 앞을 지나는데, 마흔쯤 되어 보이는 한 사내가 가게 안에서 이쪽을 뚫어지게 바라보고 앉아 있었다. 입술이 째진 언청이였다.

동수는 가슴이 찔끔했다. 그가 스물하나에 버리고 달아났던 아들도 언청이였기 때문이었다. 그러자 새삼스레 아내 생각이 떠올랐다.

"내가 도망한 뒤로 내 안사람은 어떻게 되었더란가?"

"아니! 지금까지 모르고 있간디?"

"모르고 있어."

"참, 그렇게 되었구만. 자네가 떠난 다음에 자네 부인은 남편을 찾아간다고 갓난 아이를 등에 업고 집을 나갔어."

"그 뒤로는 소식도 없고?"

"없지. 동네 사람들은 자네가 자리를 잡아 놓고 데려간 줄만 알고 있었다네. 하기야 나도 그냥 마을을 떠나버렸지마는……."

"음."

동수는 신음소리를 냈다. 자기야 기왕 살인을 한 사람이었으니까, 그렇게 되었다손 치더라도 아내마저 불행하게 만들어 버렸으니. 그는 방금 스쳐 온 영강상회를 다시 돌아봤다. 째보는 아직도 이쪽을 응시하고 있었다.

"자네가 그 마름놈을 죽인 뒤로 다른 소작인들은 크게 덕을 본 셈이라네. 소작을 떼겠다고 으름장을 놓거나 소작료를 깎아줄 듯 꾀어 돈이나 물건을 뜯어내곤 했으니 말일세."

동수는 가늘게 몸이 떨리었다. 결코 계획이 있어서 죽인 것은 아니었다. 일본인 지주는 그를 경찰서에 집어 넣긴 했지만 소작권만은 주겠다고 분명히 약속을 했었다. 그러나 이듬해 봄에 그는 청천의 벽력 같은 통고를 받았다. 소작권까지 잃게 되었다는 것이었다. 권리의 결정권은 거의 마름한테 있었다. 그런데 지주가 승낙한 권리를 마름이 떼어버린 것이었다.

분이 머리끝까지 치밀고 올라와 아무것도 보이지 않았다. 자기의 손에 무엇이 들렸는지 분간하지 못한 채, 어기뚱 버티고 섰는 마름을 향해서 휘저어댔다. 한참을 그러다가 보니 상대는 피투성이가 되어 헐린 담장 아래 쓰러져 있었다.

그 길로 마을을 뛰어나왔다. 늪지대를 지나 논둑길을 달렸다. 들판이 다하자 숲이 나왔다. 금성산의 등성이를 타고 송정리를 거쳐 장성으로 빠져 나갔다. 이리하여 그의 외롭고 오랜 유랑 생활이 시작되었었다.

그들은 등대가 있는 강가로 나왔다. 물은 발밑을 휘돌아 멀리 가야산 기슭의 아망바위와 구진머리를 거쳐 몽탄 앞 바다로 사라지고 있었다. 선창 가에는 한 척의 배도 매어 있지 않았다. 영산포는 죽음의 항구였다. 오랜 세월을 두고 수로를 통해, 이곳에는 많은 배가 드나들었었다. 어떤 때는 대안의 모래밭 쪽까지 배가 잇대어 들어차기도 했다. 그 가운데는 젓갈을 싣고 온 배가 많았지만 조기, 홍어, 갈치, 고등어 할 것 없이 들어오지 않은 해물이 없었다. 이곳에서 밖으로 실려 나가는 물산도 많았다. 영암 강진 해남 장흥의 곡물이나 목화는 이곳에 모여졌다가 육로와 수로를 통해 각지로 실려 나갔다. 옛날에는 이곳에서 중국과 일본으로 직행하는 화물선도 적지 않았다.

선창 부근에는 각지에서 모여 든 나그네와 선원들로 득실거렸다. 요정과 식당은 물론이고 여관이나 잡화상들도 한시절을 봤었다. '영락정', '장강루', '야마모도여관', '오쯔까여관' 등에서는 기생들의 노랫소리와 장구소리가 밤낮으로 이어졌었다.

"어린애는 몇이나 두었는가?"

동수는 구진포의 터널 쪽을 바라보며 물었다.

"하나도 없어."

"왜?"

"웅덩이가 있어야 고기를 기르제."

"왜, 장가는 들지 않고?"

"……"

"점순이 때문에?"

"……"

"역시 그렇구만?"

동수는 가슴이 찡했다. 눈길을 돌려 아망바위를 바라봤다. 죽은 점순이 얼굴이 바위 꼭대기에 떠올랐다.

동수의 누이 점순이가 춘석이와 가깝다는 소문이 마을에 퍼져 있었다. 동수의 아버지는 그것을 결코 허락할 수 없다고 했다. 그들의 사이가 범상하지 않은 것을 알고 동수는 성사를 시켜주자고 했지만 아버지는 듣지 않았다. 뿌리 없이 흘러 들어온 사람에게 딸을 줄 수 없다는 것이었다. 당사자들이 매달려 사정을 해도 아버지의 마음을 풀 도리가 없었다.

그 무렵, 아망바우에서 해원解寃굿이 있다는 소문이 퍼져 있었다. 샛굴의 어느 부잣집 딸이 머슴과 정을 통했는데, 그것을 안 규수 집 형제와 친척들이 머슴을 두들겨 패서 목숨을 앗아가버렸다고 했다. 그런데 해괴한 일은 그 죽은 머슴이 구렁이가 되어 규수를 찾아와 몸을 친친 감고 풀어 주지 않는다는 것이었다. 그러자 규수의 가족들은 하는 수 없이 구렁이에 감긴 규수를 밧줄로 묶어 아망바우 아래로 드리운 다음 머슴의 해원을 하기 위한 굿을 한다는 것이었다. 만일 구렁이가 원한을 풀고 규수를 놓아 주면 그녀는 살아나게 되고 그렇지 않으면 그대로 물속으로 던져 떠내려 보내버린다는 것이었다.

소문은 마을에서 마을로 퍼져 나갔다. 동수도 이 비극의 장면을 보기 위해서 그곳까지 달려갔었다. 그러나 구경꾼들만 모였을 뿐, 구렁이에 감긴 규수는 끝내 나타나지 않았다. 나룻배 하나가 한가하게 묶여있는 대안의 백사장에 오후 햇볕이 깨어지는 유리 조각처럼 흩어지고 있을 뿐이었다.

그때, 참으로 그때였다. 아망바우 위에서 하나의 기다란 물체가 허공을 날아 아래로 떨어지고 있었다. 물체는 한참만에 아스라한 강물 위로 풍덩 소리를 내며 잠겨버렸다.

"사람이 떨어졌다."

"댕기 딴 처녀다."

외치는 소리가 들렸고, 사람들은 여기저기 모여서 웅성거렸다. 구렁이가 규수를 풀어주긴 했는데, 그만 잘못되어 떨어져 죽었다느니, 그것이 아니고, 떨어져 죽은 것은 구경꾼 중의 한 사람이라느니, 벼라별 소문들이 떠올랐다. 그들이 점순이의 죽음을 안 것은 밤이 이슥했을 무렵이었다.

"나는 다른 여자와 살 수가 없었다네. 하필이면 바위에서 떨어져 죽은 사람이 점순이였으니 말일세."

동수는 몇 겹으로 친친 감은 구렁이를 생각했다. 감겨 있는 것은 점순이였다. 그러다가 그것이 점차 한 마리의 새로 변해갔다. 갑자기 강물이 출렁거리는 소리가 들렸다. 어느새 바닷물이 둥실하게 밀고 올라와 강은 수위가 높아져 있었다.

"나에게도 여자가 없었던 것은 아니었어. 그러나 그 여자들은 한결같이 점순이의 죽음에 대한 소문을 듣게 된 다음 내 곁을 떠나갔어. 아무리 내가 그 일을 숨기려 해도 내 얼굴에서 그것을 읽어낸 다음, 사방을 돌아다니며 뿌리를 캐내고야 말았거든. 그런데다가 나를 더욱 괴롭힌 것은 아망바우를 놓고 해마다 떠도는 소문이었어. 상사병으로 죽은 사람이 구렁이가 되어 그의 애인을 며칠째 풀어 주지 않고 있다는 것이여. 그런디 말일세, 내가 더욱 견딜 수 없는 것은 그 구렁이는 점순이고 총각은 춘석이라네, 하는 소문이 나돌 때였어. 그러니 내가 어찌 다른 사람처럼 가정을 가질 수가 있었겠는가?"

"훌쩍 먼 데로 떠나버리지 않고……"

"어찌 그래 보지 않았겠어. 그러나 모두 허사였어. 아무리 멀리 가 있어도 밤마다 점순이가 나타나곤 했어. 그런 다음에 나는 저도 모르게 영산포로 가는 차를 타야만 했었어. 가야산에 올라가서 노래를 한바탕 부르고 나면 가슴이 후련해지곤 했어. 그러다가 새를 보았어."

"새를?"

"응, 새 한 마리가 나타나서 내 앞을 걸어갔어. 잡아도 도망치질 않어. 결국 나는 다른 사람 본을 받아가지고 점을 치기 시작했어. 그런데 그것이 신기하게 들어맞는단 말이여."

검푸른 강은 부시게 쏟아지는 햇볕을 흡수하며 느릿느릿 흘러갔다.

"처남!"

갑자기 춘석이가 동수를 불렀다. 처음 들어보는 생소한 호칭이어서 그는 어리둥절해가지고 그의 얼굴을 물끄러미 바라봤다.

"내 오늘부터 자네한테 처남이라고 부름세. 내가 진짜로 정을 준 사람은 점순이뿐 아닌가? 그리고 점순이도 나만을 사랑하다가 목숨까지 바친 사람이니까, 비록 저승과 이승의 차이는 있다지만……."

춘석이는 울가망해서 말끝을 맺지 못했다.

"그렇게 하소."

동수는 선뜻 승낙을 했다. 인척의 끄나풀을 이어 놓으니 한 걸음 사이가 가까워진 기분이었다.

"가 보지 않겠는가?"

춘석이가 갑자기 동수의 손을 끌었다. 아망바우를 가자는 말이었다. 사람들은 그 바위를 사랑바우라고도 했다. 사랑을 이루지 못한 원귀들이 나타나는 바위래서 붙여진 이름이었다.

그들은 강언덕을 따라 하류로 내려갔다. 부풀어 오른 강물은 만수를 이루고 있었다. 언덕 위에는 갖가지 화초가 활개를 펴고 있었다. 질삼할 때 쓰는 솔 형상을 한 엉겅퀴가 사보뎬처럼 곳곳에 서 있었고 하얀 민들레는 달처럼 허공에 떠서 솜털을 흩날리고 있었다. 냉이도 있었다.

두 사람은 가야산의 등성이로 기어 올라갔다. 이마에는 구슬 같은 땀이 송알송알 베어 나와 있었다. 거센 물결이 수많은 세월을 두고 때리고 또 때려 이루어진 낭떨어지 아래는 깊은 소가 싸늘한 형상으로 물을 안아 들이고 있었다. 점순이는 바로 이곳에 있는 아망바우에서 몸을 날려 물 속으로 뛰어든 것이었다.

어여쁘다 심낭자난, 천생의 선녀로서, 인간의 적강하여,

188

강보의 모친 잃고, 안맹 부친 효양타가, 부친 눈을 띄랴 하고,
제숙으로 몸을 팔아, 이팔청춘 고운 양자, 수중 고혼 되었으
니……

춘석이는 〈심청가〉를 뽑았다. 가락가락, 굽이굽이 멋과 한이
넘쳤다. 소리는 허공으로 퍼져 올라가고 강 속으로도 잠겨 들어
가 물결을 타고 아득한 바다 쪽으로 흘러 내려갔다.

"점순이도 틀림 없이 용왕님의 보살핌을 받았을 것이여."

춘석이가 노래를 한바탕 끝내고 나서 중얼거리듯 말했다. 동
수의 머릿속에 한 마리의 새가 뛰어 나왔다. 그러자 그것을 짐작
이라도 한 듯 춘석이가 말했다.

"새로 태어났는지도 몰라."

"점을 쳐 주는 자네의 새 말이제?"

"새로 태어났어. 새라니까, 새여."

이 쪽의 물음에는 아랑곳 없이 그는 계속해서 혼자 중얼거리
기만 했다.

점순이의 시체는 나흘만에 명산에서 떠올랐다. 그것을 발견한
것은 장어잡이 배였다. 몸통은 물론이고 얼굴까지 퉁퉁 부어 올
라, 형상을 알아볼 수가 없었다.

시체를 건졌다는 소식을 듣고 동수는 밥을 먹다가 말고 밖으
로 뛰어나갔다. 사흘 동안이나 밤낮을 가리지 않고 물 속을 쑤석
거렸지만, 나타나지 않자 그들은 지쳐서 단념을 하고 있는 판이

었다. 차라리 용왕님이 보살피어 심청이처럼 육신을 그대로 데리고 가버렸기를 바라고 있었다. 그런데 그날 아침, 이장집 머슴이 뛰어와서 소식을 알린 것이었다.

동수가 마을 앞으로 뛰어나오자 말없이 몇 사람의 장정이 그의 뒤를 따랐다. 그들은 어젯밤까지 빌어 썼던 마을의 목선을 타고 명산으로 저어 갔다.

점순이의 몸뚱이가 어찌나 험상스러웠던지 아무도 가까이 가서 손을 대지 못했다. 오빠인 동수도 멍청하니 시체 곁에 서 있기만 했다. 그때 강 속에서 통곡소리가 들렸다. 춘석이가 홀로 노를 저어 가까이 오고 있었다. 뭍으로 올라온 그는 덥석 점순이의 몸을 껴안았다. 얼굴을 시신에 부벼대며 몸부림을 쳤다.

"이럴 수가 어디 있어! 같이 도망이라도 치자고 할 일이지, 나는 어떻게 하라고 혼자 갔느냐 말이여, 말 좀 해봐, 말 좀 해보란 말이여!"

마치 아낙들처럼 사설을 늘어 놓으며 울어댔다. 처음 춘석이가 나타났을 때는 남의 양갓집 규수나 홀려 내어 죽게 한 장본인이라서 언짢은 표정들이었지만, 그의 슬픔이 어찌나 처절하고 감동적이었는지, 모두들 숙연한 얼굴로 지켜 보고만 있었다. 눈물을 닦고 있는 사람도 있었다.

뒤늦게 좇아온 동수의 아버지도 춘석이의 행동에 압도되어 망연히 서 있었다. 그 녀석 때문에 집안 망신 사고, 하나 있는 딸까지 잃었대서 잡히기만 하면 때려 죽이겠다고 벼르고 있던 그였지만 투박한 손 등으로 눈물을 닦고 있었다.

"춘석아! 그만 울어라."

아버지는 춘석이의 등을 토닥거리며 달래었다.

"모두 운수 소관 아니냐? 너나 나나 복이 없은께 점순이가 죽었다."

도리어 춘석이를 위로했다.

그러나 아버지는 그로 말미암아 병을 얻었다. 아무리 치료를 해도 효력이 없었다. 가정에서의 치료가 무위로 끝나자 읍내의 병원으로 옮겨다 입원을 시켰다. 어머니도 없이 오누이를 기르느라고 고생한 일을 생각하며 자식의 도리로서 최선을 다해 살려드리고 싶었다.

그렇다고 모아둔 돈이 있는 것은 아니었다. 모두가 빚이었다. 애쓴 보람도 없이 아버지는 세상을 떠나고 동수 앞에는 산더미 같은 빚만 떨어졌다. 일본인 지주한테서 흘러나온 돈이었다. 기한이 넘어도 갚지 못하자 채권자는 토지를 내놓으라고 했다. 만일 버티기만 하면 소송을 해서 강제로 빼앗아 가겠다고 했다. 그렇게 되면 엄청난 소송 비용까지를 갚아 주어야 했다.

그래도 빚을 갚고 나면 얼마간의 돈이 남을 것으로 생각했다. 그것을 밑천으로 다시 몇 년을 고생하면 넘겨준 땅을 되찾을 수도 있을 것이라 생각했다. 그러나 막상 계산을 해보니 토지는 물론이고 가옥까지 넘어가야만 맞아 떨어진다고 했다. 차용증서에 붙은 불리한 조건 때문이었다. 거래는 돈으로 하되 만일 벼값이 오르면 그에 준해서 환산을 한다는 조항이 들어 있었다. 동수는 그런 조건을 확인조차 하지 않은 채 도장을 찍어준 것이었다.

어렵사리 감해서 집을 넘겨 주지 않고 소작권까지 보장을 받았던 것인데, 결국 살인이라는 엄청난 결과를 가져 왔고 그로 하여금 고향땅을 버리게 했다.

그는 단 한번, 그것도 한밤중에 옛집을 찾았지만 집은 이미 헐려버리고 없었다. 아내한테 사죄를 하고 어디론가 먼 곳으로 데리고 가서 새로운 삶을 시작하려 했던 것인데, 모든 것이 수포로 돌아갔다. 그런 뒤로 그는 고향을 잊었다. 잊은 것이 아니라 저주의 땅으로 마음속에 남았다.

동수는 멍우리를 풀지 않고서는 고향 땅을 다시 밟을 수가 없었다. 속죄의 길은 쉽지 않았다. 사십년의 긴 세월을 그는 이것만을 생각하며 살아왔다. 너무나 분하고 억울해서 앞뒤를 가릴 겨를도 없이 저지른 일이었기 때문에 한번도 잘잘못을 가려 보진 않았지만, '살인'이라는 엄청난 그 말의 뜻이 그를 항상 괴롭히며 따라다녔다. 그것을 누구에겐가 털어 놓고 이야기해 버리면 마음의 부담이 훨씬 가벼워질 것도 같았다. 그러나 그는 그렇게 할 수가 없었다.

그는 남에게 좋은 일을 많이 하려고 애를 썼다. 길에 넘어져 울고 있는 아이를 번개같이 달려가 일으켜 주기도 하고 먼 길을 가다가 지쳐서 쓰러질 것 같은 노인을 집에까지 업어다 주기도 했다. 어떤 때는 불량배에게 강간 당하는 처녀를 목숨을 내 놓고 뛰어들어 구해내기도 했다.

그러나 그런 일을 아무리 되풀이해도 그의 가슴속에 자리잡고 있는 멍울은 풀리지 않았다. 그것은 차라리 단단한 밧줄로 맺힌 매듭이었다. 이를 풀고자 하는 동수의 노력은 계속 되었다.

어느 날 그는 스님을 만나 털어놓고 하소연을 했다. 스님은 이 세상의 모든 일은 무상한 것이니까, 욕심과 장애를 끊고 정정한 마음으로 살아가라고 했다. 일러준 대로 해봤지만 아무리 노력해도 쉬운 일이 아니었다. 그래서 다른 스님을 찾아가 보았다. 거기서는 부처님께 공을 드리라고 했다. 지니고 있던 돈을 새전으로 바치고 날마다 부처님께 예배하며 불경을 외웠다. 그러자 마음이 차차 편안해졌다. 맺히고 또 맺혔던 매듭이 한가닥씩 풀려가는 것 같았다.

그러던 어느 날, 그는 불당 안의 구석구석을 살피며 돌아다니고 있었다. 성스러운 곳이었기에 모든 것을 알고 싶었기 때문이었다. 부처님의 가르침은 밖으로 나타난 것보다도 뒤에 숨은 뜻이 더 중요하다고 했다. 동수는 그것을 알고 싶었다. 그것을 앎으로써 보다 큰 것을 배울 수 있을 것 같았다.

한쪽 구석을 살펴 보았다. 그곳에는 지난 초파일에 썼던 등들이 높다랗게 쌓여 있었다. 반대 쪽에는 검은 궤짝들이 어둠 가운데 높다랗게 쌓여 있었다. 부처님의 후면을 살펴 보았다. 그러다가 그는 움찔하고 놀라서 그 자리에 굳어 버렸다. 너무나도 실망이 컸기 때문이었다. 그는 평소에 생각하기를 부처님은 후광을 발산하고 있기 때문에 그 후면은 더욱 찬란할 것으로 생각하고 있었다. 그런데 그곳은 금빛으로 빛나기는커녕, 허망하게 파인 공동 안에 거미줄과 먼지만 가득 차 있었다.

낡은 나무 조각에 불과했다. 그렇게 우러렀던 우상이 와그르르 무너지는 순간, 그는 마음을 가눌 수가 없었다. 사방을 둘러보아도 믿고 의지할 만한 대상이 없었다. 그날 밤 동수는 아무도 모르게 절을 빠져 나왔다. 천방지축 돌다리를 건너 기나긴 골짜기를 빠져 나오다가 바위 가에 서 있는 단풍나무를 보듬고 엉엉 울었다. 부엉이도 그의 마음을 알아주는 듯 따라 울어주었다.

그들은 산을 내려와 다시 선창으로 돌아왔다. 썰물 때가 되어 강물의 수위는 한결 낮아져 있었다. 등대는 언제나처럼 시멘트로 된 제방 앞에 서 있었다. 모스크 사원 같이 둥근 지붕을 가진 예쁜 등대였다. 지난 날에는 밤마다 불을 켰었지만 지금은 불조차 켜지 않는 죽음의 등대였다.

밀물을 타고 영산강 백릿길을 거슬러 올라온 배들은 이 등대를 보고 비로소 영산포에 도착한 것을 알고 닻을 내릴 준비를 했다. 부두에는 많은 사람들이 몰려 나와서 배를 맞이했다.

"어디 배요?"

닻이 내리기도 전에 육지에서는 배를 향해서 소리를 쳤다. 배에서는 곧 응답을 했다. 그러면 객주들은 부산하게 그들을 맞이할 준비를 했다.

이곳에서는 주로 젓갈을 싣고 오는 배가 많았기 때문에 낙월도 아니면 추자도에서 온 배가 많았다. 낙월도에서는 주로 새우젓이 실려 오고 추자도의 것은 멸치젓이었다. 가거도나 제주도에서 온 젓배도 적지 않았다.

그들은 객주를 찾아 물건을 위탁해서 판 다음, 술과 여자를 찾아 나섰다. 오랜 해상 생활에서 삭막해진 마음을 달래기 위해서였다. 대개는 단골 술집이 있기 마련이었지만 그들은 더 좋은 여자와 안주를 찾기 위해서 이집 저집을 기웃거리고 다니기도 했다. 어떤 사내는 어물 판 돈을 몽땅 여자에게 빼앗겨 버리고 빈손으로 돌아갔다고 했다. 여자에게 돈을 바치고 배신을 당한 끝에 목숨까지를 끊었다는 선주도 있었다. 포구는 이래서 인심이 야박하다는 말을 듣기도 하는 것이었다.

"저 째보가 아까부터 자네를 유심히 보고 있어."

"왜 그럴까? 오늘 처음 본 사람인데……."

동수는 애써 태연한 척했지만 째보의 거동이 어쩐지 마음에 걸렸다.

"저놈이 오년 전엔가 영산포에 흘러 들어왔는데 아무도 그 뿌리를 아는 사람이 없다는 것 같아."

"입을 다물고 있다는 말인가?"

"그렇지. 말을 하지 않으니 알 수가 있어야지."

"저 녀석도 나처럼 어떤 말 못할 사정이 있을지도 모르지. 그렇다면 입을 다물 테지." 말하면서 동수는 어물전 쪽을 슬쩍 돌아봤다. 순간 두 사람의 눈이 빛을 내며 부딪혔다. 깜짝 놀란 그는 못 볼 것을 본 것 같은 눈을 허공으로 돌렸다.

어쩌면 그것은 그가 이제까지 찾고 있었던 눈인지도 몰랐다. 무엇인가를 갈구하고 있는 그 무서운 눈, 그것은 사람이 가지고 있는 슬픔과 고독, 증오와 사랑을 송두리째 지니고 있는 것 같은 눈이었다.

그는 다시 뒤를 돌아볼 수가 없었다. 만일 그렇게 하면 자기가 매듭으로서 지니고 있는 비밀을 간파당해 버릴 것만 같았다. 주막집 문을 들어서는 그의 다리가 후들후들 떨렸다. 안에는 한 사람의 장년이 빛바랜 탁자 앞에 안주도 없이 술잔을 앞에 놓고 멍청하게 앉아 있었다. 포구가 시들해졌으니 주막인들 흥청거릴 리가 없었다.

당근에 꼬막 몇 개를 곁들인 술상이 나왔다. 술잔을 주고 받으면서도 그의 머리에는 밖에서 받은 눈빛의 충격이 도장처럼 박혀 지워지지 않았다. 이제까지 그가 보았던 어떤 눈도 그런 목마름을 담지 않았었다.

그때 문이 드르륵 열리며 어물전의 째보가 쑥 들어섰다. 동수는 모른 척 얼굴을 돌리고 술잔만을 비웠다.

"아따, 시세 더럽게 없네."

"시세 없으면 준섭이 것 안팔리간디, 싸묵싸묵 팔소. 나 같이 노는 놈도 있은께……."

그러고 보니 어물전 째보의 이름은 준섭이인 모양이었다.

"이렇게 안 팔리는데 어떻게 남의집살이를 하겠어, 곧 영산강 하구언 막는다니까, 그 쪽으로 품이나 들러 가야겠어."

"영산강 막아버리면 이제 배는 그만이겠지."

"똥구멍이 막힌다는데 똥인들 싸겠는가! 하기야 뱃길 끊어진 지가 언젠데. 우리가 지금 팔고 있는 생선도 모두 목포나 여수에서 차로 실려 오고 있은께, 할 말이 없지."

"그래도 영산포 사람들은 배가 들어올 날을 기다리며 살아왔다네. 그런디, 자네는 찾고 있다는 아버지의 소식이라도 듣기나 했는가?"

"못 들었어. 어머니만 만난다 해도 그 작자의 생긴 꼬락서니를 물어 보기라도 하는 건데. 이 사람이 그 사람 같고 저 사람이 이 사람 같으니, 그저 손으로 구름 잡기지. 그저 육십쯤 되어 보이는 사람만 있으면 눈을 맞춰 보지만 이젠 틀렸어. 며칠 있다가 하구언 공사판으로 떠나야겠어."

"자네 아버지가 그곳에 와 있을지도 모르지. 공사판이란 예부터 떠돌이들이 모였다간 흩어지곤 하는 곳인께."

"히히히, 그 작자가 내 발길에 걸리기만 하면, 내 목숨 되찾아 가라고 악이라도 써야겠어."

준섭이의 웃는 얼굴에 대문짝 같은 두 개의 앞니가 송두리째 드러났다. 결손된 윗 입술 때문이었다. 동수는 연민과 증오가 얽힌 감정을 안고 그를 노려봤다.

"네가 찾고 있는 아버지란 사람은 도대체 어떻게 생겨먹은 사람이냐?" 하고 묻고 싶은 충동이 일어났지만 차마 입이 떨어지지 않았다. 가슴속에 맺혀 있는 매듭 때문이었다. 그것이 풀리지 않고 있는 한, 누구에게도 접근하여 상대의 사정을 알아내거나 자기의 비밀을 알릴 수는 없었다. 그것은 자신과 상대에게 더 큰 상처를 줄 위험이 있는 일이기 때문이었다.

"젊은이!"

그러나 동수는 참지 못하고 불렀다. 상대의 나이가 마흔은 넘어 보이니까 젊은이라는 호칭이 합당한 것은 아니었지만 그의 입에서는 그렇게밖에 튀어나오지 않았다.

"젊은이라구요?"

준섭이는 눈을 치뜨며 동수에게 대꾸했다.

"⋯⋯."

너무나 반문이 투박해서 동수는 미처 변명조차 할 수 없었다.

"어째서 내가 젊은이요? 나도 사십이 넘었소. 옛날 같으면 에 헴 하고 아랫목에서 손자들한테 다리나 주무르라고 앉아있을 나 이인데⋯⋯."

아무리 선창가에서 생선이나 팔아먹고 있는 놈이기로서니 버 르장머리가 해창 나루장이만도 못하구나 하고 동수는 이마를 찡 그렸다.

"어서 가세!"

졸듯이 앉아서 두 사람의 수작을 듣고 있던 춘석이가 동수의 등을 두들겼다. 오래 앉아 있다가는 그에게서 어떤 봉변을 당할 지 모른다고 생각한 모양이었다. 동수는 얼마쯤 남아있는 술이 아깝긴 했지만 그냥 춘석이를 따라 일어섰다.

"좋은 꼴도 못보면서, 자네 오늘 나 때문에 장사 망쳤네."

"아니어! 오늘은 점 치러 온 손님도 없었지만 어쩐지 맞추질 않았어. 새란 놈이 괜히 헛눈만 팔고 시키는 대로 하질 않았어. 요상한 일이여."

"안 맞히다니! 천리타향에서 본 고우라, 영락없이 맞추지 않았 는가?"

동수의 머리에는 아까의 부리가 길고 꼬리가 짤룩한 십자매가 어른거리다가 사라지고 죽은 점순이의 모습이 떠올랐다.

"고목이 봄을 만난다고 했으니, 어디 맞는 소린가? 우리 같이 늙은 놈들이 봄을 맞이한다, 생각만 해도 기분이야 좋지만 가당이나 한 소리여야지."

춘석이는 짜증스럽게 푸념을 내뱉고 있었다. 모든 일을 추리해서 해석하고 과장해서 떠들 수 있는 것이 점장이의 권리였지만, 어찌할 수 없는 것은 젊음으로 돌아가는 일이라고 생각하고 있는 것 같았다.

그들은 구교舊橋의 난간을 잡고 서서 강물을 내려다 보고 있었다. 술기운이 화끈하게 달아오른 얼굴에 강바람이 시원했다. 강은 멀리 광주 쪽에서 나주평야를 꿰뚫고 내려와 구진포를 휘돌아 다시 평야 쪽을 향해서 꿈틀꿈틀 기어내려가고 있었다.

영산강에는 홍수가 잦았다. 물이 지면 제방안쪽의 포전에 심어 놓은 보리나 채소는 물론이고 둑 밖에 있는 논밭도 침수가 되어 물난리를 이루었다. 장마는 대개 유월에 시작되었다. 여러 날 계속된 비로 강이 범람하게 되면, 들판은 바다로 변했다. 곡물이나 가축은 물론이고 가옥들이 떠내려오기도 했다. 더러는 그 가옥 속에 사람이 실려 내려오다가 다리에서 기다리고 있던 구조원들에 의해서 목숨을 건지기도 했다.

뚜우, 남쪽에서 기적이 울려왔다. 열차는 어느 사이에 구진포의 터널을 뚫고 나와 주정공장을 지나서 영산포 역으로 접어들고 있었다.

고향에서 동수는 철로변에 있는 농토를 경작했다. 제 시각이 되면 기차는 언제나 우렁찬 기적을 울리며 그곳을 지나갔다. 날마다 보는 것이었지만 그에게는 새로운 손님처럼 반가왔다. 어쩌다가 제 시간이 넘어도 오지 않을 때는 일이 손에 잡히지 않고 초조한 마음으로 기다려졌다. 그러다가 늦게라도 그것이 지나고 나면 마음이 놓였다. 모를 심거나 벼를 베다가도 기차가 오면 그들은 허리를 펴고 서서 환영을 했다. 아침 저녁에 그곳을 지나는 통학열차에는 언제나 제복을 입은 남녀 중학생들로 가득했다. 동수는 그들이 부럽기만 했다. 보통학교 삼학년 때 어머니를 잃었던 그는 곧 학교를 중단하고 아버지의 농사일을 돕고 있었다. 중학생들은 그에게 있어서 커다란 선망의 대상이었다.

어느 새 통학열차가 올 시각이 되면 그들을 맞이하고 보내는 일이 동수의 일과가 되어 있었다. 그러던 어느 날 하얀 칼라를 단 예쁜 여학생 하나가 그에게 손을 흔들어 주었다. 얼굴이 갸름한 그 여학생은 석류같이 맑은 이를 내놓고 웃어주기까지 했다. 다음날도 그 다음날도 그런 일은 계속되었다. 동수는 그것이 너무나 기뻤다. 동화 속의 왕자가 공주를 만난 것처럼 행복했으며, 기차가 올 시간이 가까워지면 그의 가슴은 들떠서 일이 손에 잡히지 않았다.

그날도 동수는 다가오는 기차를 기다리고 있었다. 여학생의 검은 머리가 창밖으로 나오더니 곧 얼굴을 쑥 내밀고 그녀는 눈부시게 웃으면서 손을 좌우로 흔들어 주었다.

이제까지는 웃음으로 답례했던 동수였다. 그러나 오늘은 용기를 내어 마주 손을 흔들어 주었다. 그때 여학생이 있는 객실에서 왁자하니 웃음소리가 울리는 것 같더니, 다음 칸에서는 검은 물체가 이쪽을 향해서 날아왔다. 그 다음 칸에서도 날아왔다. 잉크 병이었다.

병은 그의 얼굴과 머리 그리고 가슴팍, 다리 같은 곳에 빈 틈 없이 와서 들어맞았다. 순식간에 머리와 얼굴이 벌집처럼 터진 그는 청색의 나무둥치가 되어 그 자리에 쓰러진 채 의식을 잃고 말았었다.

그런 뒤로 그는 한 달 동안이나 안방에 틀어 박혀서 상처를 치료했다. 그러면서 밤마다 꿈을 꾸었다. 학생의 무리들과 싸우는 꿈이었다. 그럴 때마다 그는 번번히 두들겨 맞기만 했다. 더러는 여학생이 나타나서 구해 주기도 했지만 학생들을 당해낼 수는 없었다. 그는 논두렁에 있던 낫을 집어들고 휘둘러댔다. 학생들은 하나둘 낫에 걸려 쓰러졌다. 한참 동안을 그러다 보니 모두들 달아나고 시체만이 즐비하게 남아 있었다.

그런 뒤로 꿈은 뜸해지긴 했지만, 어디를 나갔다가 기차를 본 날 밤이면 어김없이 되살아나곤 했다. 아마 그 꿈이 완전히 사라진 것은 사람을 죽인 다음부터였던 것 같았다.

"처남!"

난간에 기대어 잠자듯이 눈을 감고 있던 춘석이가 갑자기 동수를 불렀다. 대답하지 않고 동수는 그의 얼굴을 바라봤다.

"저승이라는 것 말일세. 틀림없이 있을 테제?"

"사람이 죽으면 다시 이승으로 태어난다고 하니까, 이승이 곧 저승 아니겠는가? 나는 부처님을 위해서 기도를 드린 적이 있었는데, 그 뒤쪽이 얼마나 허망하고 더럽던지 놀라서 도망쳐 나온 적이 있었어."

"그야, 나무토막이나 쇠부치가 부처님이간디, 부처님은 내 마음속에 있다고 안하던가."

짐을 실은 트럭이 지나가자 다리는 덜컹덜컹 흔들렸다.

"새한테 가봐야 해."

춘석이는 새가 걱정인지 고개를 들고 새가 있는 쪽을 바라봤다.

"새 말인가? 새가 어쩔라구."

"새에게 무슨 일이 있어봐, 나는 살 길이 없어."

동수는 문득 새의 전신前身은 무엇일까 하고 생각해봤다. 만일 점순이라면 춘석이와 그녀의 인연은 무척이나 질긴 것이라고 생각되었다. 꼬리가 짧은 그 새는 주인이 문을 열면 냉큼 뛰어나와서 점괘를 찍어냈다. 어쩌면 그것은 새가 하는 짓이 아니라, 새로 환생한 점순이가 길고 깊은 명상에서 헤엄쳐 나오기 위해서 하는 한 많은 몸짓인지도 몰랐다.

동수는 당일로 돌아갈 심산으로 이곳을 찾아오긴 했지만, 가능하다면 자기가 살았던 고향마을을 한번 다녀오고도 싶었다. 아무도 눈에 띄지 않게 살금살금 살피고 돌아오고 싶었다.

그래야만 마음속에 맺혀 있는 매듭이 풀릴 것도 같았다. 그러나 그는 그 일을 뒤로 미루기로 했다. 영강상회 앞에 이르자 째보 준섭이는 그들을 기다리고 있었다는 듯이 길에까지 나와 있었다. 그러나 동수는 상회의 반대편 처마 밑을 걸어 죽전 골목으로 발길을 구부리었다. 그쪽에서는 당장 말을 붙여올 것 같은 표정이었고 이쪽에서도 무언가 물어보고 싶은 말이 있을 것 같았지만 첫 대면 때의 투박한 대화로 해서 서로의 관계가 서먹서먹하기만 했다.

데엥 데엥……

그들이 가파른 고개를 다 올라왔을 때 기다렸다는 듯이 종소리가 울렸다.

"오늘은 웬놈의 종을 저렇게 친단가."

춘석이는 새를 맡겨 놓은 가게로 들어가며 투덜거렸다.

데엥 데엥 데엥……

종소리는 쉬지 않고 울려오고 있었다. 동수는 눈을 들어 소리가 퍼져가는 하늘의 끝을 더듬었다. 영산강을 적신 놀은 서녘 하늘에서 동쪽까지 뻗어 그의 이마까지 붉게 물들였다.

"나 저기를 잠깐만 갔다 오겠네."

동수는 새를 보살피고 나오는 춘석이에게 황급한 표정으로 말했다.

"어디를?"

"저기 말이여, 종소리 나는 곳."

그는 이미 몇 발자국 발을 옮기고 있었다.

"빨리 돌아와야 해. 술하고 안주를 장만해 놓을 테니께."

동수는 대답도 하지 않고 손만을 흔들어 주고 고개를 내려왔다. 골목을 나와 파장이 된 지저분한 시장 골목을 지나 언덕을 오르기 시작했다.

종소리는 쉬지 않고 울리고 있었다. 이 세상이 지니고 있는 모든 죄악을 씻어주고 사람이 갖고 있는 번뇌를 말끔히 정리해줄 수 있을 것 같은 신비로운 음향이었다. 그는 이것을 통해서 사십 년 동안 지니고 살아온 매듭을 풀 수 있을 것 같았다. 종소리는 그만큼 강력한 울림을 주며 가슴속에서 소용돌이치고 있었다.

그는 분홍의 안개 속에 솟아 있는 거대한 건물을 향해서 허겁지겁 기어 올라갔다. 동화 속에 나오는 성과도 같은 곳, 종소리는 그곳에서 울려 나오고 있었다.

간판을 보니 요새 갑자기 법석대고 있는 어느 신흥종교가 세운 교회였다. 동수는 누에처럼 머리를 내두르며 종을 찾았다. 가슴은 방망이질을 치며 뛰었다. 그런데 아무리 찾아도 종이 눈에 띄지 않았다. 그는 교회를 한 바퀴 돌아 제자리에 돌아왔다.

"누구시지요?"

희미한 홀 안에서 기도를 하고 있던 한 사내가 창 밖으로 고개를 내밀고 퉁명스럽게 물었다.

"아닙니다. 저 종소리 말입니다."

"종소리가 어떻다는 거요."

"저 종소리가 어디서 납니까?"

"오, 그거요? 녹음기에서 나지요."

"아니!"

동수는 팍 다리를 구부리며 소리를 질렀다. 너무나 실망을 했기 때문이었다.

"왜 놀라십니까?"

"아니요, 예, 예, 그렇습니다. 아무것도 아닙니다."

동수는 뒷걸음질을 쳐서 물러나오며 횡설수설 중얼거렸다. 그는 손으로 땅을 짚고 언덕을 기어올라갔다. 낭떠러지에 이르렀다. 길은 그곳에서 끝나 있었다. 그는 말뚝처럼 그 자리에 서서 멀리 동쪽 하늘을 바라봤다. 사발 같은 달이 달무리를 거느리고 반공중에 솟아 있었다.

절을 찾았을 때의 허무감 만큼이나 종소리의 허구성이 눈 앞을 캄캄하게 했다. 접근하고 싶으면서도 그러지 못하는 째보 준섭이가 어쩌면 아들일지도 모른다는 생각이 들기도 했지만 지금 그는 낭떠러지에 서 있는 고독하기만 한 존재였다. 이럴 때 겨드랑이에서 날개라도 솟아난다면 자유를 찾아 훨훨 하늘을 날 수 있을 것 같았지만 그는 한 그루의 나무가 되어 그 자리에 붙박혀 서 있었다. 어느 사이에 온 하늘을 물들인 놀이 퍼져 내려와 그의 몸을 감싸고 있었다.

기다리는 사람들

농염한 홍시빛으로 서산 위에 타고 있던 태양이 마지막 자취를 감추자 회색의 어둠이 치마폭을 벌리고 내려와 천지를 덮었다. 형체를 갖춘 지상의 모든 것들은 으스러지는 아픔을 느끼며 하나둘 스러져 갔다. 이제 남아 있는 것은 어둠과 서러움뿐이었다.

어머니는 홀로 그 속에 서 있었다. 검은 산그늘 속으로 희붐하게 사라진 길 끝을 바라보며 하염없이 서 있었다. 옛날 남편을 기다리다가 돌로 굳어 버린 망부석이란 게 있었다더니 오늘의 어머니는 망자석이었다. 박명으로 남아 있던 한 덩이 구름마저 빛을 잃어가고 있을 때, 한 사내가 다리를 절뚝거리며 수구막잇길을 걸어 올라왔다. 발자국 소리를 감지하는 순간 어머니의 가슴이 방망이질을 시작했다. 아들임을 확인하자 격렬하게 얼싸안았다.

"이놈아!"

그녀의 소리는 환호성인지 비명인지 분간하기 어려웠다.

"……"

"너까지 이렇게 되어 돌아오다니….."

어머니가 틀어잡고 흐느끼고 있는데도 아들은 멍청이처럼 우두커니 서 있기만 했다. 머릿속에서는 만감이 교차했으나 어머니의 고조된 감정에 압도되어 얼어붙을 수밖에 없었다. 아들은 아무리 어머니가 정도를 지나치더라도 그럴 수밖에 없는 그녀의 심정을 충분히 이해하고 있었다. 남편이 실명한 몸으로 돌아온 것도 원통한데 아들마저 이렇게 되었으니 그 마음이 오죽하겠는가.

"태근아! 우리 집이 선영 탓으로 이럴 거나? 아니다, 아니다. 이 몹쓸 어미 탓이다… 그렇긴 하다만 태근아, 모든 것은 운수여야."

어머니는 한참 동안 주문처럼 주워섬기다가 갑자기 힘이 빠지며 흐느끼기 시작했다. 체념이었다. 이제까지 세상을 살아오면서 자진해 죽을 만한 일을 헤아릴 수 없이 겪으면서도 살아남을 수 있었던 것은 정녕 체념의 힘이었다. 만일 이런 돌파구가 없었다면 바위에 머리를 부딪쳐 죽었거나 물 속에 몸을 던져 수중고혼이 되었을 터이지만, 그녀는 이런 체념을 통해서 고비를 넘기곤 했던 것이다.

"불효한 놈, 어서 가자."

한참 만에야 정신을 되찾은 어머니는 아들을 재촉해서 걷기 시작했다. 그곳 언덕 위에는 외솔나무 하나가 검은 형체로 서서 그들을 내려다보고 있었다. 그 나무는 얼마나 더디 크는지 하고 많은 세월이 흐른 오늘까지도 별반 키가 늘어나 보이지 않았다. 동네 조무래기들이 날마다 비벼대고 흔드는 바람에 쪼들리고 부대껴서 그리 되었을 거라지만, 사실인즉 비바람, 눈보라를 이겨 내며 살아오느라 모지라질 대로 모지라진 탓이었다.

어둠 속이라 그림자도 없었다. 아니, 그들 자신이 곧 그림자였다. 앞에 가는 그림자는 잠시 동안 풀어졌던 자신을 되찾았고 뒤따르는 그림자는 뒤뚱거려 걸음이 서툴기만 했다. 별 진辰, 잘 숙宿을 읽으며 어렸을 적에 절뚝거리는 사람을 곧잘 놀려대곤 했었는데, 오늘 스스로가 이런 꼴이 되어 돌아올 줄을 누가 알았겠는가.

그들이 개울 위에 걸쳐 있는 나무다리를 건너 두벅두벅 골목으로 들어서자 쾜, 하는 기침과 함께 문이 열리는 소리가 들렸다. 비록 장님이긴 하지만 아버지는 천리안을 가졌다. 방안에 앉아 발자국 소리만 듣고도 걸어오는 사람이 누구란 것을 금방 알아차린다. 귀를 꼿꼿이 세우면서 보이지도 않는 눈을 한 번 깜박했다 하면 모든 것은 판단이 나 버린다.

"아버님, 돌아왔습니다."

"어서 오니라. 이놈아, 대체 이것이 무슨 일일거나!"

아버지는 기가 막히는지 다음 말을 잇지 못하고 안절부절못하다가 담배 한 개비를 빼어 입에 물었다. 옛날 호롱불이 놓였던 자리에는 흑백 텔레비전이 자리하고 있었고 삼십 촉짜리 전등에 비친 아버지의 얼굴은 이전보다 훨씬 주름살이 늘어 일그러져 보였다.

"너무 염려 마십시오. 산재보험에 들어 있으니까 돈이 나올 것입니다요."

아들은 돈이라도 내세워 아버지를 위로하고 스스로를 변명하고 싶었다.

"이놈아, 돈이면 무엇 할 것이냐? 사람 몸이 있고 돈이 있는 법이제."

"죄송하구만요."

"나한테 죄송할 것 하나도 없다. 니 어미의 정성이 가석하지."

아버지가 울화통을 터뜨리고 있는 사이 부엌에서 딸가닥거리고 있던 어머니가 밥상을 들고 방으로 들어왔다. 그녀가 구들장 위에 궁둥이를 내리자마자 귀에 익은 뻐꾸기 울음소리가 뒷산 어름에서 유연하게 울려왔다.

"누님은 지금 어떻게 지내지요?"

지나가 버린 그날 흔들리는 호롱불 아래서 열심히 수를 놓고 있던 누님을 생각하며 태근은 물었다. 또래들과 어울려 널을 뛰거나 강강술래를 할 때면 빨간 댕기가 달린 기다란 머리채가 등 뒤에서 출렁출렁 춤을 추었었다.

"죽지 못해 살제, 어쩔 것이냐, 요새는 성만이가 광산에 들어가 일을 하고 있다더라. 네가 오늘 올 것이라고 기별했은께 내일 아침에는 달려올 것이다."

시끄러운 세상일수록 빨리 출가를 해야 한다는 어머니의 성화에 못 이겨 누님은 일찌감치 결혼을 했지만, 미처 살림 맛을 붙이기도 전에 자형은 누님의 뱃속에 유복자를 남겨 놓고 집을 떠났었다. 인민군이 밀려왔을 때 그는 민청원으로서 그들이 만든 조직에 가담하게 되었고, 밀려가게 되자 뒤를 따라야 했었다. 남을 이끌 만한 큰 책임이 있었던 것은 아니었지만 긴박한 상황에서는 일단 몸을 피하는 것이 상책이라고 생각했기 때문이었다. 그럴 것이 그들에게 일단 가담했다가 설마 한들 날 어쩌랴 하는 심정으로 마을에 남았던 사람들은 대부분 반주검이 될 정도로 치도곤을 맞았거나 골짜기나 들판으로 끌려가 죽임을 당했었다. 위험한 고비를 넘기고 내려오려니 했었지만, 자형은 끝내 돌아오지 못하는 몸이 되고 말았다.

밥을 떠 넣다가 말고 어머니는 슬그머니 손을 뻗어 아들의 다리를 만졌다. 피가 돌지 않는 딱딱한 의족에서 섬뜩함을 느낀 어머니는 움찔 놀라 슬그머니 수저를 놓아 버렸다.

"그러지 말고 어서 진지나 드세요."

태근이가 눈을 흘기며 다리를 끌어당겨 버리자, 그녀는 울상을 지으며 마지못해 다시 수저를 잡았다.

뻐꾹뻐꾹, 이제는 앞산에서 뻐꾸기가 울었다. 봄밤은 포근하고 풍요로운 강이 되어 창밖에서 흐르고 있었다. 가을밤처럼 어지럽고 스산한 분위기가 아니고 아늑하고 부드럽게 흘러가고 있었다. 그들이 앉아 있는 이 집이 모름지기 물결에 밀려 흘러가는 기분이었다. 태근은 그 물 속에서 헤엄치고 있는 물고기를 생각했다. 모든 생명은 원초에 물에서 생겨나고 땅 위로 올라왔다고 하니까, 차라리 사람도 그 속으로 돌아가 봤으면 싶었다. 폭이 얕은 못이나 웅덩이 말고, 깊고 넓은 바다나 강에 사는 물고기이고 싶었다.

어머니는 그때 일본인들이 보내온 유골이 아버지의 것이라고 믿지 않았었다. 마을의 이장과 면장은 서둘러 장례식을 치르자고 했었지만 그 일을 거부하며 버티다가 끝내는 유골을 들고 밖으로 뛰어나가 개울물에 훌훌 뿌려 버렸었다.

"이놈의 뼛가루가 뉘 것인지 알 것인가. 절대로 내 서방 것 아니네."

그런 다음에 그녀는 다시 수구막이 소나무 밑으로 나가 기다림을 계속했었다. 죽은 사람이 기다린다고 돌아올 거냐고 사람들이 말리면서 끌어오려 해도 막무가내로 듣지 않고 뿌리쳤었다.

"저 여자, 망부석 될 것이네. 눈 빼기 내기를 해도 골병들어서 저 자리에 쓰러져 죽을 것이여. 눈비라도 가릴 줄 알아야 하는디, 그렇지도 않으니….."

나중에는 걱정들만 했지 만류하는 사람조차 없었다. 그러나 어머니의 기다림은 헛되지 않았다.

아버지는 해방 이듬해 봄, 한 동료의 인도를 받아 터벅터벅 걸어 돌아왔다. 그러나 비록 고향엔 돌아왔어도 눈을 볼 수 없는 그는 이것저것 해야 할 일을 궁리하다가 옛날 배웠던 기술을 되살려 써먹기로 했다. 삼태기나 멍석, 소쿠리를 삼는 일이었다. 그것들은 모두 품앗이로 때워졌다. 세월이 흘러 플라스틱 제품이 퍼지면서 점차 소용되는 자리를 잃어 가고 있었지만 아버지는 자기가 하고 있는 작업에서 손을 떼지 않았다. 가져가는 사람이 있건 없건 상관하지 않고 계속해서 물건을 만들어 냈고, 지금에 와서도 그 일을 멈추지 않고 있었다.

"술 마시지 말라이."

아버지는 귀향 이후 멈추지 않고 계속했던 충고를 다시 시작했다. 아들이 아무런 대꾸도 하지 않자 화가 나서 날줄에다 거칠고 빠르게 짚을 감아댔다. 그러다가 갑자기 손을 멈추면서 고개를 들었다.

"인순이 오는구나."

아버지의 말이 떨어지고 잠시의 시간이 흐른 다음, 아니랄까 사뿐사뿐 사람의 발자국 소리가 들려왔다.

"누구냐? 인순이냐?"

어머니가 문을 밀고 밖으로 뛰어나갔다.

"태근이 왔는가요?"

누님은 다른 사람에 앞서서 동생의 안부부터 챙겼다. 드립다 방으로 뛰어들어온 그녀는 남동생을 붙잡고 어깨를 들썩거리며 흐느꼈다. 코를 훌쩍거리다가 꺼이꺼이 소리 내어 울었다.

"염려 말아요, 누님! 산재보험도 들었구요. 좀 불편하긴 해도 다 살아갈 수 있으니까요."

신체발부는 수지부모이니 상처를 내지 않는 것이 효도의 시작이라 했는데, 달리는 변명할 도리가 없고 아버지한테처럼 다시 산재보험 소리를 앵무새처럼 되뇔 수밖에 없었다.

"막 다쳤을 때 기별 않고 어째서 이제사 알렸디야?"

동생을 탄하고 있는 누님의 말라 불거진 목뼈가 개구리의 다리처럼 경련을 일으켰다.

"너무나 식구들이 놀랄 것 같구요. 또 그것이 자랑하고 내세울 만한 일도 아닐 것 같아서요."

"거, 무슨 소리! 일을 당했으면 마땅히 기별을 해야지, 자랑이어서만 알린다냐?"

참지 못하고 아버지가 아들의 말을 가로채어 호통을 쳤다.

"죄송하구만이라우."

"저도 마음 아픈 사람인데 어쨌다고 그렇게 야단이세요?"

민망스러운 표정으로 어머니가 아들을 감쌌다. 누님은 동생의 손을 주무르며 안쓰럽다는 표정으로 얼굴을 쳐다봤다. 그녀의 얼굴은 그만한 나이 때의 어머니의 모습과 흡사했다. 다시 뻐꾸기 울음소리가 이제는 가까운 앞뒷동산이 아니라 아스라한 곳에서 들려 왔다. 그것을 따라 밤이 흐르는 소리도 되살아났다. 소리들은 마치 산사의 종소리와도 같아서 사람의 마음을 가라앉게 하는 것 같다가도 끝내는 설레임으로 돌아서게 했다. 이런 밤 먼 바닷가에서는 참게들이 알을 실으러 강을 거슬러 올라오고, 무덤 주변의 반지르르한 잔디에서는 할미꽃이 졸고 있을 것 같은데, 바람을 타고 흐르는 저 소리는 공연히 방안에 앉아 있는 사람들의 가슴을 술렁이게 했다.

"아까운 내 딸."

어머니는 갑자기 딸의 어깨를 잡으며 울가망한 표정을 지었다.

"태근이가 이만해서 다행이네요."

누님은 어머니의 걱정을 덜어 드린다는 심정으로 무심결에 이렇게 받아 넘겼지만, 다리에 의족을 하고 양말을 신은 위에 바지까지를 내려 입어서 그렇지, 만일 절단된 부위를 본다면 놀라 기절초풍할 것이다. 더구나 몸뚱이가 기계 속에 말려들어 한 바퀴 돈 다음 내동댕이쳐져서 피투성이가 되어 숨조차 끊어졌던 참상은 차마 가족들에게 말할 수가 없었다. 그 이야기를 듣는 순간 어머니는 놀라 혼절할 것이고 누님은 난리통에 당했던 산 속의 체험이나 자형의 처참했을 죽음 같은 것을 상상하며 가슴 찢어지는 아픔을 느낄 것이기 때문이었다.

그러나 아버지만은 아들이 겪었던 끔찍한 상황과 고통을 헤아리고 있었다. 타는 듯한 더위와 반복되는 함포사격, 독충이 우글거리는 정글 속에서 고립된 그들은 알코올이 아니고는 위안을 얻을 길이 없었다. 그곳에서 구할 수 있는 바나나, 망고, 야자, 디비오카 따위로 술을 빚을 수 없는 것이 아니었지만, 우선 손쉽게 구할 수 있는 것은 위생병들이 훔쳐 오는 메틸알콜이었다. 창자가 썩건, 눈이 곯건 간에 그들은 가림 않고 마셔댔었다.

그 중에서 더욱 끔찍한 일은 함포사격과 공습이었다. 몸뚱이가 하늘로 날아올랐다가 지상으로 떨어지면서 창자가 터져나오고 팔다리가 무토막처럼 잘려져 나갔고 형체조차 알아볼 수 없이 검게 타 버린 시체들도 수두룩했었다. 그러는 사이 그의 눈은 어느덧 가물가물 빛을 잃어 가고 있었다.

"시골에서 편안하게 사는 것이 상책이지, 무시무시한 기계들이 쿵쾅거리는 공장에는 왜 들어간단 말이냐? 나는 쇠붙이라면 지금도 몸서리가 쳐진다."

아버지는 이렇게 태근이가 공장에 취직한다는 일에 대해서 반대했었다. 마치 오늘 당할 비극을 예견하고 있었던 사람처럼…. 그러나 태근이는 아버지의 뜻을 어기고 서울로 올라가 기계공이 되었다. 백날 허우적거려 봐야 주름살하고 때꼽재기밖에 남을 것 없는 시골 바닥에 눌러앉았어 봐야 별볼일 없다고 판단했기 때문이었다.

"술 마시지 말라이."

잠시 동안의 정적을 틈타서 아버지의 금주 타령이 다시 시작되었다. 그는 자신이 얼마 전에까지 그 소리를 되풀이했다는 사실을 까마득하게 잊어버렸는지, 마치 세뇌 교육이라도 자처한 사람같이 반복하고 있었다. 아들은 처음에 아버지의 그 말에 거부감 같은 것을 느꼈었지만 이제 와서는 아리송한 기분으로 변해 가고 있었다. 사고가 있었던 그날 공장으로 들어가면서 술을 마셨던 것은 아닐까. 녹초 되게 취하여 비틀거리다가 엉겁결에 돌고 있는 기계를 붙잡아 버렸는지도 모른다는 엉뚱한 생각이 들었다.

일제시대였다. 학교에서 돌아오는 도중 그는 마을 앞에서 징용으로 끌려가는 아버지의 일행과 마주쳤었다.

"죽으러 가는 길도 아니고 돈벌러 가는 것인데 울기는 왜 울어요?"

읍에서 나온 면직원과 순사가 아버지의 뒤를 따르며 풀어 달라고 사정하고 있는 어머니를 타이르고 있었다. 순사의 허리춤에 찬 칼에서는 찰칵찰칵 쇠붙이 부딪히는 소리가 들렸다. 구두는

뱀에게 잡혀 먹히는 개구리 소리를 냈고 운두가 넓고 둥근 모자와 검은 제복에서는 위압감을 느꼈었다.

"우는 것은 비국민이오. 당신은 서방님이 나라를 위해서 싸우러 가는 일이 그렇게 싫소?"

그들은 험상궂은 표정을 지으며 위협했으나 어머니는 꿈쩍도 하지 않고 그들에게 맞섰었다.

"나라 덕 보고 사는 당신들이나 잘하세요. 농사지어 먹는 우리 백성들은 가정이 더 소중한께 빨리 놓아주시오."

그러자 그들은 요런 악바리가 없다며 어머니를 거칠게 떼어놓고 걸음을 재촉했었다. 그런데 이상한 것은 아버지의 태도였다. 남자다움을 보이기 위해서 그러는 것인지 여편네가 그러면 안 된다며 뒤도 돌아보지 않고 앞장서서 허위허위 걸어가 버렸었다.

"에에, 또 우리 반 태근군의 아버지께서는 황공하옵게도 천황폐하의 부르심을 받으시고 일선으로 나가셨습니다. 비록 직접 총을 들고 싸우는 것은 아니지만, 그것 못지 않게 중요한… 그러므로 우리들은 귀축 미영米英 놈들을 격멸하기 위해 총후에서 더욱 충성을 다해야 합니다. 또한 우리의 부형들도 태근군 아버지의 뒤를 따라 일선으로 달려갈 각오를 해야 합니다."

조회를 끝내고 교실에 들어가자마자 담임선생은 학생들에게 장황한 연설을 늘어놓았다. 그때 학생들은 와아, 하고 탄성을 지르며 일제히 태근이를 돌아보았다. 휴식 시간에 밖으로 나가자 급우들이 부러워하며 뒤를 따랐다. 그의 생각은 어느 사이 아버지가 끌려가던 어제와는 정반대로 바뀌어져 집에 돌아가면 어머니의 잘못된 생각을 바꾸어 주리라 마음먹었다. 아버지는 나라를 위해서 싸우러 나간 영광스러운 국민의 한 사람이라는 것을 설득해 줄 결심이었다.

그러나 그는 집에 돌아가서 어머니에게 아무런 말도 하지 못하고 말았다. 그녀는 너무나 비탄에 젖어 있었고 일본을 미워하고 있었다. 만일 선생님의 말을 곧이곧대로 전한다든지, 자랑스럽다는 말을 했다가는 어떤 야단을 맞을지 알 수 없는 형편이었다. 어머니는 끼니가 되어도 수저를 들지 않았고 자다가 이따금 눈을 떠보면 잠을 이루지 못하고 한숨만 내쉬고 있었다.

그런데 선생님의 말이 거짓으로 꾸민 말짱한 연극이었음은 그 다음날 드러나고 말았다. 담임의 호들갑은 언제 그랬느냐는 듯이 사라지고 어느덧 뱀과 같은 모습으로 변해 있었다. 아침나절에는 찌그러진 어색한 웃음을 보여주는 듯하다가 오후가 되어서는 표독스런 눈초리로 노려보기까지 했다. 아이들의 관심도 담임의 눈치를 좇아 시나브로 하나둘 멀어져 갔다. 영광은 하룻밤의 꿈으로 끝나 버린 것이었다.

"동생댁은 왜 오지 않고…?"

"아이들 때문예요."

누님의 물음에 태근은 그렇게 대답했지만 실상인즉 그게 아니었다. 아내의 시가 기피증은 차라리 고질적인 것이었다. 애초부터 시부모에 대한 것은 그렇다 치고, 시누이까지 상대하려 하지 않았다. 결혼 초의 몇 차례 빼고는 시집과는 발을 끊고 있었다. 그래서 가정에서도 서로 약속이나 한 것처럼 고향 이야기는 꺼내지도 않고 살아가고 있는 처지였다. 심한 예로 일 년 전에는 순박한 누님이 올케의 눈치도 알지 못하고 공력 들여 짠 모시 저고리 하나를 보낸 일이 있었는데, 그것을 받은 아내는 감사해하기는커녕 걸레들과 함께 돌돌 말아서 쓰레기통에 던져 버렸었다. 태근이는 아내의 이런 원심작용을 잡아 보려고 무던히 애를 썼지만 뜻을 이루지 못했다. 이래서 그는 오늘도 아내 이야기가 불거질까 두려웠던 판이었다.

"나 좀 누워 있어야 하것다."

삼태기 삼는 일을 일단 끝막음한 아버지가 고달픈지 자리에 눕겠다고 했다. 이렇게 되면 편히 쉬게 하기 위해서 자리를 비워 드려야 하기 때문에 어머니가 이부자리를 해 드리는 동안 남매는 건넌방으로 자리를 옮겼다. 밤이 깊어 그러는지 이제 뻐꾸기 울음도 잠잠했다. 어머니가 들어오자 누님이 입을 열었다.

"사람은 나이가 많아지면 다시 눈이나 귀가 밝아진다는 말이 있어요. 우리 마을 노인 하나도 백 살이 다 되어 가는데 검은머리가 돋아나고 귀와 눈이 조금씩 밝아 온다고 해요."

"네 아버지도 요새 눈이 희미하게 보일락말락 한다더라. 하지만 죄로 갈 말로 그 양반이 내 앞에서 죽어야제, 너무 오래 사실까 걱정이다. 태근이도 집에 없는 처지에 큰일 아니냐?"

아들이 타관살이를 하고 있다는 사실보다도 며느리의 시가 기피증을 염두에 둔 말이었다.

"그래요. 만일 그리 된다면 큰일이지요."

어머니의 뜻에 동조하고 있는 누님의 먹구슬 같은 눈망울이 초롱초롱 빛나고 있었다. 되풀이된 고생에도 정신만은 풀리거나 시들지 않고 있다는 증좌였다.

"태근아, 너는 알고 있을 것 같은께 물어 본다마는, 부모 형제는 저승에 가서도 다시 만난다고 하지야?"

누님이 예기치 않았던 물음을 던져 왔다. 평소에 지니고 있던 생각이 아니고서는 나올 수 없는 질문이었다.

"그렇지 않대요. 얼마 전에 성경의 한 구절을 읽었는데 죽은 후에는 다시 만나지 않게 된대요."

"그럼 부처님도 그렇게 말했을 거나?"

처녀 때 결코 시집을 가지 않고 부모 형제와 살겠다고 맹세했었으니까 다시 한 번 만나고 싶은 심정도 있겠지만, 그것보다도 누님은 너무나 허망하게 헤어져 버린 자형을 다시 한 번 만나 살아보고 싶은 것이다. 오죽이나 미망졌으면 지금도 끼니마다 반드시 자형 몫의 밥을 한 그릇 아랫목에 묻어 놓는다고 하지 않는가.

"누님, 새사람 만날 생각 없어?"

어느 땐가 태근이가 농 반으로 속을 떠봤을 때,

"이놈아, 내가 훗시집을 가 봐라. 백골이 되어 굴러다니다가도 네 자형이 가만히 안 있을 것이다."

동생의 실없는 한마디가 그녀를 격앙케 했었다.

자형이 죽었다는 소식을 풍문으로 들은 어느 날 누님은 목숨을 내던지고 시체를 찾아 나섰었다. 골짜기와 언덕 아래 널려 있는 시신 사이를 헤집고 돌아다녔었다. 그러다가 지치면 아무 곳에서나 몸을 뉘어 잠을 청했고, 아침이 되어서야 시체 곁에서 밤을 새운 사실을 알기도 했었다.

이제 머리털 희끗한 노령에 접어드는 그녀에겐 아예 청춘이 란 있지도 않았었다. 홍수에 동강난 다리요, 칼날에 잘린 밧줄처 럼 토막토막 잘려진 생애였다. 입산을 한 사람의 가족이어서 입 밖에 내지는 못하였지만 밤마다 들리는 바람 소리, 낙엽 소리 하 나에도 행여나 돌아온다냐, 하는 마음으로 눈망울을 굴리며 귀를 세우고 살아온 생애였다.

"부처님도 비슷하게 말한 것 같아요."

태근은 잠시 망설이다가 생각나는 대로 말해 버렸다.

"아니여! 절대 그럴 리가 없어."

누님은 갑자기 험상을 지으며 소리를 질렀다.

"만약에 예수고 부처고 간에 그런 소릴 했어 봐라. 이제부턴 존경하지도 안할란다. 당장이라도 내가 죽어서 저승을 샅샅이 뒤 진다면 네 자형을 찾아내지 못할 것 같으냐? 지성이면 감천이라 고 안하디야? 아버지도 울 어메가 솔나무 아래서 기다렸은께 살 려낸 것이여."

하기야 마을 사람 가운데는 지금까지도 아버지가 살아 돌아온 것은 어머니의 정성 때문이었다고 믿는 사람이 많았다. 누님도 그런 사람 중의 하나였다. 기다리다가 끝내 돌아오지 않으면 저 승에 가서라도 만난다는 집념을 가진 누님에게 성경이나 불경의 말들이 무슨 소용이 있겠는가.

"네가 그런 정성을 가지고 있는디 어째서 홍서방이 안 돌아오 것냐?"

"그래요. 어머니 말씀이 맞아요."

어머니의 말에는 태근이도 덩달아 맞장구를 쳐 버렸다. 건넌 방에서 아버지의 자지러지는 기침 소리가 들려 왔다. 어머니가 찔끔하고 놀라 그 쪽으로 고개를 돌렸다. 그 바람에 누님은 무슨 말을 하려다가 말고 입을 다물어 버렸다.

"저 양반, 이제 아들 돌아온 것 봤으니까 뒷일 미루고 죽을랑 갑다."

"안 죽는다, 이것들아!"

어머니의 말이 미처 끝나기도 전에 째릉째릉한 아버지의 목소리가 장지문을 울리며 건너왔다.

"워메, 저 양반이 내 소리를 들었는갑네."

어머니가 놀라 어마지두한 표정을 짓고 있는데 다시 아버지의 목소리가 들렸다.

"죽어라 해도 안 죽어, 쿨럭쿨럭쿨럭… 내가 남양군도 전장터에서도 안 죽고 돌아온 놈이여…."

소름끼치는 항의 소리에 놀란 세 사람은 눈을 커다랗게 벌려 죄라도 지은 사람들처럼 서로의 얼굴을 바라봤다.

"느그 아버지 귀는 간짓대 권갑다. 죽는단 말만 하면 저렇게 야단이다마다. 그정 오늘 밤 불을 너무 많이 때가지구 방바닥이 따가워서 저러신갑다. 요를 두둑이 깔아 드려야 하것다."

어머니는 그렇게 말하면서 허둥지둥 건넌방으로 뛰어갔다.

"저 양반들은 천생연분이여. 사람이란 것은 등신만 남더라도 목숨은 오래오래 부지해야 하는 것인디…."

누님이 혼자소리로 중얼거렸다.

홍서방은 토벌 작전에 밀려 더욱 깊숙한 곳으로 들어간 다음 한참 동안 소식이 없었다. 그러던 어느 날 한 청년이 찾아와 백운산 골짜기에서 죽었다는 전갈을 실어다 주었다. 그 말을 들은 누님이 목숨을 내놓고 시신을 찾아 떠나려는 참이었는데 이번에는 엇갈리는 소식이 들어왔다. 홍서방이 생존해 있다는 것이었다. 그런 후로 또다시 죽었느니 살았느니 하는 정보가 오락가락하는 통에 갈피를 잡지 못하고 있던 어느 날 밤, 발자국 소리조차 없었는데 뜻밖에도 뒷문을 두드리는 소리가 들리자 누님은 번개같이 몸을 일으켜 문고리를 젖혔는데, 살짝 문이 열리며 들어서는 것은 홍서방이었다.

"식량 좀 주어야겠소."

건성으로 말을 하면서 이리저리 두리번거리던 홍서방은 아랫목 요때기에 싸여 있는 갓난애를 발견하자 덥석 보듬어 올리더니 바깥바람에 얼음장이 된 뺨으로 문질러댔었다. 차고 까칠한 수염의 감촉에 놀란 아기가 아앙, 하고 자지러지게 울음을 터뜨렸는데, 멀지 않은 곳에서 총성이 울렸다. 그 소리를 들은 홍서방은 팽개치듯 아기를 방바닥에 던져 놓고 밖으로 뛰어나갔었다. 아내에게 다정한 말 한마디 건네 보지 못하고, 손목조차 잡아 보지 못한 채 그렇게 홍서방이 달아난 후, 오 분도 되지 않은 시간에 우르르 추적자들이 몰려들어 왔다. 착검을 하고 토족으로 뛰어들어와 벽장과 광을 뒤지고 나무 청을 들쑤시고 전등으로 아궁이 속까지 비추어 봤었다.

"이년, 서방놈 어디다 감춰 놨어? 빨리 찾아내지 못해!"

하고 위협하다가 끝내는 그녀를 끌고 나가, 구두발로 걷어차며 닦달하기 시작했었다. 그러나 마른나무에 물 짜기지, 그림자처럼 나타났다가 바람처럼 사라진 사람의 행방을 알 리가 있었겠는가. 정녕 홍서방은 갓난애가 보고 싶어서 찾아온 사람이었다. 그러고 보면 산 속을 뛰어다니면서도 아내의 출산일만을 손꼽아 기다리고 있었던 사람이었고, 바로 예정된 산일을 며칠 넘긴 다음 지체하지 않고 스며들어온 것이었다. 내일을 예측할 수 없는 상황에서 어린 자식을 단 한 번이라도 안아 보고 죽겠다는 일념에서 생명을 건 모험을 감행한 것이었다.

"어머니, 오늘밤에 먹을 만한 것 없어요?"

침묵 끝에 누님이 히죽이 웃음을 지으며 말했다.

"이 메마른 때 무엇이 있겄냐. 고구마도 떨어지고 과일도 없는 철인데."

"어머니, 그럼 떡 해묵어요."

"원, 저것이 곯고 살 때의 입맛을 못 버린다니까. 이렇게 늦은 시각에 어떻게 떡을 해묵어."

"모처럼 태근이도 오고 했으니 옛생각이 나서 하는 소리지요. 꼭 먹고 싶어서만 그러는가요?"

"어찌된 일인지, 요새 젊은 것들은 통 떡도 안 먹는 것 같더라."

"그래요, 우리 성만이도 떡이라면 비상이라니까요. 그런디 그놈이 아무리 말려도 막장에 들어가 일을 하고 있답니다요."

"어쨌다고 그런 위험한 곳으로 들어가? 얼마나 귀한 몸인데, 당장이라도 그만두라고 해라."

"지가 자청해서 그리 들어갔답니다요. 사람이란 다른 사람이 하기 싫어하는 일을 맡아서 해야 한다면서 고집을 부리는데 도저히 못 막겠어요."

"쯔쯔, 그놈이 지 애비를 닮은 모양이구나. 성근진 것도 화근인데."

"그래요, 홍서방도 처음에는 유순한 사람이었는데 그 사람들 속에 들어가 일을 시작하면서 고집쟁이가 되었어요."

가정적이던 사람도 어떤 사회적인 목적을 가진 조직 속으로 뛰어들게 되면 가족들 말에는 아무래도 귀를 기울이지 않게 되기 십상이었다.

이듬해 이른봄의 어느 날, 누님은 며칠 전에 산에서 내려왔다는 하산자로부터 홍서방이 죽었다는 소식을 들었다. 그것도 곁에서 직접 목격했다는 것이었으니 의심할 여지가 없었다. 그 말을 들은 누님은 잠시도 참지 못하고 빨치산과 토벌대들이 밀치락들치락하는 작전 지역으로 뛰어들어갔었다. 도붓장수를 가장해서 갈치와 조기 나부랭이를 머리에 이고 들어갔지만 의심 많은 토벌대들이 그냥 봐줄 리가 없었다.

갖은 모욕과 위협을 당하면서도 누님은 두려움을 느끼지 않았고 시신을 찾아 제손으로 묻어 주어야 하겠다는 일념으로 미친 사람처럼 헤매고 돌아다녔었다. 모든 것이 끝내 허탕으로 돌아갔을 때 그녀는 스스로 목숨을 끊으려 했었지만, 그러지 못하고 살아남은 것은 천행으로 하나 떨어진 피붙이 때문이었다. 그렇게 해서 태어나고 갖은 설움 겪으면서 길러 낸 자식이 이제는 제대로 한길 컸대서 고집을 부리고 있는 것이었다.

"누님은 남편의 사랑이란 것이 무엇인지도 모를 거야."

태근이가 분위기를 부드럽게 만들 양으로 누님의 등을 쿡 찌르면서 농을 걸었다. 그 말을 들은 어머니가 찔끔 놀라며 아들을 흘겨봤다. 집안에 과부가 있으면 상전 모시듯 해야 한다는 말이 있거늘 홀로 사는 사람에게 그런 농담이 되기나 할 말인가.

"왜 내가 모를까 봐서? 네 자형 생각하면서 살아가는 것이 사랑이제 무엇이라냐."

태근이는 그녀의 대답이 꾸밈없는 진실이라는 것을 알고 있었다. 괜한 소리 해놓고 어머니의 눈총을 받는 순간 당황하기도 했었지만, 누님의 솔직한 대답이 나왔으니 실수를 후회하지 않아도 된다고 생각했다.

"서울서 살다가 오더니 못하는 말이 없구나."

어머니가 풀어진 분위기를 보고 안도의 한숨을 내쉬며 말했다.

"괜찮아요, 어머니. 태근아, 먼길 오느라고 피로하것다. 이제 잠이나 자자."

누님이 먼저 이불 속으로 다리를 뻗으며 자리를 잡았다. 이어서 어머니와 태근이도 몸을 눕혔지만 좀처럼 잠을 이룰 수가 없었다.

"내 생각이 모자랐구나. 무정한 년이다."

닭이 한바탕 홰를 치고 운 다음 이몽가몽 잠이 들려는 판인데 어머니가 중얼거리듯 말했다.

"어째서 그래요? 어머니."

아들이 목쉰 소리로 물었다.

"곰곰 생각해 보니 아무래도 내가 내일부터 수구막이로 나가서 다시 기다려야 할 것 같다."

"누구를요?"

"누구겄냐, 느그 자형이지."

기어코 다시 시작할 모양이었다. 아버지가 끝없이 삼태기 삼는 일을 계속하고 있듯이 기약 없는 기다림을 시작하겠다는 것이다.

"그 일을 하게 되면 내가 해야지, 왜 늙으신 어머니가 한답니까?"

"내 책임인께 그런다. 너를 홍서방한테 시집보낸 것이 나인께 하는 말이다."

"짚신도 다 제 날이라고 내 팔자가 그래서 만났제, 어머니 탓인가요."

"아무리 그렇더라도 내가 해야 한다. 그래야 홍서방이 돌아온다. 사람들이 느그 아버지도 내 힘으로 돌아오게 했다고 하지 않디야."

딴은 누님 역시 어머니의 영험을 믿고 있는 처지이기 때문에 힘을 빌리고 싶을 것이다. 그러니 혼자 하겠다고 끝까지 우기지도 않을 것이었다.

아침이 되자 태근이는 내의와 셔츠를 주섬주섬 꿰어 입고 밖으로 나왔다.

온누리에 부신 햇볕이 어지럽게 흩어지고 있었다.

개울가로 나와 쪼그리고 앉아 흐르는 물에 손을 담가 봤다. 시원한 기운이 짜릿하게 몸으로 스며 올라왔다. 어린 시절의 그리움이 강렬하게 가슴속에서 일렁였다. 고향 땅에 이대로 주저앉아 버릴까 하는 생각이 들었다. 서울에서의 생활 속에서도 이따금 느꼈던 감정이었지만 오늘은 보다 뚜렷하고 강렬한 느낌으로 가슴속을 적셔 왔다. 불구의 몸으로 앞으로의 생활을 어떻게 할 것인가 하는 걱정도 없지 않았다. 가족들에게 산재보험 어쩌고 내세웠지만 그건 허장성세에 불과한 것이었고, 회사가 부실하고 능력이 없는 데다가 적립한 돈도 얼마 되지 않았기 때문에 찾을 수 있는 돈은 몇 푼 되지 않았다. 서울에 돌아가면 당장이라도 어떻게 돈을 구방하여 복권 팔이나 라이터 점이라도 내야 할 판이었다.

"태근이 어디 나갔다냐?"

아버지가 아들을 찾았다.

"마을 앞에 나갔어요."

어머니는 시근벌떡 절구질을 하다가 가쁜 소리로 대답했다. 어젯밤 딸의 입에서 떡 말이 나왔는데 어미의 도리로서 그냥 넘길 수가 없는 일이었다. 아버지는 요새 와서 희미하게나마 물체가 눈에 잡혀 오는 조짐이 있기 때문에 눈 놀림이 훨씬 활발해지고 있었다. 오랜만에 아들이 돌아왔는데 얼굴을 똑똑하게 보지 못하는 것이 이만저만 한스러운 것이 아니다.

"태근아, 내가 느그 집으로 돌아와도 쓰겄냐?"

아침을 먹은 다음 서울로 출발하기 위해서 몽기작거리고 있는데 누님이 방으로 들어와 곁에 앉으며 묻는 말이었다. 비록 아들 노릇을 제대로 하고 있진 못하지만 명색이 이 집의 장남이니까 동의를 얻고 싶어하는 말이었다.

오늘밤부터 수구막이로 나가 자형을 기다린다는 어머니와 합세하기 위해서 누님은 거처를 옮겨 어머니와 합칠 작정인 것이다. 어머니가 아버지를 기다렸을 때처럼 젊고 팔팔한 몸이 아니고 보면, 자주 교대도 해 드려야 할 것이고 그러다가 지쳐 쓰러지는 날에는 아예 대물림을 해 버릴려고 마음을 단단히 조여매고 있었다.

"내 대신 아들 노릇을 해준다는데 왜 반대하겠어요. 찬성이에요."

대답하면서 태근은 가방을 들고 일어섰다.

"너는 떡이 다 되었는디 맛도 안 보고 갈라냐? 그리고 아무리 서울놈이라고 하지만 내가 고생하면서 농사를 짓고 있는데 전답 구경도 않고 떠날 것이냐?"

태근은 어머니의 말에 순종하지 않을 수 없어 다시 주저앉아 떡을 두어 개 집어 먹은 다음 밖으로 나왔다. 모내기를 앞둔 못자리에서는 연록의 새싹들이 솟아 나오고 갈아엎은 이랑이 하얀 배때기를 드러내고 있었다. 옛날보다 한결 키가 자란 버들은 우물가에 파란 가지를 늘어뜨리고 아지랑이가 하루살이마냥 하늘거리고 있었다.

한참 동안 논둑길을 걸어가다가 그는 갑자기 현기증을 느끼며 발을 우뚝 세웠다. 작렬하는 아침 햇살을 받으며 위태로운 논둑길을 걸어온 탓이었다.

머리에 손을 얹고 잠시 그대로 서 있자 곧 균형 감각이 되돌아왔다. 논두렁길을 벗어나 비교적 사람들이 많이 다니는 소롯길로 나왔다. 길은 두 갈래로 갈라져 한 가닥은 건너 마을로 넘어가고, 또 한 가닥은 깊은 산골짜기를 뚫고 이웃 면으로 이어지고 있었다.

집으로 돌아왔을 때 아버지는 마루로 나와 눈을 깜박거리며 담배 연기를 내뿜고 있었다. 밝은 하늘빛도 감지해 보고 싶고, 아직도 할말이 미진한데 들에 나갔다는 아들을 기다리느라 사립문 쪽으로 정신을 쏟고 있었다.

"어디 갔디야?"

태근이가 돌아오는 발소리를 듣고 아버지가 물었다.

"들에 좀 나갔었구만요."

"못자리는 잘 해놨디야?"

"좋더구만요."

"이제부터는 술 마시지 마라이."

다른 말들은 전부 서론일 뿐이고 아버지의 말은 언제나 술 이야기로 돌아왔다. 태근은 그 말에 대꾸하지 않고 부엌 앞에 우두커니 서 있는 누님 옆으로 다가갔다.

"누님, 이삿짐은 언제 옮기지요?"

"짐이랄 것이나 있다냐. 고리짝 하나에다 이불하구 솥단지만 뜯어오면 되어야."

"성만이도 집에 없는 처지니까 혼자 있지 말고 하루빨리 옮기세요."

"그럴란다."

옮기기로 작정을 하고 나니 누님은 마음이 홀가분한 표정이었다.

"태근아, 술 마시지 말라이."

사립 밖에까지 따라나오면서 아버지는 아들에게 또다시 술 당부를 했다. 그는 스스로의 실수 때문에 초래한 재앙을 빌미로 남에게까지 금단의 줄을 치려 하지만 아들에게는 실감으로 받아들여지지 않는 것이었다.

태근은 동구 밖 수구막이까지 따라나온 모녀를 소나무가 서 있는 언덕 위로 올라가게 했다. 사진기를 꺼내어 그들에게 포즈를 취하게 한 다음, 셔터를 눌러댔다.

"아직 끝나지 않았어요. 가슴을 펴고 당당하게요."

필름 한 통이 다 풀려 감기지 않게 될 때까지 표정과 배경을 바꾸어 가며 찍어댔다. 모녀의 모습이 영상으로서가 아니라 썩지 않는 육신으로 아니, 살아 있는 실체로서 영원히 남기를 바라면서 숨을 헐떡거리며 부지런히 찍어댔다.

오늘밤부터 이 자리에서는 지칠 줄 모르는 기다림이 다시 시작될 것이다. 아버지가 그날 기적적으로 돌아왔듯이, 그들은 홍 서방이 돌아오기를 바라며 끝없는 기다림을 시작할 것이다. 그가 이미 백골로 화해버렸거나, 태백산 줄기를 타고 돌아오기 어려운 먼 곳으로 사라져 버렸거나 간에 상관하지 않고, 모녀는 지금 그들의 주술인 기다림을 통해서 홍서방을 맞이할 준비를 하고 있는 것이었다.

저격수

태양은 눈부시게 흰 화살을 대지 위에 내리꽂고 있었다. 길가에 늘어선 신록의 가로수들이 그것들을 아프게 안아 들일 때마다 바람을 타고 아스라한 곳에서 함성이 울려왔다. 그 소리가 점점 가까이 다가오게 되면 사람들이 사는 마을은 술렁거리기 시작했다. 함성의 주인공들은 모두가 앳되고 귀여운 모습들이었으나 너무나 볕에 그을렸기 때문에 구릿빛으로 변해 있었다. 그들은 웬일인지 목마른 사람들이었다. 물이나 콜라를 아무리 마셔도 그치지 않는 갈증이었다. 그들의 외침은 누군가가 물러가라는 것이었고 누군가를 석방하라는 것이었으며 무언가를 실시하라는 것이었다.

모두가 가당치 않은 소리였다. 위대했던 그분만 죽지 않았더라도 세상이 이렇게 되지는 않았을 텐데⋯ 한 사람의 힘이 얼마나 크다는 것을 이제사 알 것 같아. 아마도 그 양반은 세종대왕이나 링컨대통령보다도 훌륭한 인물이었을 것이여.

송달수씨는 이렇게 중얼거리며 어디로 갈 것인가, 하고 잠시 망설였다. 아내와 자식도 없는 집으로 곧장 돌아가고 싶진 않았다. 예비군 중대장 김인규가 머리에 떠올랐다. 답답한 가슴을 털어놓고 이야기할 만한 사람은 그 사람밖에 없을 것 같았다. 발이 역팔자逆八字로 벌려지는 그의 발걸음은 자꾸만 뒤뚱거렸다. 중대장네 집 문앞에 서서 검지를 뻗어 차임벨을 눌렀다. 기다릴 참도 없이 문이 덜컥 열렸다.

"자네, 나를 기다리고 있었네 그려."

"아이구, 누구라고… 통장님이시구만요."

중대장은 얼굴이 함박꽃처럼 펴지며 방문자를 반겼다. 요사이는 중대사무실에 나가 있기도 뭣하고 하니까 이따금 데모 구경을 하다가 지치면 집에 돌아와 화투패나 떼면서 소일하던 처지라 통장의 방문은 반갑지 않을 수 없었다.

"어서 나오소. 술이나 한잔씩 하세."

송달수씨는 상대의 의향이야 어떻든 아랑곳하지 않고 손을 뒤번 쳐서 의사를 전달한 다음 휘적휘적 걸어나왔다. 중대장은 다시 안으로 들어가 문을 방긋이 열고 아내에게,

"나 통장님하구 같이 잠깐 나갔다 올께."

하고 나서 벼락같이 문을 닫고 밖으로 뛰어나왔다.

통장은 중대장이 따라오는가를 확인하기 위해서 슬쩍 뒤를 한번 돌아보고 나서 의심 없이 해남집 문을 열고 안으로 들어섰다.

"자넨, 언젠가 말했었제?"

송달수씨는 의자에 엉덩이를 내리자마자 중대장에게 물었다.

"무슨 말씀인디요?"

"그것 말일세. 저어, 조선놈이란 것은 날마다 한 번씩 두들겨 패야 말을 듣는다고 누군가가 말했다고 안했는가?"

"오! 나는 또 무슨 말씀이라고. 아따 그런 말씀 같으면 술이나 한잔씩 들고 나서 해도 늦지 않겠소."

"그래 그래, 아주머니 어서 소주 한 병 주시오. 그나저나 내가 잊어 뿌릴까 무서운께 그런다 마시. 어서 빨리 대답부터 하소."

"그것은 내가 그때 제일 존경했던 사단장님이 한 말이었지라우. 그런디 우리 사단장님도 그 말을 일본 고관한테 들었다고 합디다."

"맞아, 그랬닥 했제. 그런디 내가 어째서 그 말을 물었냐 할 것 같으면 요새 세상 돌아가는 것이 하두 같잖아서 그러네. 내가 반장 오 년에 통장 칠 년 해오고 있지만 요새같이 이 몸이 끗발없이 된 것은 처음이라 마시."

"그야 통장님은 죽어뿌린 대통령만 마음으로 모시고 있은께 그러지라우. 하지만 저는 차라리 마음 편하게 되었구만이라우. 으씩하면 예비군 동원해서 종놈 부리듯 하니, 애기들 보기에도 민망해 죽겄었어라우. 그런디 요즘은 그런 것 없어졌은께…."

"그런 소리 마소. 후딱 예비군이라도 동원해서 어떻게 해뿌러야제 어디 쓰겄는가? 영국 기자란 사람이 했다는 말 못 들어봤는가? 한국에서 민주주의를 기대한다는 것은 쓰레기통에서 장미 피기를 기대하는 것과 같다고 했닥 않던가."

"통장님도 그런 말씀 마시오. 우리가 하면 되지 못 할 것도 없지 않습니껴. 수박이 아니면 호박이라도 열겠지요."

"저런다니까. 중대장이 되어갖구 그렇게 말하면 못써."

중대장 같은 장교 출신이나 공무원은 으레 자기의 의견과 같아야 한다는 것이 송달수씨의 평소 생각이었다.

"사실은요, 처음에는 우리 사단장을 존경했었는디요, 조선놈을 때려잡아야 한다는 소리 듣고 너는 좋이다, 해부렀습니다."

두 사람의 대화를 열심히 들으면서 해남댁이 깍두기에 콩나물 안주를 곁들여 소주 한 병을 들고 나왔다. 진열장 안에는 족발과 구운 전어 나부랑이가 있었지만 통장의 성미를 뻔히 아는 처지라 안주 어쩌겠느냐고 묻지 않았다. 중대장은 대원들한테 대접 받던 입맛이 있어서 서운하긴 했지만 찡그리고 쓴 소주를 마시는 도리밖에 없었다.

"그놈들이 어린 학생들을 마구 찌르고 때려서 죽인답니다."

해남댁이 방금 다녀간 손님한테 들었다며 시내에서 벌어진 일에 대해서 말을 꺼냈다.

"아주머니, 방금 무어라고 했소?"

송달수씨는 시치미를 떼고 해남댁한테 물었다. 광주 사람치고 요새 시내에서 벌어진 어마어마한 일들을 모르는 사람이 없는 처지이지만 그는 통장이라는 체통과 의무감에서 그렇게 물을 수밖에 없었다. 그는 어떤 대화를 할 때마다 항상 동장님과 시장님을 의식했다. 그분들은 이런 경우에 어떻게 대화를 했을까 하는 것을 감안한 다음, 그에 걸맞게 말을 맞추어 꺼내곤 했다. 그렇지 않는다면 통장으로서의 도리가 아니고 본분에서 벗어나는 일이라고 생각하기 때문이었다.

"군인들이 학생들을 몽땅 때려죽이고 있다니까요. 통장님은 그놈들 하는 짓이 옳단 말인가요?"

해남댁의 눈빛은 이편을 경멸하고 있었다. 송달수씨는 가슴이 뜨끔했다. 통장이라는 허울에 가려진 스스로의 인격이 참담하게 무너지는 소리가 들렸다.

"하지만…"

"하지만이 무엇이요? 통장님은 인정도 양심도 없는 분이구만요."

설득을 통해 통장으로서의 위신을 되찾아 보고자 했던 그의 의도는 그녀의 쌀쌀하고 야무진 통박에 의해서 운조차 뗄 수가 없었다. 이전 같으면 이런 경우 높은 양반들의 본을 따라 점잖게 타이르면 통하지 않는 것이 없었는데 무언가 일이 잘못되어 가고 있는 게 확실했다. 오늘은 어쩐지 중대장도 그의 주장에 어긋어긋 반론을 펴는 것 같고, 더구나 해남댁의 추궁은 그에게 심한 좌절감을 안겨 주었다.

그는 온 마을사람들로부터 따돌림을 받고 있는 것이 아닌가 하는 불안감을 느꼈다. 소주잔을 들고 연거푸 몇 잔을 들이마셨다. 그래 내가 잘못인지도 몰라. 그리고 나도 그들이 어느 정도 옳다는 것쯤은 알고 있어. 그러나 나는 통장이지 않는가. 이 통장의 너울을 쓰고 있는 동안은 어쩔 수가 없는 일이지. 하지만 그렇지 않는 통장도 있다고 하던데… 나는 너무 높은 양반들 생각만 본뜨고 있는지도 몰라. 송달수씨가 이런 생각을 하고 있는 동안 갑자기 문이 열리더니 한 젊은이가 허둥지둥 뛰어들어왔다.

"좀 숨겨 주세요. 쫓기고 있어요."

젊은이는 숨을 어깨로 올려 쉬면서 두리번거렸다. 해남댁은 재빨리 안방문을 열고 그를 들어가게 한 다음, 제자리로 돌아와 도마위에 몇 줄기의 파를 올려놓고 땅땅, 소리가 나게 쪼아댔다. 잘려진 파 도막이 후둑후둑 땅바닥으로 떨어졌다. 이윽고 뒤를 쫓아온 얼룩무늬 군복들이 문을 발칵 열어 젖히고 뛰어 들었다. 그들은 아무말도 없이 잠깐동안 주변을 휘둘러본 다음 곧장 방문을 열어 젖혔다. 방안에는 추적자들이 들어온 것을 알고 벽장으로 뛰어 오르려던 젊은이가 나무토막처럼 뻣뻣하게 굳어진 채 서 있었다. 군복들은 여유를 두지 않고 방안으로 뛰어들어가 그의 목덜미를 낚아채면서 곤봉으로 머리를 후려쳤다. 딱, 하는 소리와 함께 젊은이는 방바닥에 나동그라졌다. 그들은 쓰러진 그를 질질 끌어내어 밖에 대기하고 있던 군용트럭에 던져 올렸다.

분홍의 선혈이 방바닥과 문턱에 점점이 떨어져 있었다.

"이놈들아! 저 죽일놈들!"

해남댁이 분을 참지 못하고 트럭 옆에 서성거리고 있는 군복들을 향해 소리를 질렀다.

"이 쌍년!"

포악 하는 소리를 듣고 한 군복이 되돌아와서 해남댁의 등을 개머리판으로 힘껏 내리찍자 그녀는 윽, 하는 비명소리와 함께 불을 맞은 짐승처럼 시멘트 바닥에 꼬꾸라졌다. 손에 들려 있던 은빛 식칼이 쨍그랑, 소리를 내며 저 만치 날아가 떨어졌다. 순식간에 벌어진 일이라 의자 위에 앉아 있던 두 사람도 미처 말릴 겨를이 없었다. 아니 말릴 겨를이 없는 것이 아니라 두려워서 그 자리에 못 박혀 있을 수밖에 없었다. 서슬로 봐서 만일 말리기라도 했다면 가림 없이 작살낼 형세였다.

차량 속에는 방금 잡혀간 젊은이 말고도 여러 사람이 팔을 뒤로 묶인 채 엎드린 꼴로 실려 있는게 보였다. 지상에 있는 모든 것들은 숨쉬는 일을 멈추고 오직 제복을 입은 사람들만이 살아 움직이고 있었다. 그들은 살이 붙어 있고 피가 도는 생명체라기보다는 어린이 만화영화에 나오는 로보트처럼 보였다. 중세의 대륙을 짓밟았던 로마군단이나 유럽을 휩쓸었던 게쉬타포의 죽은 유령들이 다시 살아나서 설치고 있는지도 몰랐다.

부릉부릉, 군인들의 차가 떠나 버린 다음에야 송달수씨는 비로소 정지 바닥에 쓰러져 있는 해남댁을 내려다 봤다. 중대장인 김인규가 그녀를 일으켜 세우고 있는 중이었다. 어깨가 결단이 났는지 그녀는 한쪽을 비비꼬며 비명을 질렀다.

"염병할 놈들. 저 원수들. 이놈들!"

이를 앙다물며 해남댁은 악을 쓰고 있었다.

"죽일놈들!"

송달수씨도 군인들이 떠나 버린 길거리를 돌아보며 소릴 질렀다. 그러고 나서 그는 찔끔하고 놀랐다. 아무리 그렇기로 통장인 내가 질서를 잡으러 온 군인들한테 '죽일 놈들'이라니… 동장과 시장의 얼굴이 떠올랐다. 그러나 이번에는 조금도 마음이 껄끄럽

지 않았다. 죽일 놈들인께 죽일 놈들이라고 했지. 암 죽일놈들이
구 말구. 송달수씨는 중대장을 도와 해남댁을 방안으로 옮겼다.

"죽일놈들."

그는 다시 눈알을 굴리며 중얼거렸다. 이제는 윗사람들 얼굴
이 떠오르지 않았다.

그 대신 방금 초주검이 되어 개처럼 끌려나간 젊은이의 모습
이 앞을 가로막았다. 그 위에 거리를 누비고 있는 군중들의 면면
들이 겹쳤다. 함성도 들렸다. 그들의 눈은 먹구슬처럼 알알이 빛
나고 있었다. 목이 터져라 외치고 있는 얼굴들에서는 눈곱만치
도 사악하고 비굴한 빛이 보이지 않았다. 공명심도 물질적 욕망
도 있어 보이지 않았다. 그런 사람들이었는데, 이제까지 그는 통
장의 몸이니까 젊은이들 하는 짓을 당연히 그릇된 것으로 보아야
한다고 생각했었다. 윗사람들이 어떻게 판단하고 있는가에 의해
서 자신의 판단을 맞추어야 한다고 믿었었다.

며칠 전에 그는 금남로에서 벌어진 횃불 시위를 구경했었다.
그것도 마을사람 가운데 행여나 누군가가 그런 곳에 나가서 본데
없이 날뛰는 놈이라도 있는가를 살피기 위해서였다. 그러나 그는
그 자리에 서서 그 절도 있고 장엄한 광경을 보고 여러 차례 탄성
을 올렸었다. 이래서는 안된다고 자책하면서도 스스로의 감정을
억제할 수가 없었다. 시위자들은 고도의 도덕심을 발휘하고 있었
다. 행여나 횃불을 든 사람이 사고를 낼까봐 옆에서 두 사람이 보
호하게 하고 여러 가지 수칙을 반복해서 외쳤었다. 과연 시위는
무사하게 끝났다. 그러나 그는 돌아오면서 그들을 비난해야 한

다고 작정했다. 그러다 보니 그들이 다시 부정적인 대상으로 변해 갔다. 그는 시장과 도지사는 물론, 내무부장관과 대통령 표창까지를 받은 모범 통장이었다. 어떤 이유건 간에 떠들어서 세상을 시끄럽게 구는 짓은 악으로 규정하는 일에 그는 익숙해 있었다. 윗사람의 마음을 헤아려서 판단하면 모든 일을 어렵지 않게 풀 수 있었다. 그런 송달수씨의 마음에 지금 회오리바람이 불고 있었다.

어떻게 연락이 되었는지 해남댁의 아들 용근이가 친구인 상구와 함께 헐레벌떡 뛰어 들어왔다.

"너 일 하지 않고 어쨌다고 그냥 돌아오냐? 아이구구…"

해남댁은 아들이 돌아온 것을 보고 일어서려다 말고 자지러지는 비명을 지르며 다시 방바닥에 쓰러졌다.

"엄마! 어서 업혀요. 병원엘 가게요."

용근이는 등을 내밀었다.

"무슨 놈의 병원이냐? 병원에 갈 만큼 심하지는 않다. 천한 사람은 그냥 괜찮아져야."

"그러지 말고 얼른 업히세요."

"안간닥해도 그래."

해남댁은 고집을 꺾을 것 같지 않았다.

"상구 너는 직장 할라 그만두었다면서야. 어, 어떻게 살라고 그랬냐? 아이구구…"

"그만두긴요. 쫓겨났습니다. 야학을 나간다고 해서 그리 되었어요."

"느그 회사는 어떤 놈의 회사간데 공부한다는 사람을 다 쫓아 낸다냐?"

"그 사람들 속은 알다가도 모르겠어요."

시위대가 외치는 함성이 들려 왔다. 어머니를 병원으로 옮기려다가 완강히 거절하는 통에 어쩌지도 못하고 서 있던 용근이의 눈이 빛을 내며 이글거렸다. 다시 함성이, 이제는 가까이서 들렸다. 최루탄이 터지는지 둔탁한 폭발음도 섞여서 흘러왔다.

"빌어묵을것."

용근이가 땅바닥을 탕! 하고 구르면서 소릴 질렀다.

"어째서 그래? 너, 너 오늘 어미 죽는 꼴 보, 볼라고 그러냐?"

해남댁이 누운 채 잦아드는 목소리로 나무랐다.

"아저씨들도 보셨지요? 참을 수가 없어요."

병원엘 가지 않겠다고 버티는 어머니를 놔두고 떠날 수도 없는 처지라 용근이는 안절부절 못하고 연방 손을 맞잡아 비틀고 있었다.

"용근아! 네가 아무리 그래 봤자 계란으로 바위치기다."

송달수씨는 통장이라는 입장에서 그런 정도의 말을 하지 않을 수 없었지만, 자신이 없었기 때문에 말끝을 흐려 버리고 말았다.

"온 시민이 치를 떨고 있어요. 상구는 야학 때문에 쫓겨났지만 나도 직장 집어치웠어요. 살고 싶지 않아요."

용근이는 말을 마치자 진열장을 열고 소줏병을 꺼내 이빨로 뚜껑을 딴 다음 그것을 커다란 컵에 채웠다. 한 잔을 꿀꺽 마시고 또 한 잔을 따라서 상구에게 건네주었다. 그러고 나서 다시 한 병을 따서 마시기 시작했다. 통장과 중대장은 아무 말 없이 지켜보고 있을 수밖에 없었다.

갑자기 골목안이 와자하니 떠들썩하더니 한패의 군중이 스치고 지나갔다. 흥분한 그들은 고래고래 소릴 지르며 누군가를 규탄하고 있었다. 용근이와 상구는 마시던 술잔을 집어던지고 그들의 뒤를 따라 밖으로 뛰어 나갔다.

"용근아! 너, 너는 독, 독신이라는 것을 알아야 해. 애비도 없는 놈이 뒤에 남은 엄씨는 어짜라고 그라!"

해남댁은 토막토막 끊어지는 목소리로 아들을 나무라고 있었지만 그들은 이미 골목 어귀에 있는 전봇대를 돌아 큰길로 사라지고 없었다.

송달수씨는 문득 아들 경식이를 생각했다. 아버지 체면을 생각해서 시위대에 가담하지 말라고 당부할 때마다 경식이는 예예, 하면서 순종을 했었다. 그러나 가만히 보면 수상쩍은 대목이 없지 않았다. 이따금 숨을 헐떡거리고 돌아와서 옷을 갈아입는 수가 있었는데, 그럴 때는 으레 지독스런 최루가스 냄새를 풍기곤 했었다.

"너 데모하고 왔냐?"라고 물으면,

"아니어요. 다른 애들이 하는 것 구경하다가 벼락을 맞았지요."

라고 변명을 했지만, 단순히 구경만 하고 돌아온 놈한테서 그렇게 지독스러운 가스 냄새가 난다는 게 아무래도 석연치 않았다. 요사이 휴교령까지 내려진 판에 오늘도 어디를 나갔는지, 걱정스러웠다. 아까의 젊은이처럼 계엄군에게 쫓기고 있는 것은 아닐까. 하지만 내가 홀아비 몸으로 저를 교육시키느라 얼마나 고생을 하는데 설마 애비 말 안 듣고 그런 데 뛰어들기야 했을라구.

중대장 김인규로 말하더라도 걱정이 없지 않아 있었다. 소집을 해 놓고 명령을 할 때는 그렇게 고분고분한 놈들이 풀어만 놔두면 제멋대로였다. 시위대 속에서 목이 터져라 악을 쓰고 있는 대원도 여러 놈 목격했었다. 상부에서는 그런 놈들을 단속하라고 벌써 여러 차례 공문이 하달되었지만 도저히 통제할 수가 없었다. 만일 그놈들이 크게 사고라도 저지른 날이면 중대장 목이 달아나고 몇 푼씩 받고 있는 급료도 끊어질 게 뻔한 일이었다. 하지만 이제는 어쩔 수 없다고 단념하고 있었다. 금남로에 나가 구경을 하고 있으면 몸이 들썩거리고 주먹이 쥐어지는데 졸짜들이야 오죽하겠느냐 싶었다.

어젯밤에도 경식이란 놈이 돌아오지 않았기 때문에 송달수씨는 금남로에 일찌감치 나가 볼 수밖에 없었다. 고등학교에 다니는 막내딸이 지어 올린 아침상을 받고도 몇 숟갈 뜨다 말고 물려 버렸었다. 여기저기서 사람이 다치고 죽었다는 소문뿐인데, 그놈이 돌아오지 않으니 끼니고 뭐고 경황이 없었다.

"자네 우리 경식이 못 봤는가?"

대학생인 듯한 젊은이를 만나기만 하면 다짜고짜 물어 봤으나 어느 누구도 알고 있다는 놈은 없었다. 처음 며칠이야 친구들도 있고 하는 놈이니 그럴 수도 있겠지 했었는데, 이렇게 시간이 흐르고 보면 보통 일이 아니었다. 혹시 시위의 앞장을 섰다가 끌려가 버린 것은 아닐까. 만일 그런 일이 있어서 동장이나 시장한테 알려지는 날이면 이제까지 쇠심줄같이 질긴 끈으로 이어진 그들과의 유대가 끊어져 버리고 통장이라는 자리도 위태롭게 될 게 뻔한 일이었다. 공로자 아들이라 해서 주고 있는 장학금도 중단될 것이고, 아니야 아니야, 통장 모가지나 장학금은 아무래도 좋으니 그저 경식이만 무사한 몸으로 나타나 주었으면 좋겠다. 그때는 꽉 붙들어 잡고 절대로 밖에 내보내지 않겠어. 허리에 끈을 매어둘 수는 없겠지만 변소에 갈 때만 철저하게 감시한다면 다른 때는 함께 방에 있으면 될 테니까 걱정이 없겠지.

그는 두리번거리며 군중들 사이를 이리저리 꿰어 다니며 아들을 찾았다. 경식이 비슷하게 생긴 놈만 있으면 아무리 심한 북새통이라도 뚫고 들어가 확인한 다음에야 물러섰다. 그러다가 시간이 흐르면서 그는 점차 목적하는 일이 무엇인지 판단이 흐려지기 시작했다. 군중을 따라 손을 높이 뻗기까지 했다. 그것뿐이 아니었다. 그는 급기야 구호를 외치기까지 하게 되었다. '물러가라' 하고 그들과 같이 소리를 질러 버린 것이다. 그랬다가 깜짝 놀라 주변을 살피고 나서야 안심을 하고 사람들의 뒤를 따랐다. 그러나 한 번 입이 터진 뒤로는 그 다음에 외치는 일은 예사로웠다. 물론 한 사람의 목소리쯤이야 모기소리에 불과한 것이지만 전체의 음량을 높이는 데 한 몫을 하고 있다는 것은 어김없는 사실이었다. 그는 이미 송달수라는 개인이라기보다는 군중이라는 거대한 덩어리의 한 부분으로서 그 속에 완전히 용해되어 버린 존재로 변해 있었다. 그래서 그의 마음이 곧 군중의 마음이었고 군중의 마음이 곧 그의 마음이 되어 있었다.

이제 송달수씨에게는 작년 겨울에 죽은 대통령이나 동사무소나 시청의 어른들은 아무런 의미를 갖지 않는 대상이 되어 있었다. 시위자들의 대열에 끼여 이렇게 외치고 돌아다녔으니 뒤에 남은 일은 그들이 이쪽으로 따라오거나 이쪽에서 떠나는 일밖에 남아 있지 않았다.

얼마나 돌아다녔는지 몰랐다. 그는 경식이를 찾는다는 일조차 잊고 있었다. 지쳐 버린 그는 일단 한가한 장소로 빠져 나왔다.

경식이를 기어코 찾아야만 했다. 슈퍼마켓 앞에 트럭 한 대가 멈춰 있었다. 시민군이라는 표지를 앞세우고 옆으로는 갖가지 구호를 적은 플래카드가 걸려 있는 차였다. 그는 음료수나 빵을 시민들로부터 선물 받아 싣고 있는 그 트럭 위로 훌적 뛰어 올랐다. 시내를 빠짐없이 고루고루 누비고 돌아다니는 차량이니까 그 위에 앉아 있으면 어디선가 아들을 찾아낼 수 있으리라 생각되었다. 차가 움직이기 시작했다. 그런데 어찌된 일인지 이놈의 차량은 백운동을 지나더니 곧바로 광목간 도로로 빠져나가는 것이었다.

"어디로 간단가?"

송달수씨는 얼떨결에 물었다.

"나주로 갑니다."

붉은 띠를 머리에 두른 한 청년의 대답이었다.

"뭣하러 간단가?"

"우리도 모르겠어요."

목적이 있겠지만 밝히지 않는 것 같았다.

"무기를! 우리도 무기가 있어야 돼. 무기가 없으니까 당하고만 있는 거여."

얼굴이 검고 키가 작달만한 청년이 소리높이 외쳤다. 돌아보니 좀전에 해남집에 왔던 상구였다. 그 옆에는 열댓 살쯤 되어 보이는, 아마 중학생인 듯한 소년이 차체를 열심히 두들기며 외쳐대고 있었다.

"전두환은 물러가라. 물러가라."

어찌나 많이 외쳤는지 그의 목소리는 허스키가 되어 있었다. 송달수씨는 가만히 그들을 따라 불러 보았다. 그다지 어렵지 않게 익힐 수가 있었다. 다른 노래도 불러 봤다. 손뼉을 치며 합창을 하는 동안에 그의 마음은 들뜨고 신바람이 나기 시작했다. 열다섯이나 스물의 나이로 되돌아간 기분이었다.

"여러분! 우리가 목적지에 도착하게 되면 절대로 그곳 주민들에게 불쾌감이나 피해를 주어서는 안됩니다. 우리가 그곳으로 가는 이유는 광주의 싸움만 가지고는 되지 않기 때문에 전국적인 호응을 얻고자 하는 데 있는 것입니다. 곧 전주와 서울에서도 광주처럼 일어날 것입니다. 그렇게 되면 아무리 악랄한 전두환도 반드시 물러갈 것이기 때문에 그때 가서 우리는 진정한 민주주의를 이룩할 수 있을 것입니다."

며칠 전 해남집에 왔을 때는 용근이가 떠드는 동안 아무 말도 하지 않고 침묵을 지켰던 상구였다. 야학에 다니다가 직장을 잃

저격수 247

었다는 그의 어디에 저런 식견과 웅변이 숨어 있었는지 놀라지 않을 수 없는 일이었다.

"상구! 자네 내 아들 경식이 알고 있제?"

"전라대학 다니는 키 큰 사람 경식이 말이지요."

"맞아, 그 학생이네."

"저는 일주일 전엔가 보고 다신 보지 못했어요. 그 학생이라면 같은 학교 학생들이 알 것이구만이라우."

"그럼 용근이는 어디 있단가?"

"오늘 정오때 죽, 죽었구만이라우. 용근이 말고도 너무 많은 사람이 죽었어요. 그래서 우리도 무장을 해야 합니다. 이대로 끝낼 수는 없습니다."

"……"

송달수씨는 비통한 마음에 잠시 동안 말을 잊었다. 가슴에서 불덩이같이 뜨거운 것이 밀고 올라왔다. 그렇다면 정녕 경식이도 죽었나 보다.

"전두환은 물러가라."

그는 저도 모르게 이렇게 소리를 지르면서 팔을 하늘로 뻗었다.

"물러가라!"

신기하게도 차내의 젊은이들이 일제히 그를 따라 외쳤다.

"전두환을 처단하자! 처단하자!"

"처단하자! 처단하자!"

모든 사람들이 하나가 되어 따라 주었다. 희한한 일이었다. 그는 여러 달 동안 잊었던 권위를 되찾은 듯한 기쁨에 가슴이 터질 듯이 뿌듯했다. 전장을 향해서 진군하는 부대의 지휘관이 된 기분이었다. 육이오 때도 그는 이렇게 GMC를 타고 전선으로 실려 간 적이 있었다. 그때는 오직 죽음에 대한 두려움으로 가슴이 떨리기만 했는데, 지금의 그에게는 그런 단조로운 공포감이 아니라 보다 복합적인 것이 얽히고 설켜 있었다. 그것은 기쁨과 슬픔, 희망과 절망이 소용돌이치는 비장감이었다. 하지만 그는 걸맞지 않은 나이 차이에도 불구하고 이런 곳에 뛰어든 사람으로서 그들에게 슬픔이나 좌절감 같은 것을 보여 주어서는 안된다고 생각했다. 그는 그만큼 젊어져 있었다. 그에게서는 이미 나이에 대한 감각이 사라지고 없었다. 자기도 젊은이라는 의식이 그의 가슴을 채우고 있었다.

차가 나주읍에 도착하자마자 기다리고 있던 주민들이 일제히 쏟아져 나왔다. 시가지는 환영하는 인파로 들끓었다. 마치 해방을 맞이한 식민지 백성 같다고나 할까, 송달수씨는 지난날에 반장이며 통장을 하는 동안 궐기대회, 환영대회, 규탄대회 등에 많은 시민을 동원해서 참가해 봤었지만, 이런 열기를 느껴 보기란 처음 있는 일이었다. 그들은 마음의 밑바닥에서 우러나오는 반가움으로 환영을 해주었고 가지고 있는 모든 것을 다 바쳐도 아까울 것이 없다는 심정들인 것 같았다. 남아도는데도 갖가지 음식물이 여기저기서 쏟아져 나왔다.

목포까지 내려가려다 말고 트럭은 방향을 바꾸어 되돌아가기로 했다. 초록빛 제방 사이로 영산강이 희고 긴 띠를 이루며 흘러

가고 있는 것이 내려다 보였다. 지금쯤 다른 한 무리의 시위대가 그곳에 도착했을 영암의 월출산이 흰 안개속에 아스라히 솟아 있었다. 사람들이 사는 사회가 이렇게 어지럽게 소용돌이치면서 슬프고 아픈 일을 겪고 있는데도 자연은 어느 한 곳 자태가 변하지 않고 있었다.

상구가 일어서서 투사의 노래를 선창했다. 차내의 모든 사람들이 그를 따라 노래를 불렀다. 나주읍으로 떠날 때는 맨손이었던 그들에게는 이미 M1과 카빈이 들려 있었다. 그것 말고도 방금 예비군 무기고에서 얻은 총기가 수십 자루였다. 이제 그들은 단순한 시위자에서 전사로 변한 것이었다. 앞으로 닥칠지 모르는 어떤 위험에 대한 두려움도 그들에게는 있는 것 같지 않았다. 무기를 얻었으니 이제는 앞을 가로막고 있는 모든 장애물을 물리칠 수 있다는 자신감에 넘쳐 있었다.

"여러분! 탄창을 장전할 줄 아시지요?"

상구가 일어서서 총기 다루는 법을 지도하기 시작했다.

"우리가 시내에 들어가서 발사할 때가 아니면 절대로 안전장치를 풀어서는 안됩니다. 그리구 총구는 항상 공중이나 땅을 향해야지 옆을 향해서는 안됩니다."

송달수씨는 군복무 시절에 명사수라는 말을 들었고 한참 동안 사격선수 노릇까지 한 사람이었지만 귀를 기울이면서 그의 설명을 경청하고 있었다. 탄창을 넣고 빼는 법, 조준하는 방법에 이르기까지 되풀이해서 연습을 시켰다.

상구는 어느 사이 일행 중의 지휘자로 굳어져 있었다. 비록 기

름때가 묻은 작업복 차림이었지만 다부지게 생긴 그의 검은 얼굴
에서는 투지가 넘치고 있었고, 그는 사람들을 대하는 데 있어서
항상 상냥하면서도 중요한 대목에서는 엄격하게 처신하는 것을
잊지 않았다.

출발 당시에는 서로 잘난 사람이었고 덤벙거리며 큰소리치
는 사람이 많았는데 그 동안에 점차 질서가 잡혀 이제는 판이하
게 달라져 있었다. 그들은 상구라는 한 사람의 지도자 아래 하나
같이 뭉침으로써 사고를 방지하고 위험을 모면할 수 있다는 것을
알게 된 것이었다. 처음에는 대학생이래서 상구를 얕잡아 보려는
사람도 있었고 얼굴이 다른 사람보다 좀 반질하대서 뽐내려 하는
사람도 없지 않았다. 그러나 출발 이후 두 시간 남짓 흐르는 사이
에 연령이나 사회적 지위, 학식의 유무에 의해서 구분되는 모든
장벽이 사라지고 없었다. 송달수로 말하더라도 아들을 찾는다는
일념으로 차에 오르긴 했었지만 나이 어린놈들과 어울린다는 일
이 어쩐지 어색하고 쑥스럽기만 했었는데 지금은 조금치도 위화
감을 느낄 수가 없었다. 분위기가 이렇게 된 것은 모두가 하나의
목적을 가지고 있는 데다가 상구의 뛰어난 지도력이 있었기 때문
이었다.

"도착했습니다."

누군가가 머리 위에서 외쳤다. 눈을 떠보니 그는 한 젊은이의
가슴에 몸을 기대고 잠들어 있었다. 남평에 도착하기까지는 기억
이 나는데 한치재부터의 일은 깜깜하였다. 생각해 보니 그는 요
며칠 동안 거의 잠을 이루지 못했었다. 무너져버린 것에 대한 허

무감, 경식이의 행방, 해남집에서의 충격, 금남로를 비롯한 시내 도처에서 일어난 비극, 꿈틀거리는 군중과 그들의 외침소리에서 받은 충격, 이런 것들이 그의 머리 속에서 어지럽게 얽혀서 마음을 가다듬을 수 없었기 때문이었다. 그러나 그는 하룻밤 사이에 마음의 갈피를 잡고 비로소 바탕을 얻음으로써 평온을 찾을 수가 있었다. 아마 이십 분쯤 되는 수면이었을까. 해는 서쪽으로 기울어지고 차는 다시 빛이 하늘로 치솟으며 쿵쾅거리는 도심에 닻을 내린 것이었다.

"상구, 나한테도 총을 한 자루 주게."

송달수씨는 총기를 관리하고 있는 상구에게 손을 내밀었다.

"아저씨는 관두세요. 이제까지 동행해 주신 것만 해도 고마워라우."

"이래뵈두 나는 육이오 때 참전한 명사수라네. 염려 말고 이리 주게."

단념할 기색이 보이지 않자 상구는 M1 총 한 자루를 그에게 건네주었다. 송달수씨는 그것을 받아 들고 군중 속을 헤집으며 도청 앞으로 접근해 갔다. 여기저기에 주검이 보이고 업혀 가는 부상자도 눈에 띄었다. 총성이 산발적으로 울려왔다. 건너편 이 층에서 군인들이 총을 발사하자 바로 눈앞에서 한 사내가 피를 흘리며 풀썩 길바닥에 쓰러졌다. 섬뜩한 두려움을 느낀 그는 재빨리 몸을 돌려 건물의 벽에 몸을 숨겼다.

"통장님이 웬일이세요?"

돌아보니 중대장 김인규가 성긴 이를 드러내 놓고 히죽이 웃고 있었다.

"쉬이, 통장이라고 부르지 말게. 나는 이제 통장이 아니고 이렇게 총을 들게 되었다네."

"통장님도 참….."

"통장이라고 부르지 말라니까."

쏘아붙이고 나서 송달수씨는 셔터가 내려진 한 음식점 앞으로 나아가 몸을 숨겼다. 건너편 이 층과 그 옆 사 층의 창문 쪽을 살펴봤다. 더 많은 사람들이 희생되기 전에 저들을 침묵시켜야 하겠는데 쉬운 일이 아니었다. 상대는 잘 훈련된 사람들일 뿐 아니라 장비도 우수했다. 이쪽은 그들에게 필적할 대상이 아니었다. 그러나 지금은 그런저런 것을 따질 겨를이 없었다.

"통장님!"

뒤를 밟아 왔는지 중대장의 부르는 소리가 다시 총성에 섞여 들려 왔다.

"왜 따라와서 그래 싼가?"

그는 사 층집 창을 경계하면서 건성으로 대답했다.

"저도 나섰습니다. 총을 잡기로 했단 말입니다."

"중대장이 그러면 안돼."

"안되긴요. 이미 나섰습니다. 대원들도 많이 나오고요."

그 소리가 미처 끝나기도 전에 총성이 울리는가 했더니 뒤에 섰던 중대장이 보도블럭 위에 나가 떨어졌다. 순식간에 분홍의 선혈이 그의 엉덩이를 물들였다. 골목안에 숨어 있던 사람들이 뛰어나와 쓰러진 중대장을 끌고 사라졌다.

총알은 분명히 사 층집 이 층의 열린 창에서 날아왔고 그곳에는 두 명의 군복이 밖으로 총구를 내밀고 사격을 가하고 있었다. 죽이리라 마음먹었다. 중대장을 쏜 저놈을 당장 박살내리라 다짐하고 엄폐물에 몸을 의지한 채 가늠을 하고 방아쇠에 손을 걸었다. 상대는 지금 다른 곳을 향해서 사격을 하느라고 이쪽이 노리고 있는 것을 알아차리지 못하고 있었다. 그들은 스스로를 과신하여 항상 노출된 상태였고 이쪽으로 말하면 왕년의 명사수이기 때문에 명중시키는 일은 어려운 일이 아니었다. 그러나 그는 조준을 하고도 차마 검지를 당기지 못하고 있었다. 목표물의 얼굴이 너무 앳되어 보이기 때문이었다. 용근이의 모습이 그 위에 겹치는가 했더니 다시 경식이의 얼굴이 되었다. 저 놈이 방금 중대장을 쏘았어. 내 눈으로 분명히 보았으니까. 용근이도 어쩌면 저놈이 쏘았을지도 몰라. 남의 외아들을 쏘아 죽인 저놈을 가만둘 수는 없지. 내가 저놈을 해치운 다음에 해남댁을 찾아가 사실대로 말하겠어. 그때 해남댁은 나에게 무어라고 말을 할까. 아마 나를 붙잡고 울기만 하겠지. 송달수씨는 이런 환상을 더듬으면서 군바리 시절 선수로서 사격에 임하듯 간자주름하게 눈을 뜨고 목표물을 가늠자 위에 올려놓은 다음 방아쇠에 손가락을 걸었다. 눈을 지긋이 감으면서 그것을 당겼다. 그런데 반동이 없었고 격발음도 나지 않았다. 손가락이 얼어붙어 힘이 가지 않은 통에 발사가 되지 않은 것이었다.

"내가 왜 이럴까?"

왕년의 명사수는 고개를 갸우뚱하고 나서 자리를 고쳐 앉았다. 아직도 상대는 이쪽에서 노리고 있는 것을 모른 채 M16임이 분명한 소총을 들고 거드럭거리며 바깥을 향해서 간간이 총을 쏘아대고 있었다.

"이제야말로 그냥 두지 않겠어. 함부로 사람을 죽였으니까, 너도 죽음이 어떻다는 것을 경험해 봐야 해."

송달수씨는 중얼거리며 방아쇠에 손을 걸고 호흡을 중지했다. 그러나 이번에도 그것을 당기지 못하고 망설일 수밖에 없었다. 또다시 경식이의 얼굴이 그 위에 나타나서 어른거리고 있기 때문이었다.

탕탕.

바로 그때 두 발의 총성이 울리는 순간, 송달수씨는 총을 길바닥에 내던지며 모로 쓰러져 버렸다. 오른쪽 팔과 가슴께가 묵직해지면서 붉은 피가 상체를 질퍽하게 적셔 왔다. 일어서려고 안간힘을 썼지만 몸이 흔들려 제대로 되지 않았다.

다시 총성이 이번에는 그의 등뒤에서 세 발이나 울렸다. 그는 허우적거리며 시멘트 바닥을 기기 시작했다.

"제 등에 업혀 주세요."

누군가가 앞을 가로막고 등을 들이대고 있었다. 건물 사이에서 두 사람이 뛰어나와 그를 앞사람의 등에 밀어 올렸다.

"아저씨! 그러니까 총을 들지 말라고 하지 않았어요. 아저씨를 쏜 그놈 제가 단방에 해치워뿌렸어라우."

상구는 송달수씨를 등에 업고 병원으로 달리면서 가쁜 소리로 말했다.

"그 자석을 내가 틀림없이 쏠 수 있었는데… 나는 명사수니까. 그런데 망할 놈의 총알이 나가 주지 않았어. *끄응.*"

왕년의 명사수는 자부심만은 버리지 않은 채 신음하면서 왼손으로 상구의 등을 끌어안았다.

어둠과 빛

그는 광장을 가로질러 공중전화 박스로 다가갔다. 차 속에서 밤을 새우며 진동에 시달린 육신이 소금으로 절여놓은 듯이 무거웠다. 현기증으로 말미암아 버튼을 누르는 손끝이 자꾸만 허방을 짚으려 했다. 허덕거리다 보니 온몸에서 눅눅한 땀이 배어 나왔다. 간신히 신호가 걸려 발신음이 가고 있었지만 전화를 받는 사람이 없었다. 다시 버튼을 눌렀다. 마찬가지였다.

"이런 시간에 어딜 갔을까……."

불길한 예감이 어제의 사건을 기억하고 있는 머릿속에 겹쳐 불안감을 몰고 왔다. 다시 전화를 걸려다 말고 그는 천천히 전화 박스를 빠져나와 기다리고 있는 택시의 문을 열었다.

집 앞에 도착하여 차임벨을 누르는 그의 가슴이 방망이질을 쳤다. 숨도 가빴다. 금방 아내가 달려 나오기를 기대하면서 한참을 기다려도 소식이 없었다. 그러다가 저쪽 모퉁이의 방문이 열리는 소리가 들렸다.

"누구요?"

"접니다. 정구 아빱니다."

슬리퍼를 찍찍 끌면서 달려와 문을 열어준 사람은 한집에 세 들어 살고 있는 영순이 엄마였다.

"밤차로 오셨구만요. 어젯밤에 어머님께서 병이 나셔서 사모 님은 병원엘 가 계시구만요."

"어느 병원인가요?"

"대학병원이어요. 병실 번호를 적어주셨는데…… 참, 그것 텔 레비 위에 있어요."

영순이 엄마는 다시 제 방으로 되돌아가 대학노트 반 장을 두 겹으로 접은 쪽지를 들고 나왔다.

"어떻게 병이 나셨답니까?"

한 걸음 걷다가 말고 그는 뒤를 돌아보며 물었다. 들으나 마나 평소에 고혈압이 있었던 분이니까 짐작할 수 있었지만 확인하고 싶었다.

"중풍이라나 봐요. 갑자기 입에 거품을 뿜으면서 쓰러지셨다 구만요."

"고맙습니다."

그는 뻘뻘 흐르는 땀을 닦으며 골목을 빠져나와 마침 앞을 지 나가고 있는 택시를 세웠다. 대학병원에 이르러 병실의 문을 열 고 들어서자 천정을 우러러 맥없이 앉아 있는 아내의 모습이 대 번에 눈에 잡혔다. 얼굴이 까칠하고 머리는 더풀더풀했다. 병상의 어머니는 송장처럼 누워 있었다.

"어머니."

하고 큰 소리로 부르고 싶은 충동을 누르며 김 교사는 조심조심 어머니 곁으로 다가가 손목을 잡고 얼굴의 표정을 살펴봤다. 혼수상태에 빠진 그녀는 아들이 돌아온 것도 감지하지 못한 채 숨결만을 풀무질하고 있었다. 이른바 식물인간이었다. 의식이 그러한데도 손에 감지되는 맥박은 뜻밖에도 쿵쾅, 하는 소리라도 터져 나올 듯이 사납게 벌떡거리고 있었다. 피가 거칠게 흐르고 있다는 증거였다.

"가신 일은 어떻게 되었어요."

"잘 되었어."

그는 아내에게 알맹이 없는 대답을 하고 옆에 놓인 주전자에서 물을 따라 꿀떡꿀떡 마셔댔다.

"어머니는 어젯밤 아홉 시 뉴스를 보시다가 교원들이 끌려가는 장면에서 그만…….."

강행하려는 쪽과 막으려는 쪽이 실랑이를 벌이다가 집회는 간신히 M대에서 열릴 수가 있었다. 참가자들의 의지와 정열이 아니었다면 애당초 이루어지기 어려운 집회였다. 비록 모이는 데는 간신히 성공했다고 하지만 해산한 뒤의 아비규환은 참담한 것이었다. 연행되어 간 사람은 가슴에 씻지 못할 상처를 입어야 했고, 간신히 빠져나온 사람도 수치심으로 몸을 떨어야 하는 형편이었다. 모두가 잘 되고 잘살자는 뜻에서 출발한 일들인데 아무래도 삐뚤어지고 잘못 풀려가고 있는 게 사실이었다.

저만치 운동장 뒤에서 지켜보고 있는 사람들 가운데는 낯익은 얼굴들도 있었다. 문교부를 비롯한 교위의 여러 어른들까지 몰려 와서 화경 같은 눈으로 지켜보고 있는 속을 슬렁슬렁 몸을 피해 빠져나온 것이었다. 부리나케 미리 모이기로 한 약속장소로 쫓아 가 봤지만 그곳에는 아무도 나와 있지 않았다. 모두 잡혀가 버렸 거나 아니면 뒤따라 올라온 사람들에게 붙들려 설득을 당하고 있 는지도 몰랐다. 그는 하릴없이 술집을 찾아가 소주만 몇 병 비우 고서 황량한 심정으로 11시 40분 막차를 탄 것이었다.

　"어떻게 되겠습니까?"

　회진을 하러 들어온 주치의에게 병상을 묻고 있는 김 교사의 입술은 검게 메말라 있었고 박탈된 하얀 표피가 나풀거리고 있었 다.

　"출혈이 멈추면 호전될 가능성이 있습니다. 그러나 이런 상태 가 계속되면 생명이 위험할 수도 있구요."

　환자의 용태로 봐서 어떤 전문가도 앞날을 확실하게 점칠 수 없는 일이었다. 더구나 뇌출혈이 이쯤 되고 보면 설령 회복된다 고 해도 심한 후유증을 남기게 된다는 것은 누구나 짐작하고 있 는 일이었다.

　"하여튼 지켜보기로 합시다."

　의사는 한 마디를 남기고 문쥐처럼 뒤를 따르는 수련의와 간 호사들을 이끌고 밖으로 사라졌다. 건너편 병상에는 얼굴이 찌 그러지고 한쪽 팔을 들지 못하는 노인이 이쪽을 유심히 바라보고 앉아서 무엇인가를 중얼거리고 있었지만 발음이 확실하지 않아서 알아들을 수가 없었다.

그렇지 않아도 어머니는 평소에 혈압이 높은 데다가 이따금 두통을 호소했었고 심장이 뛰면서 호흡이 곤란하다고 했었다. 그런 환자를 두고 있는 처지였으니 조금이라도 효심이 있는 자식이었다면 이러저러한 핑계를 대고 미꾸라지처럼 빠져버릴 수도 있었을 테지만 평소에 약지 못한 그로서는 어쩔 수 없는 일이었다. 세상사란 가정의 사정에만 맞추어 처리할 수 없는 일이 많았다. 직장이나 사회가 우위에 서는, 그래서 애국자가 생기고 의인義人도 나오는 것이었다.

어머니는 만사에 대범하기만 했었다. 아들이 그런 단체에 가입해서 활동하고 있다는 것을 알고 있으면서도 모르는 척 간섭하려 하지를 않았었다. 주동자를 파면하느니, 체포하느니 날마다 신문이나 방송이 떠들어대고 있는데도 어머니는 그저 조용히 앉아서 아들의 거동을 지켜보고만 있었던 셈이었다. 여느 어머니였다면 아버지의 과거를 생각해서라도 만류했을 테지만 그렇지를 않았다. 아마도 평생을 청상으로 살아온 여인의 오기였는지도 모른다.

어머니는 스물다섯의 젊은 나이에 남편을 잃었다. 4·19의 벅찬 감동 속에서 김경만 교사는 패기 있는 젊은 교원으로서 노조 결성에 앞장을 섰고 민주니 통일이니 하는 논의에도 간여했었다고 한다. 그러다가 5월 16일에 내리친 모진 서리로 말미암아 그들의 꿈은 산산히 부서져 버렸고, 얼마 동안 구금되었다가 창백한 얼굴로 수용소를 나왔을 때, 그의 일자리는 이미 달아나고 없었다. 그는 세상을 비관한 나머지 날마다 술을 마시고 울부짖으며 거리를 돌아다녔다고 했다. 학생 시절에는 수재였고 교단에서는 유능한 교사라는 평판을 받았던 그는 몰아붙인 한파를 이기지 못하고 끝내 쓰러지고 만 것이었다. 간암이란 사람도 있었고 간경화라고도 했지만 병원에서 치료 한번 제대로 받지 못하고 땅속으로 들어가 영면하는 길을 자초했던 것이었다.

부전자전이라더니 아버지의 얼굴조차 기억하지 못하고 자란 아들이 한 세대가 흐른 다음에 다시금 제 아버지가 저질렀던 모험의 세계로 뛰어든 것을 알았을 때 어머니는 천 길 낭떠러지로 떨어지는 아슬아슬함과 다시금 그날로 돌아가는 악몽에 시달리지 않았을 리가 없었다. 그러나 어머니는 그런 일들을 하나하나 가슴에 쌓아 올렸을 뿐 내색하지 않았다. 하지만 그것은 내면의 고통으로 쌓여 화약의 응어리가 되었고 끝내는 뉴스의 화면을 보다가 폭발한 것이었다.

김 교사는 평소에 교사라는 직업에 대해서 자격지심을 가지고 있는 사람이었다. 모든 못난 조건만을 지니고 있는 것이 교육자라고 생각하고 있었다. 세상 사람들은 다른 분야의 사람들이 저지른 잘못에 대해서는 대범하게 보아넘기는 아량을 가지고 있으면서 교육자, 그들에 대해서는 인색하기 이를 데가 없었다. 걸핏하면 '선생 놈이 그럴 수가!'였다. 특별한 대우를 해주는 것도 아니면서 분에 넘치는 의무와 도덕률을 강요했다. 그리고 교사들의 위에는 너무도 어른이 많았다. 교감, 교장, 장학사, 교육감 그리고 문교부에서 대통령에 이르기까지 모두가 호랑이들 뿐이었다. 만만한 것이 홍어 좆이라더니 학부형들도 물고 늘어지는 사람이 많았다. 이럴 때마다 '차라리 사람이 아니라 괴물이 되어버리겠다' 하고 악바리를 놓아버리고 싶은 충동을 느끼는 때도 있었지만, 차마 그럴 수 없는 것이 또한 교사라는 존재였다. 이렇게 따지고 보면 이 세상에서 제일 못나고 어리석고 쪼잔하고 하찮은 것이 우리들이라고 스스로 비하하고 나면 차라리 술맛을 돋울 수 있는 경우도 있었지만 다른 사람들처럼 돈을 진창으로 모을 수 있는 것도 아니고 사람 위에 군림하여 호령하지도 못하면서 숱한 도덕적 의무만을 강요당하는, 그래서 교사들은 쓸개를 아예 서랍에 빼놓고 출입을 하거나 불알을 떼어 실경 위에 올려놓고 살아야 하는 진짜 끝발 없는 위인들이었다.

그런 사람들이 갇혀 있던 골방을 나와 한번 기지개를 펴고 무엇인가 사람다움을 찾아보겠다고 하는 것이었고, 너무 힘이 없기 때문에 한데 뭉쳐보자는 것이었으며 난쟁이처럼 왜소한 꼴을 모면하기 위해 덩어리를 만들어보자는 것이었다.

병상 위에 죽은 듯이 누워 있던 어머니가 꿈틀하고 몸을 움직였다. 바늘을 꽂아 놓은 링겔 호스가 깐닥깐닥 흔들렸다. 아내가 황급히 다가가 팔과 수액병을 붙들어 고정시켰다. 끄응, 하고 어머니의 입에서 신음이 터져 나왔다. 그 소리만 들어도 어둠 속에서 빛을 보는 것처럼 마음이 환해졌다. 어떤 어려움을 당하더라도 이 고비를 넘어 회생한다면 새로운 각오로 어머니를 섬기고 싶었다. 그녀는 이제까지 자식에 대해서 한 번도 무엇을 소원하거나 주장한 적이 없었다. 사랑이란 것을 진짜로 실천한 분이었다. 아무에게도 바라지 않고 오직 바치기만 했던 여인이었다.

어제의 행사에 시달리고 잠까지 설친 형편이었지만 월요일이기 때문에 오늘은 출근을 해야 하는 날이었다. 시계가 아홉 시를 가리키고 있었다. 학교에 연락해서 가정 사정을 알릴까 했으나 곧 출근할 셈 치고 들었던 수화기를 놓아버렸다. 기별이 가게 되면 공연히 여러 사람에게 폐만 끼치는 결과가 되고 환자에게도 도움이 되지 않는 일이었다.

한 교무실에서도 박 교사 같은 분은 가정에 무슨 일이 있으면 예의를 차린답시고 빠지지 않고 알린다. 상조회장이나 교감한테 통지하면 될 일을 빼지 않고 일일이 챙기는 것이다. 막상 소식을 듣고 보면 찾아가지 않을 수가 없었다. 심지어 처가에 어떤 일이 있을 때도 각자에게 기별해서 모든 사람을 곤혹의 구렁텅이로 빠뜨리기도 했다.

김 교사가 교조의 분회장이 된 것은 전혀 예상하지 못했던 일이었다. 어떤 단체가 만들어지면 당연히 연장자를 염두에 두고 결정하는 것은 일반적인 상식이었다. 연장자가 적당하지 않으면 연령을 따라 내려오면 되는 것이었다. 그러다 보면 분회장은 당연히 사십 대나 오십 대의 선배 중에서 선출하게 되어 있었다. 그런 일을 총회 한 시간 앞두고 몇몇 선배들이 그를 불러다가 들이댄 것이었다.

"안 됩니다. 선배님들이 있는데 어째서 제가 그걸 맡습니까. 절대로 안 됩니다."

아버지의 일을 생각해서라도 결사적으로 반대하고 싶은 심정이었다. 대를 이어서 같은 일을 반복하고 싶지 않았다.

"이 사람아! 우리 모두 뭉쳐서 뒤에서 밀어줄 테니까 자네 같이 핏기 있고 젊은 사람들이 마다고 하면 안 되네. 이번 일은 다른 일과 경우가 달라. 알다시피 다른 단체들도 젊은이와 학생들이 큰 역할을 맡고 있지 않은가?"

숫제 우격다짐이었다.

"밑에서 저희가 일은 할 테니까 책임은 선배님들이 맡아야 합니다. 아마 다른 학교도 그렇게 할 겁니다."

"그렇다지만 시대가 변했네. 그리고 우리 학교의 사정도 자네 같은 사람이 해야만 일이 잘 되어갈 수 있네."

따지고 보면 그 말에도 타당성이 없는 것은 아니었다. 이번의 조직은 젊은 층에서 주축이 되어 시작한 일이었고 또 구성원들도 삼십 대 전후가 주류를 이루고 있었다. 그중에도 몇몇 문제될 만한 사람이 없는 것은 아니었지만 무난하게 이끌어갈 수 있는 사람은 역시 김 교사가 적임자라는 결론이 나온 것이었다. 그렇다고 분회장 책임을 맡고자 하는 교사가 없었던 것은 아니었다. 그 대표적인 사람이 박형국이었다. 조직과정에서도 앞장서서 열렬히 뛰었고 스스로 대표에 입후보하겠노라고 몇 차렌가 의사 표명을 했다는 소문도 있었다. 일이란 하고 싶은 뜻이 있는 사람이 맡아서 추진해야지 그렇지 않은 사람에게 맡겨 놓고 보면 후회하는 법이라고 했지만 웬일인지 그들은 물러서주지 않았다.

아무래도 감당하기 어렵다는 생각뿐이었다. 교직원노조는 법률적으로도 보장된 단체가 아니라는 주장도 있었다. 공무원법

66조 1항이라든가 하는 올가미가 있다고 했다. 이것을 이용해서 강력하게 저지하겠다는 것이 당국의 의지였다. 그런 상황에서 무력한 교육자들이 밀고 나갈 것인가, 걱정스럽기 이를 데가 없었다.

사람이란 어떤 조직의 일원이 되고 보면 그때부터 자기 한 몸이 아닌 단체의 일부가 되어 운신의 폭이 좁아져 버리는 것이었다. 더구나 대표가 된다거나 중책을 맡고 보면 자유로운 선택은 더욱 불가능해지는 것이었다. 이미 그는 자유인이 아닌 셈이었다.

그는 스스로의 우유부단한 성격에 대해서 심한 혐오감을 갖고 있는 사람이었다. 1980년도의 그날도 그런 성격 때문에 허둥대다가 끝나버린 것이었다.

그날 김 교사는 한 사람의 대학생으로서 광장의 대열 속에 끼어 밀려다녔다. 외치면서 팔을 뻗고 돌을 던지기도 했었다. 횃불수가 되어 양쪽에 호위자를 거느리고 길고도 황홀한 행진에 참가하기도 했었다. 주검 앞에서 통곡을 하고 부상자를 싣고 온몸이 피투성이가 되면서 실어나르기도 했었다. 아침이면 집을 나가 밤이 이슥해서야 돌아왔었다.

그러나 어찌 된 영문인지 그에게는 총자루를 잡을 수 있는 기회가 주어지지 않았다. 나주인가 화순에서 많은 총기가 실려 들어와 웬만한 사람에게는 모두 분배되었으나 그에게는 차지가 돌아오지 않았었다.

"나도 한 자루 다오!"

어느 날인가 그는 불쑥 뛰어나가 손을 내민 적이 있었다.

"안돼, 네 손에는 맞지도 않아."

한 마을의 친구가 나무라는 바람에 그는 주춤하고 물러서 버릴 수밖에 없었다. 누군가를 향해 총을 갈겨버리고 싶고 그러지 못하면 수류탄 같은 것을 터뜨려 자결이라도 해버려야 속이 후련하게 풀릴 것 같은 심정이었는데 그런 기회는 주어지지 않았다.

아마 오월 이십육일 저녁나절이었을 게다. 낮 동안에 모였던 군중들이 시나브로 흩어지고 광장에는 회색의 살기만이 감돌고 있었다. 그날 밤에 계엄군이 진입해 들어온다는 것을 모르는 시민은 없었다. 날마다 광장을 덮었던 군중들의 열기도 식어버려서 경기의 끝마당이나 시골의 파장 같은 적막이 거리를 써늘하게 물들이고 있었다. 검은 건물의 뒤에서 도청 쪽이나 기독교회관 쪽을 살피고 있는 눈들이 뿜어내는 눈빛의 색깔로 봐서 작전에 앞서 내보낸 계엄군의 정보원들이었다. 올빼미가 아닌 짐승은 이제 제집으로 모두 돌아가 버린 시간, 그는 홀로 남아서 광장을 방황하고 있었다. 그의 가슴에는 털어버릴 수 없는 미련이 있었다. 그것은 도청 속으로 들어가 이 밤을 새우고 싶은 비장감이었다. 그는 그때 도청 안에 들어가 있을 몇몇 학우들을 생각했었다. 그들은 모두 그가 시민군으로 참여하는 것을 말렸던 사람들이었다. 그리고 보면 그들은 용감한 투사였고 이쪽은 아무짝에도 쓸모없는 호박인 셈이었다.

"안돼. 나도 남겠어."

근처의 어느 상점에서 소주를 댓 잔 얻어 마신 다음 그는 도청의 정문을 향해 엉금엉금 다가갔었다.

"누굴 찾으세요?"

보초를 선 어릿한 시민군이 그를 가로막으며 물었었다. 바로 얼마 전까지도 함께 어울렸던 동료들이었는데 그는 보초의 떨리는 음성에서 섬찟한 두려움을 느꼈었다. 최후의 밤이 임박하고 있다는 긴박감은 그만큼 분위기를 바꾸어 놓은 것이다.

"이 안으로 들어가 밤을 새우겠소."

"그냥 돌아가세요. 안에는 모든 것을 각오한 사람만 남았으니까요."

"그러니까 들어가고 싶소. 의심하는가 본데 나는 사범대학생이오."

그 말을 듣고 보초는 무전기를 들었다.

"지금 여기에요. 사범대생이라고 하는데요. 이 사람이 안으로 들어가서……"

잠시 동안 보초와 지휘부와의 사이에는 통화가 계속되었다.

"들어와 보시라는데요."

통화를 끝낸 보초는 손으로 안마당을 가리켰다. 그 말을 듣고 그는 다시 돌아갈 수 없을지도 모를 광장을 되돌아봤다. 우중충한 건물 사이로 '부처님 오시는 날'을 넘겨버린 하얀 아치가 눈에 잡혔다. 어머니는 어려운 일이 있을 때마다 절을 찾곤 했었다. 방안에서 아들을 기다리고 있을 그녀의 얼굴이 떠올랐다. 상무관과 예술회관 사이에서 을씨년스럽고 찬 기운을 머금은 어둠이 소름 끼치는 두려움을 안고 광장으로 퍼져 나왔다. 갑자기 머릿속을 흔들고 있던 알콜의 취기가 싹 가시는 기분이었다. 귓전에서는 외곽지대에서 시내로 침투해 들어오는 계엄군의 총성이 들리는 것 같았다. 그는 잠시 동안 망설이다가,

"실례했어요."

그 말 한마디를 남기고 광장을 지나 쏜살같이 집으로 돌아왔었다.

그때 그곳에 남았더라면 이미 저승 사람이 되었거나 요행히 살아남았더라도 형용할 수 없는 고초를 겪어야 했었겠지만, 휘청거리면서 저질렀던 배신행위에 대한 자괴심은 짙은 앙금으로 남아 지금도 가슴 속에서 지워지지 않고 있었다. 만일 그런 자괴감이 아니었다면 아무리 선배들이 밀어붙였기로 분회장이라는 책임을 걸머지지도 않았을 것이라고 그는 생각하고 있었다. 그날의 비굴함과 부끄러움을 씻을 수 있는 자리를 그는 찾고 있었던 셈이었다. 그의 눈앞에는 도청 앞을 도망치듯 물러가던 자신의 초라한 모습이 떠올랐다.

"과, 과, 광수야!"

오월 그날의 기억을 더듬으며 눈을 팔고 있던 그의 귓전에 토막토막 끊어지는 어머니의 부름 소리가 들렸다. 화들짝 놀라 뒤를 돌아보니 그녀는 허공에다 앙상한 손을 휘젓고 있었다.

"어머니가 정신이 좀 돌아오나 봐요."

펴지는 얼굴로 아내가 남편을 올려다봤다.

"어머니! 저 여깄어요. 광수 여깄다니까요."

그녀의 몸뚱이를 움켜잡고 그는 소릴 질렀다. 어머니는 알았

다는 표시로 고개를 흔들고 나서 무슨 말인가를 표현하려고 입을 우물거렸으나 언어의 형상은 이루어내지 못했다. 잘하면 회복될 수도 있다는 희망이 비친 셈이었다.

고등학교를 마칠 때 희망했던 학과는 사범대학 영어교육과가 아니었다. 그는 의대 아니면 법대를 겨누고 있었다. 그러나 어머니는 가정 형편을 내세워 사대를 선택하게 했다. 그때의 형편이야 그가 고등학교를 다니면서 방세 주고 끼니 잇기에 급급한 형편이었기에 그럴 수밖에 없었다곤 하지만, 어머니에게는 남편이 이루지 못한 교육자로서의 뜻을 아들에게 잇게 하고 싶은 욕심이 배경에 깔려 있었다.

다행히 졸업을 한 뒤 얼마 기다리지 않고 발령이 나자 어머니는 지친 상태에서 여러 해를 끌고 다녔던 리어카를 이웃 생선 장수에게 공짜로 넘겨주었다. 그리고 나서 그녀는 서둘러 며느리감을 찾아 나섰고 외척 아주머니의 주선으로 지금의 아내를 고르게 되었었다. 일이 풀리느라고 며느리는 결혼 일년 만에 떡두꺼비 같은 아들을 출산했고 어머니는 시들어가는 나무에 물을 부은 듯이 삶의 보람과 힘을 얻은 듯했다. 그렇다고 청춘의 나이에 허망하게도 남편을 잃어버린 여자의 한이 말끔히 가셔버렸다고 할 수는 없어도, 아들이 한길로 커서 직장 얻었고 장가를 들어 손자까지를 보게 되었으니 평범한 서민으로서의 보람은 이루었다고 할 수도 있겠다.

그런 어머니가 갑자기 이렇게 무너져 버린 것은 역사의 반복되는 악순환이 가져다준 충격 때문인 것이다. 이번만은 그런 일이 되풀이되지 않고 모든 일이 수월하게 풀리리란 기대가 무너진 탓이었다.

그러고 보면 이 땅의 역사란 개미 쳇바퀴 돌듯 변하지 않고 제자리 걸음만 반복해 왔던 셈이었다. 어쩌면 삼십 년 전에 아버지가 부딪쳤던 것과 동질의 사건이 아들 앞에서 재현될 수 있단 말인가.

김 교사는 어머니를 아내에게 맡기고 병원을 나왔다. 가느다랗게 어머니의 병세가 호전될 듯한 기미가 보여 어느 정도 마음을 놓기도 했으나 한시라도 빨리 학교에 돌아가지 않고는 견딜 수 없는 강박관념을 물리칠 수 없었다.

처음에는 조금도 누구와 맞붙어 싸우기 위해서 시작한 게임이 아니었다. 이제까지 지속되어 왔던 너무나 종적이고 하향적인 교육의 전달형식에서 벗어나 보다 자율적이고 민주적인 자각에서 효율적인 교육을 실천하기 위한 바탕을 얻고자 해서 출발한 것이었다고 김 교사는 생각하고 있었다. 일제적 잔재가 남아서 설치고 군사문화적 획일성이 지배하는 교육에서 벗어나서, 보다 민주적이고 민족적인 교육으로 접근해 가보고자 하는 의욕에서 시작한 일이었다. 그러나 이것을 위험시한 행정력이나 정치력이 물리적으로 저지하려 했을 때, 문제는 복잡하고 지난한 양상으로 변질되어가고 있었다. 일방에서는 강력한 추진력과 저항적 방법으로 목적을 달성해야 한다는 것이었고 다른 한쪽에서는 그것이 교육자들이 취할 행동이 아니라고 비판하고 나섰다. 이와 같은 대립은 세상을 떠들썩하게 만들었고 여론은 항상 힘 있는 쪽에 기울기가 쉬운 것이어서 힘없는 교사들은 거리에 나가서도 남의 눈치를 보아야 하는 경우도 없지 않았다. 그러고 보니 자체 내에서도 이미 동요하는 사람이 없지 않았고 외부의 압력은 날이 갈수록 심화되고 있었다.

그는 이따금 스스로가 내던져진 상황에 대해서 회의와 좌절감을 느끼는 경우도 있었다. 학교에서 내쫓김을 당했을 때 가족들은 굶게되고 끝내는 셋집에서까지 살지 못하게 되는 것은 아닐까. 아내가 나서서 어머니처럼 장바닥을 가게도 없이 굴러다니며 가족들 풀칠을 할 수 있을까. 당장 사퇴하고 교장을 찾아가 사과를 해버릴까. 그러나 그런 생각은 현실 앞에서 언제나 물거품뿐이었다.

처음에는 그렇지 않았었는데 시간이 갈수록 그는 교육계의 관리를 맡고 있는 분들의 하는 일들이 마음에 차지 않았다. 6·29 이후 상당 기간 동안 젊은 교사들이 하는 일에 호의적인 협조를 해주었던 그들이 어느 날 돌변하여 호랑이가 되어 으르렁거리기 시작한 것이었다. 이렇게 되면 혈기방장한 젊은이들이 반발하기 마련이었고 며칠 전에 교무실에서 일어난 일도 바로 이런 윗사람에 대한 젊은 교사의 자제하지 못한 흥분에서 비롯되었었다.

"어이, 자네 아무리 시원찮게 보이는지 모르겠지만, 이 교감 자리 얻기가 그리 쉬운 줄 아는가. 나도 내 자리 좀 지켜야겠어."

김 교사가 N교감에게 양해해 줄 것을 부탁하자 교감은 보신론 保身論으로 반격을 시작했었다.

"교감 선생님! 언제는 잘들 해보자고 격려까지 하셨던 어른이 이제 와서 그럴 수가 있습니까!"

교사들은 한 사람 두 사람 일어서서 항의를 시작했고 교감이 참지 못하고 육두문자까지를 퍼부으면서 솥뚜껑으로 자라를 잡으려 하자 한 교사가 앞에 놓여 있던 책을 그 앞에 내던지기까지에 이른 것이었다.

"이유야 어떻건 간에 서 선생님의 방금 취한 행동은 잘못입니다. 어서 일어나서 사과하십시오."

회장인 김 교사가 나무라고 나서 권유하자 그 교사는 변명 없이 일어나서 정중하게 사과를 했다. 그의 행위는 마땅히 비판되어야 했지만 교감은 그 자질부터가 존경받을 수 없는 사람이라는 데 보다 본질적인 이유가 있었다. 교감이 얼마나 힘 있는 사람에게 빌붙어 아양을 떨고 문턱이 닳아지게 드나들며 아부와 상납을 계속해 왔던가에 대해서는 주변에서 모르는 사람이 없을 정도였다. 그런데다가 그는 실력이 없는 교사로 유명했다. 신분이 보장되어 있는 교직이니까 망정이지 만일 그렇지 않았다면 결코 살아남을 수 있는 위인이 되지 못했다. 그가 어느 사람한테 보낸 편지가 우연히 한 학생에게 발견되어 공개됨으로써 그는 국민학교 이 학년 국어 실력밖엔 없는 사람이라는 심판을 받기에 이른 적도 있었다. 그러나 곰도 넘는 재주가 있다고 그는 사람 구슬리는 데는 일가견을 가지고 있는 사람이었다. 아이들이 잘 움직여주지 않으면 스넥이나 빵집으로 데리고 가 실컷 먹여서 휘어잡았고 학급에서 힘깨나 쓰는 놈이 있다 하면 재빨리 틀어잡고 노근노근하게 주물러 심복으로 삼아버렸다. 얼마 전에는 교사협의회에 입회

하겠다고 원서를 내놓은 것을 되돌려주기까지 했었는데 요새 와
서는 언감생심 그런 일 따위 있을 법이나 했느냐고 잡아떼고 있
었다.

교무실에 들어서자 교감과 붙어서 소곤거리던 박 교사가 놀라
서 떨어져 나가 제자리에 주저앉았다.

"왜 늦었는가?"

교감은 앞으로 다가가 고개를 숙이는 김 교사에게 물었다.

"가정에 조그마한 일이 있었습니다."

어떤 일이 있었으면 구체적으로 고하지 않고 추상적인 대답으
로 얼버무리는 꼴이 아니꼬왔겠지만 박 교사와 소곤거리다가 들
켜버린 일이 쑥스러웠던지 그는 머쓱한 표정으로 담배를 피워 물
고 있었다. 박 교사 역시 김 교사의 눈빛을 따갑게 느꼈던지 잠시
얼굴이 굳어져 안절부절 못 하는 것 같더니 비윗장이 좋은 그는
곧 평상의 얼굴로 되돌아왔다.

박 교사는 항상 웃음을 머금은 듯한 표정 때문에 많은 덕을 보
기도 하지만 손실도 또한 적지 않은 사람이었다. 말하자면 첫 대
면한 사람에게는 친근감을 주는 얼굴이었고, 어느 정도 사귀어
본 사람으로부터는 다소 얌체라는 평가를 받고 있었다. 그래서
막 부임해 온 젊은 선생님들은 금방 그와 가까워졌으며 그러다가
어느 정도 시일이 흐르면 저도 모르게 물러서 버리는, 그래서 박
교사는 항상 고독을 면치 못하는 존재였으나 교감과는 요사이 갑
자기 밀착해가고 있는 것이 역력히 눈에 띄고 있었다.

"어제 서울에서는 잘 치르어졌지요?"

"글쎄요."

이미 라디오나 신문을 통해서 알고 있을 터이고 그 이상은 아는 것이 없기 때문에 대답할 자료가 없었다. 박 교사는 언제나처럼 흰 이를 드러내고 웃음을 지었으나 진정한 친절로 받아들이지 않기로 했기 때문에 그저 무덤덤한 표정으로 쓰러질듯한 피로를 감당하느라고 안간힘을 쓰고 있었다. 시간표를 보니 둘째 시간 삼학년의 영어 시간은 다른 과목으로 대체되어 있어서 이 시간에는 수업이 없는 상태였다. 하지만 다음 시간부터 현기증으로 삥삥 도는 몸을 가지고 어떻게 수업을 계속할 수 있을지 걱정이었다. 어제 서울에 같이 올라갔던 교사들도 두어 사람 교무실에 앉아 있었지만 서로 그렇지 않았던 것처럼 비밀로 하기로 되어 있었기 때문에 눈인사만을 주고 의자에 앉아 버렸다.

"김 선생님, 교장 선생님이 좀 오시라고 하시는구만요."

교장은 이미 교장실의 유리창을 통해서 김 교사가 들어오는 것을 확인한 모양이었다. 그도 그럴 것이 그가 교문을 막 들어서는 순간 철봉대 옆에서 체육을 하고 있던 아이들이 짝짝짝, 박수를 치는 소란을 벌여버렸으니 그런 장면을 포착하지 못했을 교장이 아니었다. 어떻게 아이들이 학교 안이나 서울 등지에서 일어나는 일들을 그렇게 속속들이 알고 있는지, 이상할 정도였다. 그는 그런 일을 당했을 때 좀 어색하긴 했지만 그다지 싫진 않았다.

"어제 서울 다녀왔습니다."

이미 서울에서 벌어진 일들을 모를 리 없을 것이기 때문에 굳이 일을 숨길 필요는 없었다. 그것보다도 교장은 어제 서울까지 올라와서 장학진들과 더불어 M대 운동장까지 나타나 일일이 살폈는지도 모를 일이었다.

"김 선생! 나 좀 살려주소."

소파에 엉덩이를 내리자마자 교장은 앞이 콱 막히는 한마디를 던졌다. 도리어 사냥꾼 앞의 토끼로서 몰리고 있는 것은 이편인데, 사람 좋은 교장이 그런 말을 던지는 걸 보면 엄살만은 아니라는 생각이 들었다. 웬만큼 몰리고 있으면 저럴까. 측은하게 느껴졌다. 평상시에는 항상 다정하고 자상했던 어른이었다. 그래서 부모처럼 받들었던 분이었다. 그러다가 요사이 문제들이 생기면서 서로의 사이가 서먹서먹하게 되어버렸다.

"나야 바늘방석 같은 이 교장 자리 당장이라도 내던져버리고 차라리 자네들처럼 평교사로서 아이들이나 가르치고 싶은 생각이 굴뚝 같은 사람이네. 하지만 어쩔 것인가. 이 자리에 있는 동안은 교육위원회의 지시를 받아서 할 일은 다해야지. 저쪽에서 자꾸 법에 위반되는 일이라고 하니 그런 짓을 하라고 할 수는 없는 일 아닌가. 그리고 옛부터 스승이라는 것은 제자들 위에 서서 인격으로서 모범이 되어 가르치는 고귀한 신분인데 기름때 묻은 노동자나 운전수같이 노조를 만든다는 것은 합당하지 않네. 그렇게 되면 스스로 지위를 격하시켜 스승의 성스러운 위치를 포기하라는 것밖에……."

일제하의 동경에서 교육을 받았다는 교장은 또 걸핏하면 일본 천황이 내렸다는 교육칙어라는 것을 내세웠다.

"내가 일본사람 예를 들면 여러분이 어떻게 생각할지 모르지만, 교육의 원리라는 것은 동서고금을 막론하고 공통점이 있다고 봐요. 그중에서 동양에는 유교라는 것이 있어가지고 우리 사회의 질서를 세우고 있는 것인데, 우리가 지금 하고 있는 일은 일본사람들에게도 미치지 못하고 있어요. 어른이나 윗사람을 섬기는 데 있어서나 애국심에 있어서 그들을 따를 수가 없어요. 보세요. 저들이 천황을 모시는 것을……."

어느 정도 무난히 나가다가도 교장의 훈화가 여기에 미치게 되면 교무실 안이 술렁거리기 시작했다. 억지 기침을 한다든가 볼펜으로 책상을 치는 사람, 심지어는 콧노래를 부르는 사람도 있었다. 이것이 세대 차이였다. 교장이야 나름대로의 소신에서 그런 말을 하고 있다고 해도 '교육칙어'니 '천황'이니 하는 말들을 거리낌없이 이야기하는데 대해서 젊은 교사들이 순응할 리는 없는 일이었다.

교육의 제1세대, 바로 이 사람들은 겉으로 일본제국주의를 반대하고 애국심을 부르짖고 있지만 내심의 바탕은 항상 일본적인 과거를 이상으로 삼고 동경하는 사람이 적지 않았다. 이런 사람들이 교육의 정점에 앉아 아직도 젊은 세대의 교육을 지휘하고 있으면서 모든 사람들이 군대처럼 복종하고 일사불란하게 움직여 주기를 바라고 있다고 김 교사는 생각하고 있었다.

"이걸 읽어 보게."

교장이 한 장의 공문을 내밀었다. 받아서 읽어 보니, 만일 사퇴하지 않으면 파면하겠다는 내용이었다. 십자가는 이미 마련되어 있는 상태였다.

"어쩔 텐가? 차라리 내가 사표를 내고 해결할 수 있다면 대신 하고 싶은 심정이네."

"저는 혼자의 몸이 아닙니다. 전체 교사와 교육을 위해서 있는 몸입니다."

"그래도 안 되는 일, 법에서 금하는 일을 가지고 고집할 것 없어."

"교장 선생님 말씀은 충분히 이해하겠습니다."

"그럼 내 뜻을 받아들이겠다는 말인가?"

"아닙니다. 이해는 하지만 받아들이기는 어렵다는 겁니다."

2교시가 끝난 것을 알리는 종이 울렸다. 그는 교장실을 나와 교무실로 갔다. 많은 선생님들이 이미 돌아와서 자리에 앉아 있었다. 모든 교사들의 눈이 그에게 집중되었다. 며칠 전과는 다른 실내의 긴장감을 그는 온몸으로 느꼈다. 교사 하나하나의 눈이 그렇게 날카롭게 빛을 내고 있는 것을 보고 그는 일종의 공포 같은 것을 느꼈다. 그런 감정은 김광수라는 개인만이 느끼는 것이 아니고 전체 교사들이 공유적으로 갖고 있는 것임을 알 수 있었다.

"짝짝짝"

누군가가 박수를 쳤다. 교감의 날카로운 눈빛이 박수 치는 교사의 얼굴에 꽂혔다. 실내의 공기가 한번 출렁하는 것 같더니 교무실이 떠나가게 소나기 같은 박수가 여기저기서 터져 나왔다. 교감은 눈빛을 거두고 시선의 방향을 허공으로 주어버렸다. 김 교사는 천천히 자리로 돌아가서 모든 직원들을 향해서 고개를 숙였다.

"감사합니다."

공연히 눈물이 핑 돌았다. 병상에 누워 있는 어머니와 시중을 들고 있는 아내의 얼굴이 떠올랐다. 그녀의 얼굴이 사라지지 않고 머릿속에 머물러 있었다. 정녕 아내는 어머니와 똑같은 길을 걸어야 하는 것일까.

감았던 눈을 다시 떠보니 모든 직원들의 시선이 그에게서 떠나지 않고 있었다. 그들의 눈빛이 하나하나 화살이 되어 가슴에 꽂혔다. 비겁하고 힘없는 사람을 공연히 밀어붙여 분회장을 만들더니 이제는 허수아비와 같은 영웅으로 만들려는 것은 아닐까.

"저는 어제의 집회에 참가하고 이렇게 무사히 돌아왔습니다. 모두 여러분의 덕택입니다……."

말이 채 끝나기도 전에 시작종이 울려버렸다. 그는 황망히 교과서와 분필통을 들고 2학년 3반 교실을 향해 긴 복도를 걸어 나갔다. 이 반은 그가 담임을 맡고 있는 반이기도 했다. 그의 머리에 갑자기 알퐁스 도데의 꽁트 하나가 떠올랐다. 「마지막 수업」, 그곳에 이런 대목이 있었다.

"여러분, 이것은 내가 여러분에게 가르치는 마지막 수업입니다. 알사스와 로렌스의 국민학교는 독일어만을 가르치라는 명령이 베를린에서 왔습니다. …… 새 선생님이 내일 옵니다. 오늘은 여러분의 마지막 불어佛語 수업입니다. 열심히 들어

주시기 바랍니다.”

....

“여러분”

선생님은 입을 열었다.

“여러…… 나…… 나는…….”

무엇인가가 그의 말을 막히게 했다. 그는 흑판에 돌아서서
백묵 한 조각을 들고 모든 힘을 다해서 가능한 대로 크게 썼
다.

‘프랑스 만세!’

그러고는 벽에 머리를 기대고 거기 서 있었다. 말없이 그
는 우리에게 손짓을 했다.

“이제 끝났어. 다들 돌아가도록…….”

교실 문을 열고 들어섰을 때 아이들은 일제히 환성을 지르며
일어섰다.

“와아—”

그는 저으기 당황하면서 교단에 올라가며 손을 흔들어 주었
다. ‘왜들 이러는 것일까? 이놈들이 내가 어제 집회에 다녀온 것
을 알고 있단 말인가. 선생님들에게 기밀을 지킬 것을 당부했고
아이들에게는 냄새도 풍기지 않았는데……’ 김 교사는 무슨 말을
먼저 꺼내야 할지, 잠시 망설였다. 기분이 이상했다. 그것은 교무
실에서 이곳까지 걸어오면서 떠올랐던 도테의 글에서 연장된 센
티멘탈 같기도 했다. 어째서 하필이면 그 작품이 떠올랐을까. 어

쩐지 마음이 으쓱하고 슬픔이 몰려왔다.

"여러분 동산에 나무가 서 있었어요."

밑도 끝도 없이 이야기를 꺼내자 교실 안은 물을 끼얹는 것같이 조용해졌다. 딱딱한 수업이 아니고 어떤 재미있는 이야기를 하려나 보다 하는 기대감으로 아이들의 눈동자는 한결같이 호기심이 넘치고 있었다.

"그런데 그 나무에는 매미가 한 마리 앉아서 이슬을 먹고 있었어요. 그리고 그 뒤에는 무서운, 이렇게 두 발이 달리고 머리가 큰 버마재비란 놈이 앉아 매미를 노리고 있었어요. 또 버마재비 옆에는 새란 놈이 요놈을 찍으려 하고 있었어요. 그렇다고 새는 안전하냐 하면 그렇지 않고 포수가 나무 밑에서 노리고 있었다 이 말입니다."

"와아- 재밌다."

이미 고사성어를 배우면서 알고 있는 학생도 있었겠지만 모처럼 김 교사한테서 이야기를 듣는 것이 즐거웠던지 아이들은 와자지껄 떠들어댔다.

"그럼, 조용히들 하세요. 선생님이 한 가지를 물어보겠어요. 방금 이야기에서 매미와 버마재비와 새와 포수가 나왔지요. 그 가운데서 선생님은 무엇에 해당하겠어요?"

"포수요."

많은 아이들이 소리를 합쳐 대답했다. 김 교사는 고개를 살래살래 흔들어 아이들의 대답을 거부했다.

"새요."

하고 대답하는 학생이 있었다.

"이렇게 교단에 서서 나불거리고 있으니까 새같이 생각할 수도 있지요. 그러나 나는 그것이 아닙니다."

"버마재비는 아닐 꺼고…… 그럼 매미일까?"

어떤 학생이 자신 없는 소리로 주워섬겼다.

"맞았어요. 나는 매미여요."

'이상하다. 아닙니다.' 하는 소리들이 여기저기서 터져 나왔다.

"나는 매미여요. 그 이유는 여러분이 차차 알게 될 거예요. 하지만 매미를 노리는 버마재비가 강자냐 하면 그것도 아니고 그렇다고 새나 포수가 제일이냐 하면 그것도 아닙니다. 모두 죽거나 멸망하니까요."

갑자기 분위기가 조용해져 버렸다. 김 교사의 말뜻을 제대로 이해한 학생은 없었겠지만 무언가 생각해볼 만한 뜻이 있다는 것은 모두 알아차린 것 같았다. 물론 이 고사에 얽힌 말의 뜻은 약자인 매미의 이야기가 아니고 자기를 노리는 적이 많다는 것을 모르고 날뛰는 버마재비 같은 사람을 풍자하는 것이지만 본래의 뜻을 해체해버리고 다시 구성을 해보면 여러 가지 비유가 가능한 것이었다.

"자, 그럼 레슨 십오를 펴세요."

부지런히 한 줄을 읽고 단어와 문장 문법을 설명해나갔다. 걱정했던 것보다는 현기증도 크게 일어나지 않고 땀도 거두어졌다. 교사란 교단 위에 서서 학생들을 대면하게 되면 새로운 활력을 얻게 되는 것이다. 그때 출입문을 두드리는 소리가 들렸다.

"누가 와서 찾는데요."

이쪽의 눈치를 살피며 서 있는 것은 교무실의 미경이었다. 올 것이 왔구나 하는 예감으로 다리가 휘청하는 흔들림을 느꼈지만 힘을 주어 평형을 유지하려고 안간힘을 썼다.

"너희들 잠깐만 조용히 하고 있거라."

일러 놓고 복도로 나갔다. 교무실 밖에는 두 사람의 건장한 사내가 기다리고 있었다. 김 교사는 그들의 인도를 받으며 교문 쪽에 세워진 승용차를 향해 걸어 나갔다.

"선생니임!"

어떻게 알았는지 방금 수업을 중단하고 나온 교실에서 아이들이 다투어 얼굴을 내밀고 부르고 있었다. 그는 그들을 향해서 손을 흔들어주었다. 차가 움직이기 시작했다. "김 선생니임! 병원에서 전화가 왔어요. 어머님이 돌아가셨대요."

외치면서 미경이가 뒤를 쫓았지만 김 교사를 태운 승용차는 아랑곳하지 않고 이미 건물을 돌아가고 있었다. 차 속에서 흔들리고 있는 김 교사의 머릿속에는 창틀에 매달려있던 아이들의 하얀 얼굴이 사진으로 박혀 좀처럼 지워지지 않고 있었다.

삶의 이야기, 그 서사적 자유

장일구_ 문학평론가·전남대 국문과 교수

1. 역사, 삶, 이야기

소설은 이야기 양식 가운데 하나이다. 여느 이야기와 대상이 다르지 않은데, 모종의 상황(배경)에서 벌어진 일(사건)을 기술하는 것이 그 골자다. 물론 이야기의 원형질을 이루는 사건에는 사람(인물)이 주로 관여되어 있게 마련이다. 따라서 이야기는 삶에 조건지워질 수밖에 없다. 소설은 일종의 삶의 담론이다.

흔히 소설 하면 거창한 무엇인가를 지어 써야 할 것처럼 여기기 십상인데, 이는 이야기의 본질 면을 온전히 이해하지 못한 데서 비롯된 생각이다. 삶의 자질구레한 구석구석이 이야기의 대상이며, 삶의 디테일을 이야기하는 방식이 서사적 담론의 본령임은 주지이다. 소설은 그런 이야기의 국면을 문예 차원으로 승화한 유력한 양식인데, 삶의 면면을 충실히 기술하여 지어지는 게 상례인 것이다. 태생부터 대중의 담론적 요구를 수용한 양식이다.

그런데 흔히 소설은 사실의 기록이라 간주되는 역사 기술물에 미치치 못하는 부류로 취급되곤 한다. 패관기서稗官奇書라 하여 허구적 이야기를 홀대하고 경서나 사서를 문사의 전범典範으로 삼던 사대부들의 문학관이 여전히 힘을 미치고 있는 듯하다. 객관적 사실을 가치의 준거로 삼는 사고 방식은 생각보다 강하게 우리 의식을 장악하고 있다. 그러나 관점을 달리해 보면, 소설은 민중이 삶의 애환과 현실 여건에서 좌절되기 십상인 욕망을 표출하는 유력한 방편이었는데, 문학사를 더듬어 보건대, 임진왜란 이후 소설의 융성과 더불어 민중문학의 저변이 다져졌던 점이 시사적이다.

오늘날 소설이 따르는 장르적 전범인 서구 '소설(novel)'의 경우라도 사정은 비슷하다. 그것은 시민 계급의 문예 욕구를 표출할 새로운 양식—그래서 '노블'—으로 고안되었거나 채택되었다. 그 새로운 양식이란 오히려 일상에서 가장 친숙한 이야기 방식을 취한 것인데, 이는 문학이 삶에서 출발하고 삶에 귀결된다는 점을 극적으로 시사한 것이다. 소설의 발생과 융성에 연관된 이런 정황을 고려하여, 허구적 서사가 역사적 사실과 달리 허무맹랑한 거짓말이라는 오해에서 벗어나 소설의 본질을 이해할 수 있을 것이다.

기실 역사라고 해서 이야기 면에서 동떨어진 것도 아니다. 우리가 아는 역사적 사실은 이야기 형식을 통해 전해진 것이 대부분이다. 다만 역사가 사실의 기록에 초점을 맞춘다면, 허구적 서사는 그 사실 너머 개연성이나 당위성을 드러내는 이야기에 초점을 맞춘다. 아리스토텔레스의 지적처럼, 작가는 역사가와 달리 사실 세계에서 엿볼 수 없는 당위 세계를 개시開示함으로써 역할을 수행한다. 소설이 허구라 함은, 특히나 모순된 사실 세계에서라면 추구할 수 없을, 사태의 진실된 면을 드러내는 방편이어야 한다는 얘기다. 허구와 실재는 기묘한 아이러니 관계에 있다.

삶은 고정된 실체가 아니지만, 그 삶을 추상한 역사는 실체를 가장하게 마련이다. 삶의 자리를 지키던 주체적 개인의 면모는 대개 역사적 사건, 그 거대한 서사에 묻힌다. 그렇다면 역사는 통념과 달리, 구체적인 사실이 아니라 추상화된 이야기인 것이다. 객관적인 사실事實 아닌 조작된 사실史實인 것이다. 특히 그 기술의 관점이 지배 세력에 장악되기 십상인 공식 역사에서 그런 혐의는 더욱 짙다. 역사 기술의 방법론과 관점의 전환을 역설하는 예가 없지 않으나, 추상화된 역사의 이면에서 사라져 버릴 '삶의 기록'은 문학 양식, 특히 이야기 양식이 담당할 수밖에 없다. 그래서 더욱 소설은 삶의 기록이어야 한다.

이명한의 이번 작품집을 읽으면서 내내, 소설의 이야기 본질에 대해 새겨 보지 않을 수 없다. 특히 거대한 역사적 담론에 가려졌거나 그 무게에 눌려 드러나지 못했을 법한 이야기의 면면을 대하면서, 이야기 장르로서 소설의 의의에 대해 재삼 궁구窮寇하게 된다.

2. 삶의 담론, 회한의 이야기

농염한 홍시빛으로 서산 위에 타고 있던 태양이 마지막 자취를 감추자 회색의 어둠이 치마폭을 벌리고 내려와 천지를 덮었다. 형체를 갖춘 지상의 모든 것들은 으스러지는 아픔을 느끼며 하나 둘 스러져 갔다. 이제 남아 있는 것은 어둠과 서러움뿐이었다.

어머니는 홀로 그 속에 서 있었다. 검은 산그늘 속으로 희붐하게 사라진 길 끝을 바라보며 하염없이 서 있었다. 옛날 남편을 기다리다가 돌로 굳어 버린 망부석이란 게 있었다더니 오늘의 어머니는 망자석이었다. (「기다리는 사람들」 중에서)

아들을 기다리는 어머니의 정한, 그 서러움은 어둠의 횟빛을 배경으로 더욱 처절한 아픔을 전한다. 망부석에 얽힌 전설 한 대목이 떠오를라치면, 그 정한은 사무칠 듯 교감을 야기할 만하다. 그 어머니가 오늘은 망자석이라지만, 전에 마찬가지로 남편을 기다리던 정한의 기억이 있기에 아들을 기다리는 마음이 더욱 각별했던 모양이다.

남편은 일제 강점기에 징용에 끌려갔다. 남편의 유고를 접하고 실제 유골까지 받아들고서도, 남편의 죽음을 믿지 않고선 반드시 돌아올 것이라며 남편을 부질없이 기다리던 모습을 두고 마을 사람들은 망부석이 될 것이라 했다. 그러나 "기다림은 헛되지 않았다." 죽었다던 남편이 살아 돌아온 것이다. 그래 그 기다림은 주술과도 같은 것이었다. 그렇지만 주술은 반쯤만 적중한 셈이었다. 남편이 살아 돌아오긴 했지만, 시력을 잃어버린 터이기 때문이다.

아들을 기다리는 그 주술 또한 반쯤 적중하고 만다. 기다리던 아들은 산재産災로 다리를 잃고 돌아왔던 것이다. 이쯤 되면 기다림의 주술이 온전히 적중하기는커녕, 더한 아픔만 가져다 준 꼴이다. 그 어머니는 결국 체념할 수밖에 없다.

어머니는 한참 동안 주문처럼 주워섬기다가 갑자기 힘이 빠지며 흐느끼기 시작했다. 체념이었다. 이제까지 세상을 살아오면서 자진해 죽을 만한 일을 헤아릴 수 없이 겪으면서도 살아남을 수 있었던 것은 정녕 체념의 힘이었다.

기실 남편과 아들을 기다리던 심정도 어쩌면 희망보다는 더이상 어쩔 수 없는 절망적 상황에서 비롯된 체념일 개연성이 더크다. 물론 그 절망과 체념은 비극적 역사와 현실에서 비롯된 것이다. 삶의 자리를 지키고자 하는 이들에게 나라도 역사도 삶을 왜곡하는 이념적 허상에 불과하다. "우는 것은 비국민이요. 당신은 서방님이 나라를 위해서 싸우러 가는 일이 그렇게 싫소?" 하며 남편을 억지로 끌고 가는 면직원과 순사에게, 그이는 "나라 덕 보고 사는 당신들이나 잘하세요. 농사지어 먹는 우리 백성들은 가정이 더 소중한께 빨리 놓아주시오."라며 맞선다. 물론 그런 대항의 말이 먹혀들 리 전혀 없다. 일제 치하에서 왜곡된 역사는 민중의 삶의 면면을 살피기는커녕 그 자리를 침해해 들기 일 쑤였던 것이다.

물론 회한에 찬 기억을 안고 살아온 이들의 이야기가 공식적으로 발설되는 예는 없다. 역사는 정작 그 주체인 이들의 얘기를 쏙 빼놓은 채, 거창한 정치적 서사들만 늘어놓기 일쑤다. 역사의 비극으로 희생된 이들의 삶의 이야기는 역사적 서사의 그늘에 가려지기 십상이다. 그 어머니의 체념은 역사의 폭압이 빚어낸 비극을 곱으로 짊어진 상황에서 지극히 당연한 귀결이다. 경제 성장의 신화 속에서 산재를 당한 아들을 두고 그 절망이 더욱 깊었을 법한 것이다. 본디 '희망'을 함의해야 할 '기다림'은 애초부터 절망이 중층된 '체념'을 내포하고 있었을 터이다. 기다림의 지독한 역설이다.

그러나 이 소설의 이야기는 거기에서 그치지 않는다. 또 하나의 절망적 기다림이 개입해 든다. 빨치산 활동 중에 토벌대에 죽었을 것으로 여겨지는 사위를 마냥 기다리겠노라 작정한다. 반만 적중한 것이라도, 불구가 되어서라도 기다리던 남편이 돌아왔기에, 불행한 딸을 위해 그 "영험"한 주술을 다시 한번 걸어보리라 마음 먹은 것이다. 여기에는 딸도 가세한다. 어머니가 그랬듯이 제 남편을 기다림으로써 모종의 주력呪力을 발휘해 볼 심산을 한다. 기다림의 역설이 다시금 역설이 된다면 어떨까도 싶다. 모녀의 기다림은 절망의 끝에서 시작한 것이고 애초에 희망을 전제한 것도 아닌지라 체념이지만, "지칠 줄 모르는 기다림"의 주술을 당당히 감행하고 있는 것으로 이야기되어 있다.

역사와 현실이 야기한 절망의 삶을 배경에 두고서 무턱대고 희망을 얘기할 수는 없는 노릇이다. 논리적으로야 그렇지만 수사학 차원에서 역설의 역설 식으로 기술된 '체념의 체념'은 무기력한 패배적 정서에 머물러 있지는 않다. 모녀의 모습을 사진 찍는 태근의 심산은 그 알레고리이다.

"아직 끝나지 않았어요, 가슴을 펴고 당당하게요."
필름 한 통이 다 풀려 감기지 않게 될 때까지 표정과 배경을 바꾸어 가며 찍어댔다. 모녀의 모습이 영상으로서가 아니라 썩지 않는 육신으로 아니, 살아 있는 실체로서 영원히 남기를 바라면서 숨을 헐떡거리며 부지런히 찍어댔다.
오늘밤부터 이 자리에서는 지칠 줄 모르는 기다림이 다시 시작될 것이다.

역사가 만들어낸 비극, 그 뒤안길에서 살아 남아야 하는 이들이 감행하는 삶의 주술, 그것은 허구의 진실에 상응하는 그 무엇이 분명하다.
이렇듯 역사의 그늘에서도 삶의 자리를 지키고자 한 이들의 이야기가 이명한의 이번 소설집에서 모티프 격으로 도드라져 보인다. 작가의 시선과 의식은 분명 우리 현대사의 굵직한 사태에 향해 있으면서, 거대한 역사적 서사 이면으로 사라져 버렸을 법한 이야기를 포착한다. 일제 강제 징용의 역사, 해방에서 한국 전쟁에 이르기까지 이념적 격동의 역사, 서슬퍼런 군부 통치의 역사, 그리고 광주민중항쟁. 이후로 이야기의 국면은 다음 세대에 역사로 기록될 전교조 교사 해직 사태나 IMF 대량 해고 사태 등 현실의 문제에 이어지지만, 이명한이 들려주는 이야기에는 늘 역사적 사건의 그림자에 가린 뼈아픈 민중의 삶의 면면이 초점 맞춰져 있다.

해방 후 표출되었던 이념적 갈등이 빚어낸 시국 탓에 파탄지경에 이른 가족사의 비극이 제재를 이룬 「낙엽으로 떠돌다가」가 그러하고, 빨치산 토벌대에 무고하게 희생된 아내에 대한 애틋한 사랑과 회한이 전편에 흐르는 「진혼제」가 그러하며, 자유 이념의 수호라는 미명 하에 남의 전장에 나가 한 쪽 발을 잃은 파월 용사의 뒤틀린 삶을 그린 「은혜로운 유산」이나, 유신체제를 단적으로 옹호하던 통장이 80년 광주의 현장에 참여하여 죽어간다는 이야기인 「저격수」가 다 그러하다. 전교조 해직 교사의 부친이 겪는 삶의 갈등을 다룬 「노래방과 차단기」, 우르과이 라운드의 소용돌이 속에서 가난한 삶의 쳇바퀴를 도는 이농민이 겪는 삶의 고통을 그린 「오방떡」, IMF로 인해 해고 당한 이들의 삶의 애환과 희망을 담은 「하룻밤의 향연」 등은, 또 한 차원에서 역사적 현실의 이면을, 때로 가슴아픈 공명을 자아내며 때로 희화하여 쓴웃음을 자아내며, 형상화하고 있다.

그런가 하면, 역사와 현실에 고통 당한 이들은 거기서 벗어난 자유로운 시공을 탐색한다. 어머니가 꾸었다던 태몽의 현장을 찾아갔다가 의문의 여자를 만나 밤을 함께 하고 어머니의 태몽을 그녀에게도 안긴다는 이야기나(「에덴기행」), 시국사범 담당 판사가 법복을 벗은 후 삶의 회한을 안고 고향을 찾아 첫 사랑 여인의 품에 안겨 안식을 찾는다는 이야기(「황홀한 귀향」), 토벌대에 죽임 당한 남편의 정한을 대신 지고 현실에서 찾을 희망의 상징으로 삼았을 "어머니의 섬" "율도"를 찾아 헤매는 이야기(「율도를 아시나요」), 해고의 고통을 뒤로 하고 고향을 찾아 희망의 향연을 벌이는 이야기(「하룻밤 향연」) 등이 그 탐색의 기록이다. 저명한 종교학자 엘리아데(M. Eliade)가 역사의 위기 순간에 인간이 떠올리며 회귀하려는 데가 신화적 세계라 했다지만, 작가는 "본능 비슷한 것" 혹은 "의식의 밑바닥에 숨어 있다가 되살아나는 것"이라는 고향의 신화를 담론할 심산을 했는지 모른다. 그 신화는 허무맹랑하고 허탄한 가공의 이야기가 아니라, 인간 의식의 심연에 자리한 본능적 자유 세계로 회귀하고자 하는 집단 무의식을 드러낸 이야기일 법한 것이다.

물론 그러한 차원의 이야기는 역사 기술물에서 찾아 볼 수 없다. 그렇다고 그 삶의 면면을 진실하지 않다고 말할 수는 없다. 허구일 듯하지만 정작 허구가 아닌 듯 보이고, 실제 있었을 법한 이야기지만 정작 그에 상응하는 지시 요소들을 온전히 찾아 재구하기에도 어려운 구석이 한둘 아니다. 그저 있을 법한 이야기라고 잘라 말하기에도 무엇인가 의미 있는 전언(메시지)을 담은 구석이 많아, 가벼이 스쳐 지날 수 없다.

3. 닫힌 역사, 서사적 자유

역사는 실상이 삶의 억압 기제이다. 역사의식을 갖는다 함은 역사라는 거대한 실체가 삶의 자리자리에서 발하는 이데올로기적 힘을 직시하고 구체적인 대항 의식을 갖춘다는 데 상응한다. 물론 그 의식은 삶의 정황을 역사적 사실로 환원하거나 여분의 것을 재단함으로써 추상화하는 태도에 비판적 통찰력 발휘하는 데 이어져야 한다. 그 결과 상대적인 대항 담론을 표출할 여지가 생기는데, 원론적으로 소설은 그런 담론 가운데 유력한 한 양식이다.

소설의 매력은 역사화된 이야기를 재구성하거나 뒤집어 허구화할 수 있다는 데 있다. 전체화된 역사로는 드러나지 않을 삶의 리얼리티를 소설에서는 기술할 수 있는 것이다. 그 다면적인 삶의 이야기에는 핍박 속에서도 지난하게 삶의 자리를 지키려 의지를 다지고 몸부림치는 민중의 면면이 형상될 것이기에, 소설은 그 자체가 역사의식의 발현인 셈이다. 그러나 그런 의식을 드러내는 것이 어디 쉬운 일이겠는가. 작가는 이 점을 지극히 의식하고 극화하려는 듯하다. 역사와 삶, 역사와 인간에 관한 알레고리라 할 법한 담론이 다음과 같이 드러나 있다.

황토로 뭉쳐진 등성이는 오후의 태양 아래 이글이글 타고 있었다. 사태가 나서 깊은 상처로 파인 언덕 밑으로 난 구부러진 길을 검은 물체가 움직이고 있었다. 족히 한 마장은 될 것 같은 거리를 딱정벌레가 낙엽 위를 기어가듯 걸어오고 있었다. 정말 딱정벌레처럼 작아 보였다. 실제로 그 사람의 체구가 큰지 작은지는 가까이 와 보아야 알 수 있지만, 먼 거리를 두고 저런 언덕 위에 놓고 보면 작아 보일 수밖에 없었다. 황토 탓이었다. 아니 황토가 아니라도 저런 웅장한 언덕 위에서는 아무리 덩치 큰 존재도 딱정벌레일 수밖에 없었다. (「황톳빛 추억」 중에서)

과연 거대한 황토 언덕을 내려오는 사람이라면 멀리서 보기에 지극한 미물에 지나지 않는다. 역사를 배경으로 해 놓으면 정작 삶의 모습이나 그 주체의 존재감은 미미하기 그지 없다는 사실의 알레고리로 삼을 만한 얘기다. 언덕 등성이에 사태가 나 무너져 내린 자국이라도 있을라치면 등성이를 타는 사람의 흔적이 골에 묻혀 아예 감지하기조차 어려울 법하다는 것은, 역사적 사태 속에서 인간 존재와 삶의 구체성이 더욱 파묻히게 된다는 것을 우의한 것이라 여길 만하다.

황토 언덕 자체는 그저 "가장 거칠고 메마른 것"일 뿐이다. 주변의 숲과 어우러지고 하늘과 어우러져 그 빛을 더욱 빛나게 할 배경으로 작용해야 의의가 살아 난다고 했다. 「황톳빛 추억」의 주인공이 황토를 좋아하며 종내 화폭에 담아 내려 하는 것은 그렇듯 주변을 빛나게 하여 생동감 넘치게 하는 바탕일 때만 유효하다. 역사의 유효함이 이에서 유추되는데 우리가 역사에 주목하는 것은 대개 그런 유효함 때문일 것이다.

그렇지만 도무지 그 생명력을 형상화할 수 없어 고심하던 차이다. "살아있는 생명체"로서 황토를 그리기 위해 불모의 산등성이에 "꿈틀거리는 동적인 힘"을 부여하려 고심하던 것이다. 때마침 등성이를 따라 사람의 흔적이 보였던 것이고 생명력을 불어넣을 매체로 삼을 만하다 한다. 이를테면 역사가 생동한다고 여겨지는 때는 언제인가. 주체로서 인간의 역동이 느껴질 때이다. 워낙 역사는 역동적 주체에게 추동되어서만 살아 움직이는 듯 여겨지게 마련이다. 그런데 먼 발치로 보면 거대한 역사의 움직임에 사람이 휩쓸리는 듯 보이고, 때로 인간의 움직임이 보이지 않을 경우조차 있어 문제다. 그 운행의 역학을 알아채는 것도 어렵지만, 이를 어떤 매체에다 옮겨 형상하는 것이 어려울 것은 말할 나위 없다.

　　황토는 살아 있는 생명체였다. 그래서 나는 거기에다 꿈틀거리는 동적인 힘을 불어넣어 주고 싶었다. 그런데 그게 어려웠다. 아무리 생명체일망정 대지는 침묵으로 일관할 뿐 움직이는 법이 없었다. 그것이 안타까웠다. 꿈틀거리게 하고 싶었다. …(중략)…
　　재빨리 팔레트에 검정 물감을 풀어 인체의 형상을 찍어 넣었다. 드디어 붉은 황토 위에 검은 점 하나가 등장하였다. 그러나 도무지 움직이고 있는 것으로 느껴지지 않았다. …(중략)… 정적인 바탕에 동적인 것을 배합하여 전체가 살아 생동하는 새로운 생명체로 만드는 일이 얼마나 어려운 것인가를 나는 미처 상상하지 못했었다.

일이 난관에 부딪힌 연원은 어디 있을까. 애초에 황토빛에 현혹되었던지 그 언덕을 생명력 넘치는 실체로 전제한 것부터 오판이었던 듯하다. 멀리서 보아 붉은 색채가 생명의 기운을 담뿍 담은 듯 발산되어 있지만, 그 빛깔만으로 역동을 감지한 것은 눈속임에 말려든 소치일 뿐이다. 거기에다 원근법에 맞게끔 점 하나를 인간 형상이라며 그려넣는다고 해서 역동성이 살아날 리 만무하다. 애초에 거리를 두고 전체로서 관망만 하였기에 그리된 것을, 관점을 그대로 두고 대상을 변형하여 그리려 해 보아야 무위에 그칠 뿐이다. 그래서 보잘것 없어 보이거나 화면 구성에 무의미한 점 형상을 곧 지워버리기 일쑤다.

역사를 관망하고 기술하는 관점이 꼭 그러하지 않을까 싶다. 처음 이들 대목을 알레고리라 전제하였는데, 그런 만큼, 반드시 전체 이야기의 맥락에 놓고 이해해야 하는 부담은 덜하다. 여하간 역사 전체를 주 구도로 놓고 거기에서 인간 삶의 역동성을 드러내려 한다면, 처음부터 무모한 심산을 한 것이다. 그런 관점과 구도 하에서 인간 존재는 전체로서도 개인으로서도 역사를 부각시키기 위한 덧칠에 지워지기 일쑤다. 그럴 때 역사는 인간 존재를 희생양으로 삼는 것이다. 실제로 이야기 속 황토 언덕 한 자락의 "음침한 골짜기"는 한국전쟁 당시 "반동으로 몰리고 빨갱이로 지목 받은 사람들이 주검이 되어 처박히곤 했던 골짜기"라고 명시되어 있어, 겉보기와 다른 역사의 폭력상과 이를 떠받치는 이데올로기의 허구상이 우의된 바 있다.

　인간이 사라진 역사, 그것이 역사 기술물의 실체다. 그러나 소설에서는 역사에서 소외된 인간 존재의 면면에 서사의 초점을 둘 수 있어, 삶의 역동 나아가 역사의 역동을 드러낼 전략을 세울 수 있다.

　「황톳빛 추억」의 화자이자 주인공인 '나' 또한 역사에 대하면 미약하기 그지없는 존재 아닌 존재의 모습을 띤다. 그 모습은 「폐광촌」에 등장하는 '나'의 형상에 맞닿아 있는데, 두 사람 모두 군대의 냉혹한 위계질서와 권위에 무력한 이들이다. "소대장"들은 가혹한 절대권력을 교묘하게 휘두르며 사병을 부리곤 했는데, 이에 맞서질 못했던 것이다. 물론 그런 폭압도 무력함도 그들 개인 차원의 것으로 돌릴 수 없다. 군대라는 거대한 이데올로기적 실체가 빚어낸 논리에 그들이 복종할 뿐이기 때문이다. 그들이 훗날 우연히 만나면서 벌어지는 해프닝을 보면 더욱 그리 생각할 수 있다. 전역 후에도 여전히 권위를 내세우며 군림하려 드는 그 "소대장"들의 면모 자체가 군사권력의 횡포를 알레고리로써 표현한 것이 분명하다.

　특히 이 이야기들이 재미있는 것은, 군대라는 테두리를 떠나서도 절대적으로 군림하려 드는 이들을 조롱하듯 결말지어졌다는 점이다. 허세로 부리는 권위에 걸맞지 않은 "소대장"들의 행세는 스스로를 조롱거리로 만드는 것인지라, 아이러니 효과를 자아낸다. 자선사업을 빙자해 그림을 강탈하다시피 하여 도망치는 "박 중위"든, 학생운동하는 아들을 무모하게 감금하여 죽음에 내

몬 "허 중위"든 뒤틀린 권위를 희화하는 데 동원된 우의적 인물들이다. 물론 그들에 대한 기억은 군대 시절의 가혹한 기합과 불합리하게 강요된 복종에 관한 것뿐이다. 그런데 폭력과 압제는 군대의 지휘 체계와 전혀 무관한 현실에까지 영향을 미치고 있기에 단순히 불쾌한 기억에 그치지 않고 이야기에 끼어들어 있다. 그것은 개인의 군대 시절 체험담이라기보다는, 오랜 세월 군부통치 시대에 관여된 대유적 역사라 할 만하다. 일개 개인사라도 공감의 폭이 넓어 구성원 다수에게 공통된 개인사라면 역사의 면모가 될 법하다. 군대 시절의 기억이라면 우리 사회 남성 다수가 함께 떠올리는 것인 만큼, 역사로 범주화할 수 있을 테니, 역사 이면의 이야기로써 알레고리를 만들었다고 할 수 있을 것이다.

그렇다면 실제 현실, 실제 역사에서 절대권력인 군대 시절 상사나 군부통치 수권자의 권위를 조롱하는 것은 역사의 폭력에 가린 이면의 이야기를 들춰내고 이를 희화적으로 혹은 냉소적으로 우의함으로써 아이러니 효과를 자아내는 서사 전략에 상응하는 것이라 할 수 있다. 그 이야기 속에서는 알레고리로써만 아니라 직설적인 담론으로써도, 역사를 조작한 이데올로기의 저변을 통렬히 조롱하고 있기에 그런 해석이 가능하다.

"누가 빨갱이라는 겁니까요?"

"찬수란 놈이네. 내 아들놈이라니까. 공부하라고 학교 보내 놓으니까 그렇게 됐지 뭔가. 말끝마다 노동자 민중 통일 어쩌고 이북의 빨갱이들이 하는 소리만 지껄여대고 있으니

영락없는 빨갱이가 아니고 무언가. 아무리 호통을 치고 타일
러도 듣질 않아. 그래서 오늘 자넬 만난 김에 그놈을 좀 가르
치도록 부탁하려는 거네." …(중략)…

"안 될 말씀입니다."

"아니야, 할 수 있어. 설령 어렵더라도 나의 명령인데 자네
가 복종하지 않을 텐가. 어서 일어나게."

허회장은 캐비닛 안에서 라이플 엽총을 꺼내어 들었다. 이
사람이 무슨 짓을 하려고 저런 걸 들고 나가는지 나는 가슴이
써늘했다. (「폐광촌」 중에서)

"훌륭한 일이라는 걸 알면 됐어. 그런 걸 모르면 공산당이
지."

그의 말끝에 튀어나온 공산당이란 말에 비위가 팍 상했다.
왕조시대에 역적 지명 받으면 혼비백산해 버렸던 것처럼, 모
든 사람들은 간첩이니 빨갱이니 하는 말에는 주눅이 들어 맥
을 추지 못했다. 그래서 이 세상에는 그 말을 교묘히 이용해
서 사람의 등을 치거나 구렁에 몰아넣는 일을 다반사로 삼고
있는 고얀 사람이 적지 않은 터였다. 어쩌면 이 사내도 그런
방법으로 살아온 것일까. (「황톳빛 추억」 중에서)

명령과 복종의 위계질서에는 늘 반공 이데올로기가 교묘히 섞
여 우리의 의식과 삶을 억압하는 기제로 작용했던 것이 역사요,
현실이다. "모르면 공산당"이라며 은연중에 쓰는 상투어의 용례

만 해도, 그 이데올로기가 얼마만큼 뿌리 깊이 삶에 내재해 있는지 반증한다. 그러한 이념과 의식이 실상 왜곡된 편견의 소산이라 의식하지 못하는 것은, "육이오"라는 거창한 역사적 서사가 가치관의 건전성과 삶의 순수성을 호도하고 있는 데서 비롯되었을 공산이 크다.

월남전에서 얻은 불구의 몸을 "은혜로운 유산"으로 철썩같이 믿고선 우방인 미국 측에서 고엽제를 뿌렸을 리 만무하다고 믿는 김씨(「은혜로운 유산」)나, 유신의 권좌를 오래 지켰던 이를 "세종대왕이나 링컨대통령보다도 훌륭한 인물이었을 것"이라 판단하는 송달수씨(「저격수」)도 이데올로기에 편집된 역사의 희생양들이기는 매한가지다. 다만 권좌의 주변을 겉돌며 권위와 힘을 발휘하곤 했던 "소대장"들과 달리, 이들은 자신도 모르는 사이에 그 권력에 희생된 예다. 그래서 부지불식간에, 거부할 수 없는 삶의 진실에 휩싸여 존재의 본질을 회복할 법도 하다. 김씨가 우연히 농민회 시위 군중에 휩쓸리다 쓰러져 가담자로 몰려 연행된다는 결말이나, 송달수씨가 공수부대의 무차별 만행을 목도하고 광주항쟁에 가담하여 숨이 진다는 결말이 그런 여운을 드러낸다. 두 작품 전편을 흐르는 냉소적인 어조가 이런 아이러니와 어우러져, 역사가 빚어낸 비극을 희화한 것이다. 그러나 결코 웃어 넘길 수 없는 비애감이 예 함께 스며 있기에 가벼이 읽을 수는 없다.

거대한 공식 역사의 폭력과 그 이면에 가려진 내밀한 삶의 이야기, 어쩌면 가십과도 같은 그 이야기는 구체적인 삶의 자리를 드러내는 기제인데, 특히 알레고리로 작용하기 예사다. 인물과

행적의 희화, 어조와 결말의 아이러니는 서술자의 냉소적 시선을 통해 드러남으로써, 삶을 왜곡하여 성립된 역사의 이데올로기에 대한 비판의 담론으로 작용할 만하다. 역사가 억압 기제라면 서사는 자유 기제이다.

4. 역동적 이야기 전략

흔히 '이야기 잘한다' 하거나 '이야기 재미 있다' 하는 것은 두 국면에 걸친 말이다. 하나는 내용면으로, 흥미진진한 사건을 잘 지어 얘기한다는 말이고, 또 하나는 기법 면으로, 같은 이야기라도 조리있게 혹은 흥미를 이끌며 잘 꾸며 얘기한다는 말이다. 이런 맥락에서, 이야기의 한 장르인 소설을 이해하는 데는 이야기의 전략, 곧 수사학 차원의 이해가 뒷받침되어야 한다. 물론 이야기의 주제 국면이 이야기 전략의 국면과 상응하는 면이 있다면, 그 의의는 배가됨직하다.

이명한의 이번 소설집에서 두드러진 서사 전략은 결말을 열어두는 방식이다. 그리고 보면 통념적인 구성 형식인 플롯에 걸맞지 않는 구성 방식을 대개 취한다. 가령 「황톳빛 추억」의 결말은 다음과 같다.

으르렁.
성난 개의 울부짖음에 이어 곧 절박한 비명소리가 들려왔다.

　"사람 살려!"

　그대로 두고 보자면 어떤 새로운 사건의 서막을 알리는 대목처럼도 여겨진다. 그림을 갈취하여 "굵은 빗방울" 속에서도 다급히 도망한 박중위는 어찌되었을까. 전모를 읽어온 독자라도 사뭇 궁금증을 느낄 법한데, 이대로 소설이 끝맺어졌다. 이야기가 더이어질 법한데 구성상 대단원에 이른 것이다. 통상의 플롯 구도에 대보면 구성이 이만저만 엉성한 게 아니다. 가령 여운을 남기는 결말이라도 사건이 대체로 마무리되었음을 암시하는 효과를 발하게 마련인데, 이 경우는 그런 여지도 없다. 그렇다면 정녕 소설 구성의 묘를 전혀 살리지 못한 경우라 단정해야 할까.

　완결된 이야기를 기조로 한 플롯은 기실 '극적 구성'을 소설 구성의 원리로 차용한 것이다. 이때 극이라 함은 아리스토텔레스가 문학의 전범으로 삼았던 희랍 비극을 가리킨다. 운명 때문에 제의지와 상관 없이 비극의 수렁에 빠져 드는 인물을 극화하는 원리야말로, 문학의 순화 기능을 제고하는 데 크게 유효하다. 소포클레스가 극화한 「외디푸스 왕」은 그 전범 중의 전범이다. 운명의 장난으로 사건이 급전되어 극한의 페이소스를 자아낼 때, 관객은 가공할 운명의 힘을 외경하며 윤리의식을 순화하게 마련이다. 그런 목적을 효과적으로 적중시키기 위해서는, 비극적 운명의 파국을 엿보이는 완결된 구성이 요구되는 것이다. 이야기가 그럴 듯하게 보이는 것은 바로 구성의 묘다. 그래서 아리스토텔레스는 당당히도 "인물이 없이도 극은 가능하지만 플롯이 없이는 불가능하다."고 단언했던 것이다. 각설하고, 완결된 이야기는 극적 구성을 전제한 소설의 플롯에서만 제한적으로 유효할 뿐이다.

　기실 시작과 끝이 분명하지 않고, 우발적인 상황이 비일비재한 세상사 가운데 어느 한 대목을 잘라내어 이야기하는 것 자체가 자의적인 조작이다. 소설을 허구라 하는 것은 이야깃거리가 맹랑한 거짓이라서가 아니라, 이야기를 담론하는 차원에 작위가 개입되게 마련이라서 하는 말일 법하다. 그렇다면 완결해서 이야기하는 수도 있지만, 어차피 이야기의 어디가 시작이고 끝인지 모르겠다는 심산으로, 미완으로 남겨 이야기하는 수도 있을 것이다. 이명한의 서사 전략은 이야기에 관한 이런 본질적 통찰에서 비롯된 듯하다. 「하룻밤의 향연」 앞에 붙인 에피그램의 한 대목, "세상의 모든 일은 시작도 없고 끝도 없는 것이다."란 구절은 이를 방증한다.

　그런가 하면 위와 같은 결말은 희화적 효과를 극화하는 효력도 발휘한다. 알레고리와 아이러니 기법을 구성상으로 대변하는 것이기도 하다. 그런 기법이 적용된 서사는 기술된 내용을 액면 그대로 두고서 이해하기 곤란하다. 이야기에 몰입해서 이해할 수 없고, 거기에 일정한 거리를 유지하면서 비판적으로 통찰해 가며 이해할 수 있다. 이를테면 관객의 몰입을 극적 효과로 삼았던 전통극 원리에 반해, 관객의 비판적 거리를 유지하게끔 무대와 구성을 낯설게하는 효과를 내려 하는 서사극 원리에 상응하는 바 있다. 해석의 여지를 남기는 수사 전략과 열린 결말 사이에는 그런 면에서 조응 관계가 있는 것이다.

여기에 시점의 역학이 더해져 이야기의 역동성은 배가된다. 대개 경험(인식) 주체와 서술 주체 간의 관계 양상을 따지는 시점이 고정되는 법은 드물다. 그렇지만 서술자의 태도 여하에 따라 일방적으로 전달되는 이야기의 경우, 인물과 사태의 면면에 대해 독자가 해석할 여지가 반감하는 만큼, 이야기의 역동성이 줄어든다. 반면 경험과 인식의 당사자인 인물의 의식과 담론을 살려 쓴 이야기의 경우 그 역동성이 사뭇 증대된다. 이 소설집에 실린 작품들은 대체로 시점의 역학을 고려하여 이야기의 역동성이 잘 살려진 면이 보이는 만큼, 전반적인 서사 전략의 기조를 흔드는 법은 없다.

특히 죽은 사람의 시점에서 경험하고 인식한 바를 쓴 것으로 전제된 「대왕님의 손가락」은 시점 역학의 묘미를 단적으로 보여주는 예다. 기실 논리적으로 따져 그런 서술 상황 자체가 불가능하다고 할 수 있다. 그러나 이야기에서는 논리보다 수사 전략이 유력함을 전제할 일이다. "오랜 신고 끝에 나는 드디어 죽었다."로 시작되는 그 이야기의 시점은 원천적으로 아이러니를 드러내는 것이다. 그리고 보면, 이 소설의 내용 또한 희화적 알레고리를 기조로 하고 있다는 점이 새삼스럽지 않다.

이쯤 되면 서사 전략은 분방한 담론적 자유를 구가하는 데 걸맞다. 이야기의 역동성은 결말을 열어 놓은 이야기 구성과 어우러져, 닫히고 정체된 역사와 현실을 비판하는 수사학적 우의로

작용할 만한 것이다. 이명한의 이번 소설집에 주목할 만한 이유
가 여기 있다.

장일구 문학평론가·전남대 국문과 교수. 1996년 〈조선일보〉 신춘문예 문학평론 당선으로 등단. 서강대 국문과 및 동대학원 졸업. 문학박사. 주요 저서로 『경계와 이행의 서사공간』, 『서사+문화@혼불_α』, 『소설 FAQ』, 『혼불읽기 문화읽기』 등이 있다.

| 수록 작품 발표 지면 |

1931년	8월 19일, 전남 나주시 봉황면 유곡리 909번지 낙동마을에서 아버지 이창신, 어머니 김순애 사이에서 1남 2녀 중 장남으로 출생.
1956년	농민문학가 오유권을 만나 문학에 뜻을 두게 됨.
1967년	조선대학교 법정대 법학과 졸업.
1969년	이영권 이해동 송규호 등과 광주에서 〈청탑〉 동인 활동.
1973년	한승원 주동후 김신운 이계홍 작가 등과 광주에서 〈소설문학동인회〉 활동. 동인지 『소설문학』 제1집에 단편 「효녀무」 발표. 이후 문순태 송기숙 설재록 이지흔 작가 등과 함께 『소설문학』 동인지 2, 3집에 참여. 광주 조대부고(야간부) 국어교사로 10년간 재직. 광주 동명동에서 한약방 '묘향원'(훗날, 남인당- 한림원한약방) 운영.
1975년	『월간문학』(4월호) 제15회 신인상에 단편소설 「월혼가」 당선으로 등단.
1979년	7월, 조태일 시인의 편집으로 첫 소설집 『효녀무孝女舞』(시인사) 출간.
1983년	'한국문인협회' 전남지부장(~1984).
1984년	제1회 '현산문화상' 수상.

1986년	'전라남도문화상' 수상.
1987년	9월, '민족문학작가회의'(현, '한국작가회의') 창립. 송기숙 소설가, 문병란 시인과 함께 '광주전남민족문학인협의회'(현, '광주전남작가회의') 초대 공동의장(~1993). 이강재 등과 함께 '광주민학회' 창립회원으로 활동.
1989년	'전남일보' 창간1주년 기념 1천만원 고료 현상공모에 장편 「산화」 당선. 이후 1989년 5월부터 2년간 전남일보에 연재.
1990년	재일조선인 강제징용 육필수기 번역서 『아버지가 걷는 바다』(광주) 출간.
1992년	3월, '광주전남소설문학회'(현, '광주전남소설가협회') 초대 회장.
1994년	1월, 조선 중기의 천재시인 백호 '임제'의 일대기를 형상화한 장편 『달뜨면 가오리다』(전 2권, 열린세상) 출간. 5월, 문병란 시인과 함께 '광주전남민족문학인협의회' 초대 공동대표(~1996).
1995년	『금호문화』 11월호부터 1996년 4월호까지 '소설가 이명한의 몽골 방랑기' 연재.
1997년	'민족문학작가회의'(현, 한국작가회의) 자문위원(~2002). 『월간예향』 1월호부터 4월호까지 '뿌리찾기 중국기행' 연재.
1998년	'광주MBC칼럼' 칼럼리스트로 활동. '광주민예총' 제2대 회장(~2002).
1999년	'광주비엔날레' 이사(~2000). 11월부터 2년간 대하역사소

설「춘추전국시대」를 광주매일신문에 연재.

2000년	6·15공동위원회 남측 공동대표.
2001년	6월, 금강산에서 개최된 '6·15공동선언발표 1돌기념 민족통일대토론회'에 참가. 8월, 두번째 소설집『황톳빛 추억』(작가) 출간.
2002년	'평화통일연대' 상임대표. '동방문화연구소' 설립.
2004년	'전주이씨 완풍대군파 양도공종회' 광주종친회장.
2005년	7월, 평양과 백두산 등지에서 개최된 '6·15공동선언 실천을 위한 민족작가대회'의 남측(민족문학작가회의) 대표단 일원으로 참가.
2006년	12월, 일본 도쿄 와세다대학에서 개최된 '2006도쿄 평화문학축전' 참가.
2010년	조선대학교 총동창회 자문위원으로 활동.
2012년	7월, 산수傘壽 기념 시집『새벽, 백두 정상에서』(문학들) 출간. '나주학생독립운동유족회' 회장. '6·15공동위원회' 광주전남본부 상임고문.
2013년	'한국문학평화포럼' 회장. '나주학생독립운동기념사업회' 이사장. 광주광역시교육청의 '광주교육발전자문위원회' 자문위원으로 활동.
2014년	제1회 '백호임제문학상' 수상. '나주학생독립운동기념관' 관장.
2017년	'한국독립동지회' 부회장.
2019년	8월 15일, 정부에 의해 '독립유공자'로 추서된 '고故 이창

신' 선생의 유족으로 '대통령 표창장'을 전수받음. 제25회
'나주시민의 날'에 '시민의 상'(충효도의 부문) 수상.

2021년   문병란시인기념사업회 회장.

2022년   5월, 나주학생독립운동기념관·나주학생독립운동기념사업
회·문병란시인기념사업회 공동주최로 '한일국제심포지엄'
〈조선 저항시인과 탈식민주의〉 개최.
현재 '광주전남작가회의' 고문, '문병란시인기념사업회' 회
장, '나주학생독립운동기념사업회' 이사장, '나주학생독립
운동기념관' 관장.

이명한

중단편전집

3

기다리는
사람들

초판1쇄 찍은 날 | 2022년 12월 8일
초판1쇄 펴낸 날 | 2022년 12월 14일

지은이 | 이명한
펴낸이 | 송광룡
펴낸곳 | 문학들
등록 | 2005년 8월 24일 제 2005 1-2호
주소 | 61489 광주광역시 동구 천변우로 487(학동) 2층
전화 | 062-651-6968
팩스 | 062-651-9690
전자우편 | munhakdle@hanmail.net
블로그 | blog.naver.com/munhakdlesimmian

값 20,000원
ISBN | 979-11-91277-57-9(04810)
ISBN | 979-11-91277-54-8 (세트)

· 이 책은 ⬡광주광역시, ⼾광주문화재단의
  2022년도 지역문화예술특성화지원사업으로 지원받아 발간되었습니다.